是誰在說故事？

當代台灣歷史小說的性別與族群

林芳玫 著

目錄

前言

2022 年 10 月電視金鐘獎頒獎典禮上，陳亞蘭以飾演嘉慶君遊台灣的男主角而獲獎，之後的新聞不是聚焦於陳亞蘭以女性身分得到視帝頭銜的跨性別意義，就是許多歷史學者批評嘉慶君根本沒來過台灣，這種戲劇誤導觀眾。這些學者似乎忘了，嘉慶君遊台灣本身是富有悠久歷史且眾多版本的民間傳說，且過去數十年來，多次改編成歌仔戲與電視連續劇。而此次得獎的電視劇，片尾曲由陳亞蘭及曹雅蘭穿著當代服裝合唱，歌詞內容是當代台灣的庶民美食，如「珍奶與雞排」。因此，此劇不是一般認知裡的歷史劇，而是有自身敘事傳統的民間故事、歌仔戲、電視劇之綜合。批評者的看法，顯然呈現了對「文化史」本身的無知或漠視。文化本身，包括經由敘事形成的文化，它就構成了歷史。同樣地，歷史小說經由其多變的敘事設計，本身就是書寫的歷史。

著名歷史哲學家柯林伍德（Robin George Collingwood, 1889-1943）就指出，「每個新的一代都必須以自己的方式重寫歷史；每一位新的歷史學家不滿足於對老的問題做出新的回答，就必須修改這些問題本身。」一般民眾對歷史小說的看法，可能很在意作者在史料上的正確度，或是走到另一個極端，忽視歷史小說的虛構性，把小說中的人物與情節都看成是真的。本書認為歷史小說乃作家以史料為基礎而提出的虛構與想像。虛構並非是假的，而必須利基於史料而寫出人物的內心情感，因之歷史小說具備人性與社會氛圍的真實性。上述柯林伍德的引文，不只適用於史學研究，對歷史小說的

研究也同樣適用。對於上一世紀的歷史小說研究而言，其關切議題是：台灣各種外來政權的殖民主義，以及台灣人如何反殖民。面對二十一世紀以來的當代台灣歷史小説，筆者提出的問題是：各種不同族群與性別的作家如何利用歷史小說來思考多元文化下的國族認同？小説家如何使用不同的敘事方式，讓外來者與本地人、不同背景、不同族群與性別身分的人物，展開對話？國族認同恆常處於流動與變化，並與當時的社會背景及其他身分一如族群與性別一互相協商。在全球化與本土化的雙重力量下，台灣作家經由歷史小說的各種不同背景的人，思索中國、西洋、日本、原住民之間的互動、混成、轉化。

　　本書的主題是「歷史小説」，既然稱為「歷史小説」，那麼比起民間傳說或是電視歌仔戲，是否應該用更嚴格的標準來衡量歷史小說的歷史正確度？筆者的想法相反，筆者維持第一段的主張，敘事與書寫本身就構成了歷史。例如：文學史、電影史、美術史、社會運動史。那為什麼文學史只與文學有關，台灣歷史的書籍不必提到文學，也不必提到美術？社會運動也許會出現在主流歷史書寫中，但文學、藝術、電影很難在台灣通史中出現。到底是什麼構成了歷史？歷史小說是否由兩項成分共存而不必考量二者的互相滲透、互相影響？換言之，我們通常認為歷史小說就是由「真實」的歷史與「虛構」的小說兩個成分構成。這種認知又導向另一個偏見：真實的歷史就是政權變遷、軍事、公共治理等公領域的事物：而作家在發揮虛構與想像時，經常以私領域為想像對象。特別是愛情故事，常被用來作為增加閱讀趣味的敘事策

略。我們是否曾思考過，歷史小說可以對政權交替增添虛構與想像，而人民的情感狀態、屬於遙遠時代的親子關係與夫妻關係，則需要調度大量史料來考據？從作者、讀者、到研究者，有些人認為歷史由政治構成、需要考據，而愛情與私領域則可以任由作者與讀者馳騁其想像力。其實，情慾與親密關係也會隨時代變遷，甚至是引領時代變遷的力量。歷史小說的魅力，就在於公私領域交錯、虛實共構所產生的「更具真實力量的虛構」。

自國家文學館成立後，推出金典獎，國藝會也有長篇小說補助，我們可發現近年來在台灣，長篇小說幾乎可說大部分為歷史小說，其餘則是新鄉土或後鄉土小說。台灣的歷史小說作者依其性別、族群身分、世代、個人寫作生涯的際遇，一方面展現各自特色，卻又有部分重疊與共通處。歷史小說出版數目很多，此次專書寫作計畫，並不是一本全面介紹歷史小說的書，而是依據筆者的問題意識展開對特定小說作品的探討。這其中最關鍵的問題意識就是，台灣當代歷史小說為何喜愛採用後設書寫？這些作家採用真實存在的日記與過去出版過的歷史、地理、旅遊素材，或是虛構書信讓讀者乍看下以為是真的書信，而其最終目的，則是讓讀者玩味虛實交錯下如何重新界定歷史、重新界定家族史、地方史、個人自我定位，並以此找尋某種認同一國族認同是其中一種，但不是所有歷史小說都在探討國族認同，又或者是以解構國族認同來建立另一種認同。這些對歷史再現的書寫，呈現作者處於全球化脈絡下，對「地方」提出更嶄新而細膩的描繪。

本書所欲探究的問題如下：

首先，筆者關切當代歷史小說為何偏好後設書寫？作者使用檔案、日記、書信、百年前的遊記，形成互文性，這如何影響我們對歷史的認知？例如謝裕民作品「安汶假期」，將敘事者我的旅遊與晚清遊記「南洋述遇」互相參照，似乎現在與過去類似，讓敘事者我感到自己的旅遊經驗已經被文本化，而非自己親自的體驗。

其次，台灣的歷史小說似乎應該由台灣人的視角來書寫，所謂「台灣人」包含漢人與原住民。但是我們常可看到作者採取殖民者的觀點來敘事。例如曹銘宗以西班牙據有基隆為主題的《艾爾摩沙的瑪利亞》，是由西班牙軍官若望（虛構人物）的角度來展開故事。平路以荷治時期為題材的小說《婆娑之島》，則由荷蘭總督揆一（真實人物）的角度來鋪陳。如何評估這種使用殖民者為發言位置的書寫策略？使用「自我東方化」的批評固然有理，但無助於開發對文本更深入的詮釋，反而封閉了研究者與作者及其作品對話的可能性。

第三個問題是，台灣歷史小說使用跨種族互動固然為歷史事實之呈現，因為台灣歷史舞台上出現原住民、漢人、西班牙人、荷蘭人、日本人等多重政權與多重種族的的交涉，而作者以跨種族羅曼史來呈現，讓我們對歷史想像增添了公私領域的互動，同時也激發我們省思過去殖民者與被殖民者二元對立的反抗史觀，並認識親密關係與情慾本身就構成了歷史。但在某些小說如《艾爾摩沙瑪利亞》與《婆娑之島》，親密關係並未置放於歷史脈絡，而巴代與施叔青則可以將女性人物與兩性關係置放在歷史脈絡下來看。

　　由以上三個問題，呈現出從對立到對話的過程。曹銘宗、平路、施叔青等人採取殖民者觀視位置時，呈現對作家對他者的欲望。作家從台灣人的自我出發，想像西班牙、荷蘭、日本他者的處境，進而打破自我與他者的對立，也就是消解殖民者與被殖民者的二元對立與壓迫/被壓迫關係，從而製造自我與他者對話的可能性，讓他者得以自我反思殖民主義，進而贖回歷史的惡業，重新詮釋過去而能建立過去與現在的和解。

　　本書以「華語語系研究」為切入點，思考十七世紀以來離散華人來到台灣後，與殖民者及原住民的互動，以及對中國性的質疑與解構。《亞細亞的孤兒》一書由作者吳濁流在二戰末期書寫日本殖民以來台灣社會的變化。在他書寫當下，這部小說未必是歷史小說，但由於戰後的出版至今超過半世紀，書中所寫的殖民時期與二戰有助於我們對此段歷史的了解，因此我策略性地將之視為歷史小說。至於駱以軍的《西夏旅館》一書，通常也不會被視為歷史小說，但是駱以軍挪用十一世紀西夏歷史來喻說外省人處境，也具有另類歷史書寫。為了呼應華語語系的研究視野與比較方法，本書包括新加坡作家謝裕民的中篇小說〈安汶假期〉，此書同樣以後設書寫來質疑中國性並協商新加坡認同的可能性。本書兩個附錄，皆來自史書美教授的啟發，針對華語語系研究從事跨界思考。

　　本書各章並非以內容之歷史順序排排，而是分成三篇，每篇各有一個主題。第一篇主題是：地方史與世界史；第二篇是：解構與重構中國性；第三篇是：移動與認同的協商。本書每章都是歷年國科會研究成果，在此感謝國科會提供贊

助。歷任助理王俐茹、邱比特、黃茂善、翁克勳、盧子樵協助校對，並在我文思枯竭時與我對話，激勵我持續下去。沒有助理的協助，這些論文無法以完整格式呈現。其中，黃茂善對我的協助特別多，我們也經常討論華語語系的議題。一本書的完成，必須依靠眾人的協助，而我的家人提供我充裕的寫作空間—物質上的與精神上的空間，也是我身為學者的福分。這些年來任教於台師大台文系，這裡的教學與研究環境，使我能結合教學內容與歷史小說之研究。希望本書經由歷史小說的分析，也能讓讀者回述自己的生命史，並與台灣社會對話。

第一篇
地方史與世界史

第一章
《艾爾摩沙的瑪利亞》：
書信體、擬仿殖民者、反思殖民

一、研究背景

西班牙是最早出現於台灣北部的西方外來者，由於資料取得不易，因此以這個時期為背景的小說遲至 2021 年才出現，也就是曹銘宗所寫的《艾爾摩沙的瑪利亞》。荷蘭於 1624 年開始統治現今的台南，西班牙則於 1626 佔領現今基隆的和平島。二者各自於北部與南部發展，但荷蘭東印度公司留下較多資料，也產生許多當代歷史研究，成為寫小說的參考題材。西班牙對台灣的實質佔領限於基隆和平島，由於政府自 2011 年以來的考古活動，終於讓基隆登上歷史舞台。[1]作者曹銘宗為基隆當地文史工作者，自十年前就參與基隆和平島的考古工作，十年來挖出西班牙建立的城堡與教堂遺址，也有保存狀態良好的遺骸。[2]曹銘宗以這些考古發現，加上文學虛構與想像，寫成《艾爾摩沙的瑪利亞》一書，讓台灣歷

---

[1] 陳耀昌，〈推薦序　雞籠・西班牙人・馬賽人的大歷史〉，曹銘宗《艾爾摩沙的瑪利亞》，頁 6-11。

[2] 江昭倫，〈曹銘宗書寫《艾爾摩沙的瑪利亞》勾勒西班牙帝國在台殖民史〉（來源：http://www.rti.org.tw/news/view/id/2113522，檢索日期：2021.12.23）；邱祖胤，〈「艾爾摩沙的瑪利亞」一書　重返大航海時代基隆〉（來源：http://www.cna.com.tw/news/acul/202110080302.aspx，檢索日期：2021.12.23）。

史小說的書寫熱潮持續不斷。[3]由於此書部分來自基隆和平島的考古題材，書中對和平島的地理、地質、海洋、物產有豐富的描寫，此書新書發表會有基隆市長出席支持，後續又搭配相關的美食活動，再加上台灣文學以天主教為題材的不多，因此此書也被視為「宗教小說」，[4]作者受邀到許多天主教團體演講。

　　此書剛出版就受到眾多矚目，若與其他歷史小說比較，此書除了西班牙殖民與傳教之內容特色，作者採用西班牙軍官若望為全書的觀視與敘事主角，不禁讓人好奇，台灣歷史小說為何採用外來殖民者為觀視位置？有此現象的還有以下小說與電影：平路《婆娑之島》、施叔青《風前塵埃》、陳耀昌《福爾摩沙三族記》、巴代的《暗礁》與《浪濤》、電影《一八九五》。這種現象可先從參考書籍的技術面切入。台灣歷經多重殖民，所留下的文字記載大多是統治者的官方記載或傳教士的書信、日記，或是當代西方學者整理歷史古籍後的著作。這些以西班牙文、荷蘭文、日文所寫的資料，在新世紀以來被翻譯成中文，成為作家寫作的參考對象。例如鮑曉鷗《西班牙人的台灣體驗：一項文藝復興時代的志業及其巴洛克的結局》於 2008 年出版中譯本，還有傳聞是撰一本人寫的《被遺誤的福爾摩沙》於 2011 年出版中譯本，這些出版品成為撰寫台灣殖民歷史小說的先決條件。

3　西班牙人稱台灣為 Hermosa，所以中文書名的艾爾摩沙指西班牙統治期間的台灣。

4　楊雅儒，2021.11，〈鬥書評：曹銘宗《艾爾摩沙的瑪利亞》——以愛的福音柔撫島嶼創傷〉，《聯合文學雜誌》第 445 期（2021.11），頁 94。

　　除了資料取得之技術因素外，曹銘宗與平路都採取書信體，從西班牙男性／荷蘭男性的內心深處來自白，這與採取第三人稱從外部描寫西方人行為，二者的論述位置與論述形構完全不同。這種深入內心的告白與觀望台灣的凝視方式，是本章的核心議題。這並不只是作者的東方主義視野，將台灣客體化與陰性化。此種論點，只是個開始，而且這樣的論點太常被提起，本身已失去創意。筆者企圖由此起始點，去探索台灣當代歷史小說的集體潛意識與心靈圖像。也就是說，歷史小說作者擬仿外來者，乃是重塑他者，讓他者反思殖民功過，並將二元對立的距離調整為可近可遠的「間隙」，從間隙中製造對話。

　　身為記者與地方文史工作者，曹銘宗雖出版過多本美食與歷史普及讀物，[5]這是第一次從事小說創作。若非插入十二封書信，全書順著年代而寫，平鋪直敘，情節簡單、人物扁平，寫作方式可謂相當簡單。相形之下，平路為著名作家，具有豐富的文學寫作經驗且獲獎無數，《婆娑之島》的結構設計也相當精巧複雜。然而，二者卻有高度相似的人物關係：西方男性對原住民女性的愛戀。筆者認為，研究歷史小說不只是研究小說內緣的過去歷史，更要從外部去探討怎樣的歷史、社會、文化因素影響了歷史小說在當代出現的樣貌，而作者的書寫方式，又是怎樣地回應當代社會？也就是「歷史小說之所以可能的當代歷史」。以下是本章所欲提出的問題及其重要性。

5　相關著作如《台灣小吃之美：基隆廟口》（2008）《吃的台灣史：荷蘭傳教士的麵包、清人的鮭魚罐頭、日治的牛肉吃法，尋找台灣的飲食文化史》（2021）。

二、書信體、殖民者的觀點與反省殖民暴力

（一）反省殖民暴力

本書以書信體來擬仿真實，讀者若未仔細閱讀，很可能誤以為真的有這些書信存在。全書先以第一人稱敘事者「我」開始，將敘事者我設定為基隆在地導遊，接待一對來自西班牙塞維亞的天主教夫婦，他們自稱家鄉的聖母堂的紀錄中，有位神父年輕時曾來雞籠─今之基隆原名雞籠─住了十六年，因此他們基於好奇想參觀基隆。[6]「我」帶領西班牙夫婦參觀雞籠和平島，西班牙夫婦鼓勵「我」到塞維亞教堂研究當年若望神父留下的文獻，於是「我」果真飛往西班牙，並在塞維亞聖母堂找到十七世紀住在雞籠的若望寫給家鄉保祿神父的十八封信。這構成本書第一章，由現在回溯過去，說明敘事者「我」如何與十七世紀西班牙建立機緣。第二章到第十九章，每章都由一封信開始，為若望寫給家鄉保祿神父的信。第二十章又回到現在，以和平島考古工作為主題，由考古隊發現的遺骸銜接之前的歷史人物。作者的身分的確包含記者、導遊、考古工作者等多重身分，與敘事者「我」高度重疊，更增加此書的擬真性。但這些信其實都是作者曹銘宗的杜撰。

書中的男主角若望是西班牙士兵，一行人遠航到菲律賓再到雞籠，在那裏構築城堡，並佔領和平島土地為西班牙領

6　本文若提到書中十七世紀的地名，使用「雞籠」，若是當代地名，使用「基隆」。

土。若望一到雞籠就看見一位原住民女孩雨蘭手捧百合花，純真聖潔的意象讓若望感覺她猶如聖母瑪利亞的顯現。隨著一封封信件，作者曹銘宗以若望為發言者寫信給家鄉神父，在每封信件後使用第三人稱全知觀點說明細節，如西班牙建築城堡與教堂、與當地原住民馬賽人的互動、到台灣不同地方探險尋金，島上西班牙人、馬賽人、華人間的互動。若望對馬賽女孩雨蘭的愛慕情愫，也是本書重點。若望原本是軍人，在雨蘭死於荷蘭砲彈，以及西班牙投降荷蘭人後，若望回家鄉念神學院與醫學院，成為神父，到祕魯傳教並行醫。

這種書信體呈現出若望的觀點，書信體之後的人、事、物描述則是曹銘宗以當代人的全知觀點寫成的。此處值得我們探究之處，就是台灣歷史小說為何不以台灣本土人物的觀點來敘事，而是用外來者的觀點？筆者認為，作者發明若望的觀點，用意在於以當代人對西方殖民殘暴之反省，由西方人若望本身講出來。也就是說，作者放下殖民者/被殖民者的二元對立，以及加害者/受害者的二元對立，直接讓若望自己來反省與批判殖民暴力。

若望本來也認為殖民者給野蠻的土著帶來文明與進步。他到雞籠後，艾斯奇維神父給他看一本書，《西印度毀滅述略》，此書講述西班牙人對美洲原住民的傷害，像是為了開採銀礦而將當地人當成奴隸，甚至引進非洲黑奴。又如若望是軍人而負責督導當地原住民甚至是菲律賓徵調來的原住民建築軍事防禦碉堡以及教堂，令他發覺殖民與傳教是一體的兩面，充滿矛盾。這些觀察與反省來自於軍人若望與神父艾斯奇維的對話，反而極少有若望與當地人的對話。因此全書呈

現出原住民與華人的善良與失語，他們講的都是日常生活的事情，似乎對殖民主義與政治無感，全都依賴若望與艾斯奇維神父的對話來批評殖民主義。

兩人對殖民暴行的討論還包括西方人被土著殺害而展開的報復。艾斯奇維神父認為這是不同文明相遇時的問題。西方人航海發生船難時，有遭土著殺害，也有被土著善待。反過來說，西方航海人就沒發生搶劫、殺害土著的事件嗎？（頁 91）。經由這樣的對話以及啟發，若望後來奉命帶一群士兵去尋金，被土著射箭而肩膀受傷，回雞籠後雖經治療，仍高燒不退。經由當地福州人誦唸佛教經典，馬賽女孩雨蘭輪流誦念馬賽語及天主教祈福語，最後終於清醒而痊癒。曹銘宗安排各種宗教登場，由此讓若望痊癒，而若望也無意返回事發地尋求報復。

若望在本書中被呈現為一個充滿愛心、毫無缺點的人。當他聽說荷蘭人殺害拉美島（今小琉球）土著時，感到悲傷。當菲律賓軍方下令西班牙從淡水撤退並殺害十五歲以上的馬賽人時，若望極力向雞籠長官表示反對，從而阻止另一場悲劇的發生。由於本書各個角色都相當扁平化，缺乏心理層次的挖掘，致使若望與艾斯奇維神父成為零缺點的完美人物，而殺害原住民的加害者由不在場的荷蘭人擔任壞人角色，因此本書對殖民的反省缺乏層次感，讀起來像是作者經由若望這個角色來說話。這些書信等於是歷史事件本身的「摘要」，大致介紹若望去過甚麼地方、遭遇的風土民情等，其實是一人獨白，寫信對象的<保祿神父>從未回信，導致書信體其實是每章的故事摘要，而若望與艾斯奇維神父的對話也相當單

面向，二人並無觀點之歧異與辯解，對話也只是單一的殖民反省輪流由兩個不同的人口中說出。

（二）性別刻板印象：女性與犧牲、女性與情慾客體

本書雖以雨蘭為女主角，但她的形象雖然鮮明—瑪利亞女孩，卻也受困於這個個框架，只能闡述天主教教義，無法呈現個人特色，作者也無法深入人物內心，對雨蘭的描述流於表象。荷蘭軍隊來到雞籠，攻打西班牙軍隊，雨蘭中彈而身亡。作者以這樣的結局來啟動若望放棄軍職轉而擔任神父的動機，使得這個結局變成純然是功能性的，就是以原住民女性的犧牲來換取男主角的昇華。全書中，雨蘭一直是若望的慾望對象，以及呈現天主教教義的載體。作者認為雨蘭沒死，就會過著平凡的一生，她的犧牲才能催化若望的徹底改變。作者已經預設了女性的生活就只能是平凡，無法想像活著的原住民女性樣貌。

> 如果雨蘭沒死，若望和她結婚了，不管住在西班牙或艾爾摩沙，兩人過著幸福美滿的日子，終老一生。這樣的雨蘭，就只是捧著百合的小女孩，長大變成美貌的馬賽女子後，與西班牙軍官譜出異族戀而已。

> 但雨蘭死了，她的死催化若望成為神父兼醫生，前往海外偏鄉，醫治無數人的心靈與身體。這樣的雨蘭，就可以說是聖母的「化身」。（頁 324-325）。

作者雖然鋪陳雨蘭的聰慧及其對天主教的獨特觀點，且雨蘭後來擔任西班牙語教師及醫院醫師之助手，但作者無法

想像雨蘭可以繼續活著、傳播天主教、繼續提供族人簡單的
醫療服務。這造成作者的自我矛盾，一方面極力頌揚雨蘭的
智慧與幹練，另一方面又認為雨蘭活著，就只能過著平凡的
生活。此處值得我們深思的是，這種安排—看似尊重原住民，
實則將其簡化與空洞化—並非曹明宗個人的問題，也並非源
於首度寫小說而缺乏想像力。平路也展現類似現象。

《婆娑之島》出版於 2012 年，比《艾爾摩沙的瑪利亞》
早了近十年。作者平路為資深作家，獲獎無數，此書敘事技
巧更繁複，而作者文筆之流暢生動與初次寫小說的曹銘宗平
鋪直敘的文字，有如天壤之別。然而，兩人所製造的發言者
位置與人物關係竟有高度的類似性，適足以說明這種發言方
式與敘事結構折射出台灣作家的集體無意識。《婆娑之島》由
過去與現在兩條故事線交織：荷治時期台灣與當代台灣。前
者以荷蘭東印度公司在福爾摩沙總督揆一為主角，由他來寫
信給荷蘭奧倫治親王殿下，訴說自己對福爾摩沙的貢獻以及
所受冤屈。當代臺灣則由作者取材自新聞報導的一個真實事
件，再由美國外交官員的視野，虛構他對台灣女子的愛慕。
為了討論的精簡，筆者擱置當代台灣這條故事線，著重於揆
一的書信、回憶、內心獨白。

作者用第三人稱呈現回到阿姆斯特丹的老人揆一，再以
他寫信給親王奠下，倒述當年他在福爾摩沙大員時的治理政
績、台灣風土人情、他與巴達維亞總部間的誤解與不合、巴
達維亞忽視他的警告未認真派遣軍隊幫忙抵擋鄭成功軍隊、
他為何投降而失去大員。作者再深入揆一內心，以回憶方式
與意識流書寫技巧，重溫當年與原著住民女性娜娜的情慾愛

戀關係。揆一寫信內容為公共事務，而回憶內容則以私領域情感為主。作者平路極具巧思，將史料融入文學虛構的揆一書信，這些信件從未真正寄出過。至於其回憶，在感情部分可說是作者想像力自由馳騁，不受史料限制。這個現象也說明了當代學界與創作者雖然擁抱「新歷史主義」，認為歷史撰述為原始素材的敘事化，並無靜態的客觀真相，並進而挑戰以帝王將相、政權治理之大歷史，企圖重新繪製庶民生活史與再現底層人民的心聲，然而從多本歷史小說來看，歷史小說仍然以歷史上的統治者本人或統治者階級的公領域為主，對於私領域庶民史則缺乏以史料為基礎的想像，造成庶民生活史的貧乏空洞，只能以情慾來填補此空洞。曹銘宗的書提及許多庶民生活的「物品」，例如：食物、飲酒、衣著，武器，但這些靜態存在的物品未能充分融入人物刻劃與情節發展，並非動態的歷史演變過程。而平路的《婆娑之島》，提及海洋貿易的品項，如：瓷器、茶葉、香料、鹿皮等，但與曹銘宗一樣，未能發展為物質的歷史。把原住民女性情慾化，成為簡單便利的書寫途徑。

平路用極為大膽的文字描述揆一回憶中，他與原住民女性娜娜的互動。揆一獨自到野外，跌落溪中而暫時昏迷，醒來時被一位原住民女孩抱在胸懷，置於「豪乳」之間。此處娜娜扮演拯救者與安慰者的角色，豪乳似乎可連結到母性。但娜娜繼續主動引導，兩人遂在溪邊叢林間野合。這種野合次數很多，且多為娜娜主動。這種描寫方式似乎可以把娜娜詮釋為具有情慾的主體能動性，但其實「情慾的主體能動性」也只是一種靜止的圖像，並無「情慾的歷史」。原住民部落對兩性關係有何規範？這些規範在面對外來者—不論是西班牙

人、荷蘭人、漢人，這些規範有哪些改變？曹銘宗雖然不像
平路那樣直接寫出交歡場面，二者都同樣陷入「情慾」無史
的困境。

　　Ann Laura Stoler 在其專書中使用傅柯對性特質與規訓
的概念，分析殖民主義如何挪用慾望來整編殖民地的社會秩
序與種族關係。[7] Philip Holden 的著作也以帝國與慾望為書
名，闡述當代學術研究對殖民時期文學已由解構殖民論述轉
變為跨國與跨文化互動，並以情慾議題為探討重點。[8]國內近
年來慾望與殖民主義相關著作甚多，例如高嘉勵所著的《書
寫熱帶島嶼》，主張在政治、經濟和軍事的表象下，看到心理、
精神、情感所構成的更幽微而複雜難辨的關係。[9]而朱惠足寫
的《帝國下的權力與親密》也秉持同樣原則，探討帝國統治
下的通婚、友情、親密關係。[10]曹銘宗與平路兩位作者的處境
頗為類似：對於政治、軍事、國際貿易的史料鑽研甚勤，但
私領域則不被認為需要史料考證，可由作者自由發揮想像力，
而其想像力並無創新之處。筆者舉出這幾本學術著作，並非
認為歷史小說作者也要參考當代學術研究對殖民時期文學的
探討；更何況，本章的兩本書是當代文學對殖民時期的再現，
並非殖民時期文學，且此處所引的二位台灣學者的研究對象
是日治時期，不是西班牙或荷治時期。

---

[7] Ann Laura Stoler, *Race and the Education of Desire.* (1995). Duke University Press.
[8] Holden, Philip and Richard J. Ruppel.(2003) *Imperial Desire: Dissident Sexuality and Colonial Literature.* University of Minnesota Press.
[9] 高嘉勵，《書寫熱帶島嶼：帝國、旅行與想像》（台中：晨星，2016.05）。
[10] 朱惠足，《帝國下的權力與親密：殖民地台灣小說中的種族關係》（台北：麥田，2017.08）。

那麼筆者為何提出這些著作呢？筆者用意是提醒讀者，不要認為只有政權轉換才構成歷史，而是日常生活、食衣住行、人際關係，愛情，都與社會制度及歷史脈絡有關，把情慾去歷史脈絡化的成為作家發揮個人想像力的場域，且資深作家與初次的小說創作者都顯示同樣現象，這反映的不是作家個人才華之侷限，而是社會集體層次對情慾議題的想像力貧乏，更是漢人作家不分性別對原住民女性的簡化與誤解。平路於《婆娑之島》對於揆一的內心獨白的確能掌握關於人性的幽微與細緻，但是娜娜除了主動提出性邀約之外，沒有任何的言語及其他行動，且她都是單獨出現，呈現社會關係上的孤立，使得這個人物只是一個空洞的隱喻，無法成為立體的人物。如果審視台灣的經典文學，特別是李喬與鍾肇政所開創的大河小說格局，他們的女主角為客家女性，被呈現為包容一切、滋養眾人的大地之母，雖然也是性別刻板印象，至少其行動、對白、思想都更具體，而「娜娜」則是一個空洞的意符（signifier）。

曹銘宗筆下的雨蘭，一方面被描寫為與若望陷入熱戀，另一方面兩人除了接吻與擁抱，並無更親密的肢體互動。雖然雨蘭的去性化與娜娜的情慾化，二者似乎呈現對比與差異，其實是相同的書寫策略，意即以原住民女性來豐富化男性殖民者的行動與思想內涵，呈現當代作者對殖民主義的迂迴批判與對話之開展。這種書寫策略，固然比上一世紀創作者致力於呈現殖民暴力與反殖思想更能挖掘人性的複雜面，但這種書寫與想像之豐富性被應用於男性殖民者，以至於台灣人總是處於失聲狀態。

　　馮品佳對娜娜的詮釋，一方面認為或許有刻板印象之嫌，但大體上持正面看法，認為娜娜不是默默承受侵犯的柔弱女性，而且她「代表與自然界關係密切，是原初的母性力量，以強大的精神力量保護島嶼。」[11]這些看法並無文本之人物塑造與情節發展的支持，而是研究者對負面批評的遲疑。這種看法繼續強化「文明 vs. 野蠻」的二分，只是將二者的價值翻轉。「野蠻」成為「自然」，代表台灣。這樣的想法彷彿台灣以及台灣原住民等同於「自然」，忽略了原住民自有一套社會規範來定義自身與自然的關係，而非自然本身。

　　不論是《艾爾摩沙的瑪利亞》或是《婆娑之島》，不只是以女性來喻說台灣，且女性形象是簡化的，這種安排也讓男性失聲─不管是原住民男性還是漢人男性。兩位作者擬仿男性殖民者，以此來反省殖民暴力，比起殖民者/被殖民者二元對立的模式更具彈性，也顯示台灣人亟欲透過他者來了解自我，如果沒有他者（殖民者），台灣人似乎難以了解自身。藉由殖民史與其後的海洋貿易史，台灣得以與世界建立關係，這也是二十一世紀當代歷史小說與二十世紀的差別：不限於台灣自身，而是透過世界史來了解台灣在世界的位置。

三、世界史與地方史

　　當代台灣歷史小說不只是描述台灣歷史，而是把台灣史當成世界史的展演所在，而所謂世界史，指的是十五世紀以

---

[11] 馮品佳，〈二十一世紀臺灣「後」殖民女性小說：以《看得見的鬼》、《海神家族》與《婆娑之島》為例〉，《臺北大學中文學報》27 期（2020.03），頁 26。

來西方的航海事業與隨之而來的西方各國的競爭，涉及殖民史、貿易史、軍事擴張、帝國主義。本書以十七世紀西班牙人佔領雞籠為主題，從而帶出荷蘭人與西班牙人之間的競爭，而其競爭，就在於台灣的地理位置之重要，是西方與中國、與日本貿易途中不可或缺的中繼站。西班牙從極盛時期，國力逐漸衰落，不論是在歐洲或是在台灣，都敗給荷蘭。此外，荷蘭信奉新教，而西班牙信奉天主教，宗教差異也是兩國的衝突之一，本書因而鋪陳出西班牙與荷蘭兩國的歷史。這些主題也由學者鮑曉鷗於專書中提出詳細的記載與分析。[12]

西班牙是航海技術的先行者。當葡萄牙與荷蘭等國經由大西洋而繞過非洲好望角，再沿著印度洋岸邊航行抵達亞洲，西班牙人已能夠直接穿越太平洋抵達亞洲。在西班牙極盛時期，設立「新西班牙大總督」，首府是墨西哥城，亞洲部分的首府則是菲律賓的馬尼拉。西班牙人佔領雞籠與淡水，皆是由菲律賓派過去的西班牙軍隊以及菲律賓人與華人的苦力，之後如何治理與拓展都是菲律賓總部的決策，就如荷蘭人在台南的治理由印尼的巴達維亞決定。

在歐洲，荷蘭本來是西班牙的一部分，經由長達三十年的獨立戰爭而脫離西班牙。在亞洲，二國基於與中國、與日本貿易的考量而必須以台灣為中繼站，兩國繼續在台灣競爭。例如 1624 年，荷蘭人在艾爾摩沙的南部海岸建立據點，並干擾、威脅中國帆船前來馬尼拉交易，兩國在 1625 年在菲律賓

---

12 鮑曉鷗著，那瓜譯，《西班牙人的臺灣體驗（1626-1642）：一項文藝復興時代的志業及其巴洛克的結局》。

海域發生激烈海戰，促使西班牙決定在艾爾摩沙北部海岸建立據點－雞籠與淡水。

這些競爭主要是為了海上貿易，又牽涉到傳教事業順利與否。西班牙在雞籠建立比馬尼拉接近日本、中國的據點，本以為有助於貿易與傳教，結果並無預期順利。日本先是禁教，又實施海禁，不讓西班牙人去日本，也不讓日本人來馬尼拉、雞籠，對雞籠發展影響很大。然而，西班牙敵國荷蘭在台灣的發展卻很順利，而且日本雖實施海禁，卻對荷蘭開放。與此同時，西班牙在美洲銀礦的產量逐漸減少，也連帶使馬尼拉、雞籠的貿易中衰。

本書情節的鋪陳，奠立於西班牙與荷蘭終須在雞籠發生決戰。馬尼拉總督決定增加馬尼拉軍力以便征服與鞏固菲律賓更多島嶼，因而將軍力逐漸從雞籠抽調回菲律賓。雞籠的軍力逐漸減少，荷蘭軍隊來雞籠時，若望已升職為高階軍官，為了減少無辜傷亡，荷蘭軍隊圍城沒幾天，西班牙軍隊就投降了。作者安排荷蘭軍隊發動攻擊時，砲彈打到醫院，雨蘭正在醫院服務，中彈身亡。若望迅即將雨蘭依據天主教儀式下葬，並遞出投降書。之後若望輾轉回到西班牙，放棄軍人職涯，改讀神學院及醫學院，最終到祕魯傳教行醫。雨蘭一方面是本書的女主角，但是關於她的死亡之描述，失之簡單與突兀。她的死亡，似乎只是為了說明若望的改變，亦及放棄軍職而成為神父。

在世界殖民史與貿易史的大舞台上，作者也融入地方特色的介紹，有如十七世紀台灣地理、人種、風俗習慣、飲食

的小百科全書。作者原本就是美食、地名考據方面的專家，這方面的介紹相當廣泛。例如在飲食方面，介紹雞籠福州人如何以紅糟釀酒及烹飪鰻魚、馬賽人下海捕撈海藻、蘭嶼達悟族人的飛魚及羊肉。若望到了噶瑪蘭，當地女性以香蕉纖維製作成「香蕉衣」，若望買一件送雨蘭。達悟族人的頭盔為銀製，但當地不產銀，是達悟人從海底沈船尋獲銀幣，鎔鑄而成。雞籠福州人將蚵仔的殼燒成石灰，用來搭建房屋。雞籠地名來自於和平島看起來像是漢人養雞的籠子，那要從哪個角度看才像呢？作者花費甚多篇幅描述雞籠地名的由來。又如雞籠與淡水之間的交通，陸路極為不便，除了海上行船，還有所謂「跳石」，也就是沿著海邊的岩石而走；作者也因此得以介紹野柳等地的特殊地質。

相較於世界史乃是動態的各國因貿易、殖民、傳教而展開競爭，地方史其實無「史」可言，主要是靜態的風土民俗之描述，難以觀察到動態的社會變遷過程。若與巴代相較，巴代也擅長從原住民與外來者角度來敘事，形成在地原住民與外來者的雙重觀點。例如《暗礁》一書，描寫琉球宮古島人的貿易船隻因颱風而擱淺於南瑤灣。作者以單數章來呈現宮古島人的觀點，以雙數章來呈現在地卑南族、排灣族之觀點，兩種觀點互相交叉。《浪濤》呈現原住民與日軍兩種觀點，並描寫不同原住民部落的結盟或對立，顯現原住民並非靜態存在。《最後的女王》更將卑南族與荷蘭及清朝的關係納進小說前言。由此可見，「敘事觀點」與「歷史變化」二者具有密切關係。巴代的雙重觀點可呈現在地原住民與外來者的想法，且雙方都是一個複數的群體，說話者都是在某種社會關係下

的發言。反之，曹銘宗與平路的敘述都向西方殖民者傾斜，造成本地人失聲的現象。

在《艾爾摩沙的瑪利亞》一書，其實就是若望的觀點，若望與艾斯其維對話，但二者具有同樣的立場與價值觀，並未在差異中尋求共識，或是從和諧發展為衝突，這種高同質性的談話難以說是「對話」，欠缺論證，在同一層次上展開言語對談。此外，具有殖民反省性的主要就是若望與神父，被殖民者本身反而沒有表達對殖民者的不滿與批判。例如本書女主角雨蘭，她的談話大部分都在講她對聖母、耶穌、聖經、天主教的看法，從未抱怨過西班牙佔領雞籠後對原住民造成的影響。而她從若望那裏得知拉美島原住民被荷蘭人屠殺，反應就是同情與流淚。而拉美島是怎樣的地方？作者並未多做描述，只是以此島的滅族屠殺來顯示荷蘭人之殘暴。不論是雞籠的馬賽人、福州人、漳州人、菲律賓人，都是「存在」狀況，看不出其歷史變化，也看不出西班牙佔領雞籠對他們的長期影響。此書因而是「十七世紀西班牙在雞籠的歷史」，而非「十七世紀雞籠居民的歷史」。相對於西班牙與荷蘭二者的競爭歷史，作者的「在地」描寫注重地方空間，時間維度較為不足。書中充斥大量的地形與地質描寫，除了上述野柳的奇石，還有現今基隆的仙洞巖、白米甕、基隆嶼、龜山島、噶瑪蘭、蘭嶼（時稱菸草島）。作者描述當年華人與原住民的衣食住行，必須調度許多歷史文獻，但若無法描述外來勢力對本地人的衝擊及其回應之道，這些風俗習慣本身並不構成歷史。

若說本地生活沒受外來勢力影響，那是不可能的。作者描述西班牙鼓勵軍人與當地原住民通婚，也大量描寫傳教活

動造成許多原住民及華人改信天主教。但是當地人究竟是如
何看待通婚與傳教？西班牙人離開雞籠後，通婚的馬賽人女
子是被拋棄呢？還是隨丈夫到西班牙？西班牙人離開後，信
天主教者是否持續信仰？在改信天主教的過程，家人、親族、
部落的適應過程為何？也許既有的歷史文獻並無這方面的探
討，所以這就是歷史小說虛構功能之重要。本書所有的人物
都過於扁平，每個人都是好人，壞人則以「荷蘭人」之集體
性而存在，彷彿荷蘭不會出現若望與艾斯奇維神父這樣的正
面人物。不過，作者也沒有對荷蘭人的民族性或個別人物有
負面描寫，而是透過屠殺倖存者的事後描述，讓我們得知「殘
暴事件」，而其具體行動者則隱微不見。

本書對世界史的介紹值得肯定。首先是向讀者介紹菲律
賓馬尼拉曾與台灣有密切關係。馬尼拉為西班牙在亞洲的總
部，也是海上貿易的重要據點。這裡聚集各色人種：菲律賓
原住民、西班牙人、華人（主要是福建人）、日本人，而這些
多樣化的族群也因為貿易關係而居住於雞籠。作者也強調荷
蘭與西班牙對台灣的競逐，首先是想要發掘金礦，其次是為
了爭取對中國與日本的貿易。

根據 Tremml-Werner 的看法，十七世紀的東南亞與東亞
乃是亞洲人與歐洲人在貿易上互相依賴的關係（Eurasia inter-
dependence），甚至可說是歐洲人與華人（Sino-European）對
原住民的「共同殖民」（co-colonialism），[13]此處的華人殖民指
涉明朝。在明朝興盛時期，以朝貢國關係來建立中國與其他

---

[13] Tremml-Werner, Birgit (2015) *Spain, China, and Japan in Manila, 1571-
1644.* Nederland: Amsterdam University Press.P. 269.

國家的關係，這是否算是〈殖民〉，有待商榷。無論如何，福
建人（福州人、漳州人、泉州人）善於海上貿易是學者同意
的歷史事實，而這些福建人遍佈東南亞與東亞，不但跨越國
境，而且還跨文化與跨語言。在馬尼拉，這些福建人可以講
自己的家鄉話與簡單西班牙文，甚至馬來語或當地原住民語。
曹銘宗在此書提及基隆島的福州人，也提及馬尼拉的多元族
群，特別是馬尼拉的華人。這些多元族群的描述，讓讀者跨
越熟悉的二元對立框架—也就是西方殖民者與在地人，而所
謂在地人則指華人。當代文學、文化、歷史研究對原住民議
題的重視，使得台灣民眾逐漸放棄漢人中心的思維，並認識
到十七世紀時，原住民才是主要人口，而福建移民則是零星
存在。此外，漢人中心的思維也逐漸朝向全球的觀點，認識
到華人離散遍佈全世界。

　　曹銘宗在本書指出西班牙人與荷蘭人來到台灣主要原
因是貿易與傳教，這也反映出當代學者對殖民史更細膩的時
代劃分。Van der Velde 指出十七世紀荷蘭人來到台灣是打算
以此為據點，進行與中國及日本的貿易，歐洲各國在亞洲的
競逐可看成是爭取「商場」（emporium），還未成為「帝國」
（empire）。[14]直到十九世紀，歐洲各國開始彼此戰爭，侵略
亞洲土地，再建立政治、教育、語言等正式制度，才形成所
謂帝國。殖民現象是否可視為商場與帝國的連結，值得我們
深入探討。「商場」一詞使得海上國際貿易顯得中立而無害，
遮蓋殘殺原住民與各地居民的事實。不過，Van der Velde 的

---

[14] Paul Van der Velde (2023),*The Asian Studies Parade.* Leiden University Press. P.68.

論述包括許多詳細的資料，描述荷蘭與西班牙在台灣的作為時，不斷提起西方人為了尋找金礦深入山區，遭原住民射殺；之後為了報復，派遣大量士兵殲滅原住民部落。因此，即使十七世紀的西方勢力是「商場」而非「帝國」，在貿易過程中奴役原住民的殘暴史實仍不容忽視。

曹銘宗的另一個貢獻是把過去被遺忘的點點滴滴，重新呈現給讀者，讓讀者產生不同的想像。身為西班牙殖民地，雞籠首先是由亞洲總部的菲律賓馬尼拉管轄，因此本書呈現了一個多重關係網絡：信奉天主教的西班牙人（軍人與傳教士）、泛靈信仰的馬賽人（善於航海與交易）、佛教徒福州人（商人）、菲律賓人。所謂的菲律賓人，包括原住民與華人，從事的工作有：低階士兵、苦力、工匠。西班牙、雞籠、菲律賓馬尼拉因而形成一個三角關係。如果把華人與日本人也一併討論，那就是更複雜的關係網絡了。作者於第七章，專注於呈現雞籠的菲律賓人，主要是設計一個情節，描述菲律賓原住民被西班牙軍隊帶到雞籠從事苦力，不堪受虐以及思鄉之苦，因而逃離，躲到山中。若望奉上級命令去尋找逃亡者，找到後私下安排他搭華人商船回到故鄉。

過往的歷史學者處理西班牙殖民帝國時，大幅集中於南美洲，忽略亞洲部分。近年來學者開始重視西班牙在亞洲的活動。馬尼拉一方面是重要的貿易港口，其地位又是「殖民地中的殖民地」（a colony of colony）。[15]我們可由此反思，那麼雞籠則是更邊緣的第三層殖民地，但這種邊緣性，卻能以

---

[15] Tremml-Werner, Birgit (2015) Spain, China, and Japan in Manila, 1571-1644. Nederland: Amsterdam University Press.P. 25.

小博大，看出更廣闊的世界史。Tremml-Werner 的專書以馬尼拉為出發點，探討西班牙、明朝、日本在十六世紀時的海上貿易關係。台灣在這場國際局面中只是邊緣的角色，卻也讓我們重新思考台灣人對明朝與鄭成功的單面向的知識。明朝並非鎖國，其官方的海禁政策未能阻止福建沿海居民來馬尼拉從貿易活動一並以此繼續向台灣與其他地方擴散。Tremml-Werner 認為歷史的行動者並非只有國家，身分卑微的商人其實是 16 世紀海洋貿易史的活躍行動者。

曹銘宗在歷史的宏觀層次以生動活潑的方式呈現西班牙帝國在亞洲的活動，再於微觀層次描寫庶民生活，二者的銜接相當順暢。他以食物及物品連結大歷史與小歷史，文字平實而又富含歷史意義。例如若望來到「菸草島」（今之蘭嶼），見到達悟族部落長老帶著銀盔，以為當地產銀，但長老說，當地有許多沈船，船裡有銀幣與銀塊，他們撿到後做成銀盔。這個小插曲充分說明原住民並非過著孤立的生活，而是被鑲嵌到海上貿易中，他們可利用外來物質，轉變為自己所需。「銀幣」一直是貫穿全書的主題，說明西班牙從南美洲發現銀礦而致富，而銀礦的挖掘乃是奴役當地原住民而形成殖民暴力。然後這些銀幣又被帶到亞洲，以此來對中國與日本進行貿易，以銀幣購買絲綢、茶葉、瓷器。曹銘宗以「銀幣」而能連結世界史與地方史，讓歷史變得更為可親。

四、結論

《艾爾摩沙的瑪利亞》一書，以虛構的書信呈現真實的歷史，虛實交接，以及偽造文本所造成的敘事形式上的趣味，

呈現當代歷史小說的特色：後設書寫的敘事方法取代了單線進行的寫實主義。本章也以《婆娑之島》為比較。曹銘宗為初次寫小說，文字樸實無華，而平路為資深作家，文字流暢而書信體的敘事結構更複雜。但這兩本小說都有具有下列共同特性：首先是擬仿白人統治者的觀看視野與內心慾望，並以擬仿殖民者來製造殖民者對殖民主義的反思與批評；其次，二者皆以原住民女性為西方男人的情慾投射現象。

二十世紀大河小說站在漢人觀點提出反殖民的主題，到了二十一世紀，作家們急欲擺脫這種殖民者／被殖民者的二元對立，以對話取代對立。但這種對話，畢竟是台灣作家單方面的想像，其實是以殖民者發言位置來進行台灣人自身的自我追尋之旅。在這種書寫樣態中，我們看到了新的二元對比：殖民者為男性白人，被殖民者則是原住民女性，且原住民女性除了宗教情懷與愛情，並無自己的聲音。曹銘宗與平路在擬仿殖民者時，本可以擬仿來呈現作者對殖民主義的嘲諷，但書寫過程中陷溺於認同白人男性，缺乏台灣人的視野。

曹銘宗以若望這個角色來批評殖民暴力，反而凸顯出艾爾摩沙島上的各種人等，不論是華人、日本人、原住民，都對殖民體制毫無意見。雨蘭相較於娜娜，說話的機會雖多，但都是在講天主教教義，罕見對自身文化的介紹。全書將若望設定為全面善良的好人，以至於西班牙人在雞籠的殖民成為無害的存在，而殖民主義的殘酷，總是發生在別處——在中南美洲與菲律賓。而娜娜一角不但沉默無聲，扮演情慾角色，且她總是獨自一人，不知她的家人與部落在哪裡？作者似乎陷入「主動從事性行為」就是女性主體性展現的迷思。二書

也都呈現了台灣「被貽誤」的感嘆，似乎替西方人可惜，當初為何放棄這大好土地與區域政治及貿易上的重要戰略位置。兩位作者分別替西班牙及荷蘭感嘆放棄台灣所帶來的帝國沒落，這種描述造成台灣視野的缺席。最後，歷史小說對貿易、國際關係、殖民主義、移民提出具有變化與發展動力的歷史，但是對於愛情與情慾的看法，則將其視為永恆的、具普世性的價值，沒有自身變化的歷史脈絡。我們在原住民作家巴代的作品中，終於可以見到原住民的立體樣貌，以及原住民社會的女性角色。這是下一章的主題。

參考資料

中文書目

一、專書

平路著，《婆娑之島》（台北：商周出版，2012.09）。

朱惠足，《帝國下的權力與親密：殖民地台灣小說中的種族關係》（台北：麥田，2017.08）。

高嘉勵，《書寫熱帶島嶼：帝國、旅行與想像》（台中：晨星，2016.05）。

曹銘宗，《艾爾摩沙的瑪利亞》（台北：時報出版，2021.09）。

鮑曉鷗著，那瓜譯，《西班牙人的臺灣體驗（1626-1642）：一項文藝復興時代的志業及其巴洛克的結局》（台北：南天，2008.12）。

二、專書文章

陳耀昌，〈推薦序　雞籠‧西班牙人‧馬賽人的大歷史〉，曹銘宗《艾爾摩沙的瑪利亞》，頁 6-11。

三、論文

馮品佳，〈二十一世紀臺灣「後」殖民女性小說：以《看得見的鬼》、《海神家族》與《婆娑之島》為例〉，《臺北大學中文學報》27 期（2020.03），頁 1-32。

四、電子媒體

江昭倫，〈曹銘宗書寫《艾爾摩沙的瑪利亞》勾勒西班牙帝國在台殖民史〉（來源：http://www.rti.org.tw/news/view/id/2113522，檢索日期：2021.12.23）

邱祖胤，〈「艾爾摩沙的瑪利亞」一書　重返大航海時代基隆〉（來源：http://www.cna.com.tw/news/acul/202110080302.aspx，檢索日期：2021.12.23）。

英文書目

Holden, Philip and Richard J. Ruppel.(2003) *Imperial Desire: Dissident Sexuality and Colonial Literature.* University of Minnesota Press.

Stoler, Ann Laura. (1995) *Race and the Education of Desire: Foucault's History of Sexuality and the Colonial Order of Things*. Duke University Press.

Tremml-Werner, Birgit (2015) *Spain, China, and Japan in Manila, 1571-1644*. Nederland: Amsterdam University Press.

第二章
從地方史到東亞史與世界史：
巴代歷史小說的跨文化與跨種族視野

一、前言：原住民文學與台灣歷史小說

　　自上一世紀八〇年代原住民運動蓬勃發展後，原住民文學書寫也伴隨著運動而漸次展開。當時的原住民作家往往扮演多重角色，身兼運動工作者、作家、原運刊物編輯、文史工作者等多重身份。新世紀以來，原住民文學與原運的關係變淡，作家致力於創作。卑南族作家巴代的年齡與原運世代的瓦歷斯諾幹相似，但他新世紀才展開文學生涯，早期作品內容涉及打獵、巫術等代表原住民文化核心的活動，也如主要原住民作家以漢語寫作但加入羅馬拼音的族語書寫，呈現原住民文化的特殊性與原汁原味。

　　但是近年來巴代出版三本原住民歷史小說，擱置了族語的呈現，以更加流暢的主流漢語書寫，呈現駁雜的原住民歷史與文化，顯示原住民社會在過去數百年來與荷蘭人、清朝官員、漢人、日本人密切互動且彼此影響。這三本小說依據出版順序為：《最後的女王》（2015）、《暗礁》（2015）、浪濤（2017）。[1]若以所呈現的歷史事件之順序，《暗礁》陳述牡丹

---

[1] 巴代，《最後的女王》（新北：印刻，2015.07）；巴代，《暗礁》（新北：印刻，2015.12）；巴代，《浪濤》（新北：印刻，2017.09）。以下直接於引文後標註頁碼。

社事件之前身八瑤灣事件（1871）、《浪濤》再現牡丹社事件
（1874）、《最後的女王》則描寫甲午戰爭後的台灣（1895-
1896）。

原住民文學往往以作家的身份來定義，似乎在台灣文學
中獨樹一格，這樣的看法使得原住民文學被特殊化，佔據台
灣文學一個明顯與重要的邊緣位置。當我們使用描寫主題提
出「都市文學」、「鄉土文學」，或是以寫作流派與技巧提出「寫
實主義」、「現代主義」、「後現代主義」，原住民作家縱使描寫
都會也不見得會被納入「都市文學」。本文提出「歷史小說」
這個分類框架，試圖將原住民文學的他者性與特殊性整合到
台灣文學，最終目的在於辯證原住民歷史就是驅動台灣史變
動與進展的主要力量，而原住民文學也動態地推動台灣文學
的更新：例如 1990 年代夏曼・藍波安的作品帶動海洋文學的
發展，而當代巴代則開啟我們重新思考內建於台灣歷史、文
化、社會的跨文化與跨區域的流動特質。

本文以上述三本歷史小說為研究對象，首先探討原住民
歷史小說在台灣文學上的重要意義。其次，筆者探討巴代的
敘事策略與寫作特色為何？如何將「務實」的歷史小說由文
獻資料的堆砌中，轉向小說創作的虛構與想像？最後，本文
分析以原住民觀點出發的地方史，如何與世界史互相影響、
展現原住民族在歷史洪流中有所為、有所不為的歷史能動
性？

人類學者陳文德在思考人類學與歷史研究的對話時，曾
指出如何看待歷史有兩種截然不同的取徑：較為簡單的方式
視歷史為記載造成社會變遷的重大事件，並預設一個客觀的
歷史過程—外來者（通常也是西方殖民者）的力量在這個過

程中，將「沒有歷史的民族」吸納到一個後者只能扮演被動角色的結構體系內，進而造成其社會文化變遷。換言之，「歷史」是以殖民者為中心所開展出來的過程，被研究者族群是受害者，而不是行動者。第二種論點認為必須脫離並避免複製西方中心的普遍性論述，主張被殖民者（也是歷史及人類學的被研究者）以不同方式來理解歷史，把外來的歷史事件轉換納入既有的觀念體系內，從而展現主動性，而非被動的犧牲者[2]。

　　文學研究者陳建忠將台灣文學中的歷史小說分成以下幾類：（1）通俗歷史小說，以高陽為代表；（2）反共小說；（3）後殖民歷史小說，以李喬、鍾肇政等人為代表；（4）後現代新歷史小說；（5）後殖民新歷史小說。陳建忠所謂的「新歷史小說」是「新歷史主義小說」的簡稱，新歷史主義視歷史為必然需要「敘事」為載體來呈現，在敘事過程中，面對眾多原始素材，書寫者勢必面臨材料的挑選、排除、編輯、組合。歷史無法單獨存在，必須透過敘事化的「歷史書寫」（historiography），因此書寫方式具有後設與自我反思能力。新歷史主義小說的特色是單一觀點的大敘事殞落，底層人物與庶民的日常生活構成了歷史。後現代新歷史小說致力於解構官方歷史，不免流於虛無與符號遊戲，而後殖民新歷史小說則在解構官方歷史之餘，仍致力於底層人物主體性與發言權的建立[3]。

---

[2] 陳文德，〈民族誌與歷史研究的對話：「卑南族」形成與發展的探討為例〉，《臺大文史哲學報》第 59 期（2003.11），頁 148。

[3] 陳建忠，〈臺灣歷史小說研究芻議：關於研究史、認識論與方法論的反思〉，《記憶流域：臺灣歷史書寫與記憶政治》（新北：南十字星，2018.08），頁 43-46。

　　同樣具有後殖民的標示，多了「新歷史」三個字有何不同？李喬於 1980 年代初期出版的《寒夜三部曲》，在當時的社會脈絡下，背負質疑大中國民族主義的重責大任，必須提出台灣中心的史觀來代替以往的中國中心史觀。在這個階段，關於台灣的史料並不多，李喬呈現的「台灣」同質性高，以單一的台灣來取代、對抗單一的中國；小說敘事方式則根據單一時間軸展開，並以寫實主義的方式呈現。當時台灣社會尚未引進後殖民思潮，李喬的抗日史觀反映了素樸、人文取向的反殖民精神，大致上可視為後殖民思潮的一部分[4]。

　　1980 年代後期，後現代、後殖民、新歷史主義、多元文化主義等各種思潮引進台灣，作家對台灣社會的想像開始分殊而歧異，在作品中以多重而又斷裂的時間線、破碎的敘事、不同故事線的交織來呈現歷史的複雜分歧。陳建忠於分析「後現代新歷史小說」時，曾簡略提及作者多為外省人作家，展現虛無傾向。若我們更仔細觀察，這五類歷史小說隱約呈現出台灣的族群關係。高陽的通俗歷史小說與反共小說，作者為外省人，寫作主題是中國歷史。後現代新歷史小說作家有張大春、駱以軍等人，為外省第二代，以嘲諷的態度解構中國也解構台灣，流露出作者與身處社會的扞格。後殖民小說與後殖民新歷史小說作者為本省人，與文化論述及政治論述上的本土派較為和拍共振，其代表作家如施叔青、陳耀昌、賴香吟。

　　在此狀況下，巴代所寫的原住民歷史小說，如何置放於上述的分類框架中？巴代這三本小說的書寫風格為寫實主

---

[4] 後殖民思潮的核心概念是打破殖民者與被殖民者的二元對立，強調二者的混和。李喬與鍾肇政這方面特色不強，但反殖民與去殖民的確是後殖民思潮所欲達成的目標。

義，根據單一時間軸展開故事，似乎屬於後殖民小說。但仔細追究，我們發現他一方面把原住民帶上歷史舞台，另一方面又創造各種非原住民人物，在對話中產生多重觀點，而非原住民的單一觀點。此外，原住民族本身也具有高度異質性，不但部落間彼此競爭，甚至引進外來勢力與之結盟，用以壯大自己家系以便取得部落的掌控權。巴代重回歷史大事件，以民眾的日常生活及跨文化、跨族群、跨種族的互動來形成歷史事件之所以發生的必要前提，並賦予民眾行為能動性與主體。他們並非被動承受歷史事件帶來的影響，而是隨時對各種人際互動做出判斷與回應，從而影響了歷史的走向。歷史不只是事後史學家或文學家如何「敘事」，在人們「對話」的當下就構成了歷史的變與不變。因此巴代的小說其實帶有新歷史主義的精神。同時，他的小說賦予原住民主體性，卻又不將其視為受害者，也可說是突破加害者／受害者二元對立的後殖民新歷史小說。

巴代的後殖民立場　以原住民議題為起始點　point of departure　而非靜態的中心　打破加害者與受害者二元對立　提倡混雜　但是後殖民無法在理論層次處理混雜　如何混？又為何是雜？　巴代賦予原住民言說與行動的主體

二、巴代的敘事策略與寫作特色：
　　創造多重對話角色

大部分原住民作家試圖呈現迥異於漢文化的原住民文化，呈現其純粹性與本真性，並常使用第一人稱「我」，結合民族誌與作家個人的生命經驗，讓原住民文學具有報導文學或自傳的色彩。學者邱貴芬因而提出「文學性」的扣問：她

提出，原住民需要文學「創作」嗎？她指出許多原住民作品以第一人稱的「歷史見證」訴諸真實性，但邱貴芬認為文學亦應具有虛構的特色。這個大膽的提問，預示了之後原住民文學的成熟，已可脫離原運而存在[5]。

巴代的三本歷史小說重回「大歷史」現場，在時間軸上以單線進行，依時間先後敘述，且充滿許多歷史文獻與資料，出現許多歷史真實人物人名、官職、地名、條約名稱、軍事作戰計畫，整體看來平鋪直敘，「實」多於「虛」。「秘密讀者」[6]評論網站因而對《最後的女王》提出許多負面評價，例如：此書的人物過於平面化，缺乏對人物內心意識的深刻挖掘、女主角身為女王在故事中卻看不出什麼積極作為、對情節的營造缺乏細膩的鋪陳與轉折。這樣的看法似乎流於評論者自己對小說的期待，未能從文本本身挖掘特色。所謂的「缺乏人物內心意識的深刻挖掘」假定了人物的內在性，能夠產生「內心意識」，但這種看法立足於現代性的個人主義，並非原住民社會的特色，而巴代利用「對話」來呈現人物個性，彰顯原住民社會的人物個性存在於與另一個人說話時的「之間性」及「關係性」。

若深入閱讀巴代小說，我們可發現他的寫作有兩大特色：第一是去本真化的原住民再現，將原住民部落呈現為主動與被動吸納各種外來元素的自他（self-other）相遇空間，

---

5 邱貴芬，〈原住民需要文學「創作」嗎？〉，《自由時報》，2005.09.20，E7 版。

6 「秘密讀者」為一文學評論的部落格，寫評論的人都以匿名方式發表。參見不著撰者，〈以「小說」寫史？——巴代《最後的女王》的小說技術商榷〉，《秘密讀者：輕薄的假象》（2015.09），http://anonymousreaders.logdown.com/posts/304088（2017.06.03 徵引）。

第二則是創造多重對話位置，打破單一的「我」之發言主體，呈現多元身份互相對話時「我」、「我們」、「你」、「你們」、「他」、「他們」不同指涉人稱之交織。巴代善於經營人物對話，經由各種不同身份人物之對話，創造多重觀看視角。這些觀看視角不一定以原住民為中心，而是根據每本書的性質，讓多重觀看視角呈現原住民、日本人、漢人等跨族群與跨區域的交流與溝通。

（一）跨文化、跨語言與跨種族的交流互動

由於原住民族沒有文字，過往事件皆依賴口傳，因此外來殖民者抵達前的原住民社會是怎樣的型態，實在難以揣摩。《最後女王》是他寫的第一本主流歷史小說，一開始先以「楔子」的形式及全知觀點交代台東卑南族「彪馬社」於十七世紀與荷蘭人的互動，其後則是清朝官員及前來移墾與經商的漢人。小說的頭四頁已經正式表明「純粹原住民」之不可能性，作者只能在跨種族、跨區域、跨文化的視角下來呈現「彪馬社」。

小說第一個登場的人物是彪馬社的「女王」[7]西露姑。她乘坐的是八個漢子扛的「轎子」、吸著「長柄煙斗」、穿著「黑色漢滿式袍掛」，短短三行的描述，已說明這位女性從服飾、交通工具、習慣、稱謂都夾雜著外來元素。

作者以全知觀點交代彪馬社與外來者互動的歷史。先是隨同荷蘭人尋找金礦，後來藉荷蘭人東印度公司召開跨部落

---

[7] 關於「女王」一詞的來源與意義，本文稍後會再詳論。

會議而取得眾部落的代表權與領導權，接下來在朱一貴與林爽文事件中幫助清朝平定叛軍，因而於乾隆年間獲皇帝召見前往北京紫禁城，賞賜衣物與「六品頂戴」。至此彪馬社領導人就把此項清朝皇室服飾當成權力的表徵而歷代沿襲。

在《最後的女王》這本書，作者還不擅長多重對話位置的營造，因此一開始就使用全知觀點來介紹彪馬社歷史。在巴代的描述下，彪馬社與荷蘭人及清朝官員的互動並非上對下或是壓迫者與被壓迫者的二元對立關係，而是平行關係，彪馬社利用外來者的強勢挪用其資源與權力符號，讓自己的氏族與部落取得領導權來號召統御其他部落。彪馬社被描述為擅長溝通與權謀，利用與外來者的合縱聯盟來取得自己的優勢。因此女王使用清朝服飾並非放棄自己的文化去模仿他人，而是挪用權力符號來立威。

《最後的女王》一書中，連續兩代的女王西露姑與達達都與漢人結婚，並讓漢人丈夫以女王名義取得部落實際領導權。這樣的跨族通婚是西露姑審時度勢後的決策結果，顯示她在漢人移民人數逐漸增加的情況下，明白部落本身已無法保持孤立，與其被漢人侵吞，不如刻意引進特定漢人，將其「部落化」，用漢人的貿易長才、與官府的關係、農耕技術來保障部落可以存活下來。

較晚出版的《暗礁》與《浪濤》二書，回溯較早發生的八瑤灣事件與牡丹社事件。這兩本書開始呈現雙重與多重的對話位置與觀視位置。《暗礁》一書描述八瑤灣事件，以宮古島人及原住民兩種觀點交織而成。八瑤灣事件係指附屬於琉

球中山王國的宮古島進貢商船因颱風擱淺在八瑤灣，上岸後與牡丹社及高士佛社的「大耳人」相遇，終因誤會而在漢人村子裡兩方互殺，造成多起死亡。在此書中，住在山丘不識水性的排灣族人藉由目睹船隻擱淺，想像船隻與航行的意義，並展開他們對「世界」的好奇。巴代經由創造宮古島人彼此的對話，帶出宮古島屬於位於琉球群島的中山國，而中山國又是清朝與日本的朝貢國，在東亞海上貿易具有樞紐的地位。循著以下的連結，讀者得以串連地方史、東亞史、世界史：原住民排灣族>宮古島>琉球中山國>清朝與日本>全球海上貿易。

　　宮古島人被殺後，經過三年日本政府以琉球人被殺為理由，登陸台灣東部擬以軍事行動展開報復，這就是牡丹社事件與《浪濤》一書的內容。日軍攻佔台灣東部，最後日、清簽訂條約，清朝賠款給日本、日本正式併吞琉球、清朝確認擁有台灣主權。《浪濤》一書以日本軍人的視角為主，原住民次之；在日本軍人中，又繼續分成政要、高階軍官、低階武士等多種身份，以對話方式呈現大歷史事件底下的日常生活與人際互動。

　　在此書中，日軍初抵台灣海岸時，並非立刻發動軍事攻擊，反而是雇用當地漢人及原住民工人，幫忙在岸邊建築營區。不同部落基於自身安全考量，有些率先與日軍形成和平聯盟，不介入日軍行動。如同荷蘭人與清朝並未被描述為壓迫者，此書的日軍形象也非窮兇惡極的侵略者，而是眾多行動者中的一部份，與其他行動者時而和平結盟、時而互相攻擊。根據史實，日軍聘用美國人李先得為顧問，因此書中也

出現美國人、英國人等角色。在軍事行動與和平談判中，在地漢人及翻譯者扮演重要的仲介者角色，經由翻譯者讓說族語的原住民、說閩南語的漢人、以及日本人、英國人、美國人齊聚一堂，展現多重語言[8]。

（二）從爭取單一發言主體到編織多重對話位置

從西方的冒險家與人類學者，到日治時期以來的人類學研究，原住民恆常處於「研究客體」的狀態。戰後在漢人主導文化下，原住民仍然是邊緣人與「他者」，因此原住民書寫者必須擺脫他者位置，回到發言主體。當代原住民文學在初期發展階段，以第一人稱「我」來爭取作者的發言權。到了巴代這三本小說，巴代經由原住民、漢人、清朝官員、荷蘭人、英美人、日本人等多重種族的對話，以及貿易商、士兵、日本低階武士、官員、航海水手等不同階級與職業身份，創造一套流動中的自他關係，也就是輪流擔任發言者與傾聽者。經由這套設計，作者有能力去創造原住民與漢人對話與互相想像的互動模式，而這套模式應用在原住民與宮古島人、原住民與日本人，更發揮了跨種族與跨地域的效果。

讓我們先從《最後的女王》開始。此書主要的對話就是西露姑與她漢人丈夫陳安生的對話，以及西露姑死後，長女達達成為女王，她與漢人丈夫張新才的對話。在原住民女王／漢人丈夫的對話組中，談話主題都環繞著如何讓部落生存

---

8 這部分的情節與場面描述深受《征臺紀事》一書影響。豪士・愛德華（Edward H. House）著、陳政三譯，《征臺紀事：武士刀下的牡丹花》（*The Japanese Expedition to Formosa*）（台北：原民文化，2003.12）。

壯大。男女雙方都以「部落」為共同關心點，也都認為要引進漢人的技術與人才方能達此目標。但在此共同目標與手段的基礎上，達達與丈夫又有所差異。面對清朝官府的威逼，部落是否正面迎戰？達達想的是部落實力的評估，而張新才第一個反應是不要打仗以免影響生意，讓達達感到漢人的優先價值永遠是錢財。除此之外，張新才並不以漢人身份發言，而是以「女王的丈夫兼部落領導人」的身份發言。兩人經常提到「我們如何學習他們漢人」、「他們漢人很陰險，我們如何提防」。漢人以缺席方式沒有直接發言機會，而是出現於對話中。張新才的漢人身份被淡化，反而強調其融入部落生活以便領導部落。

巴代在《最後的女王》一書，尚未發展出純熟的多重對話位置。荷蘭人、清朝官兵、漢人等多重種族的登場大多以全知觀點交代。不過巴代擅長營造對話，在此書中已見端倪。達達與丈夫、母親、部落眾人等皆有對話，但很少促成關鍵性行動。反而是她的丈夫張新才主動買馬給達達騎乘，以便彰顯女王權威。「秘密讀者」認為巴代未能探討女王的內心深處，但此書及其書名的弔詭就在於，「女王」只是男性權力交鋒中的代理人，其實並無實權。

本書書名為《最後的女王》，而其實「女王」一詞，具有特殊意涵，也令讀者及研究者好奇，卑南族所謂的母系社會，也就是長女繼承，且結婚時是男性「婚入」女性家中，這是否也意味著母系部落具有女性領導人？作者在書中明確表示，女王是借來的詞彙，是「王爺」的女性版。而所謂的「王爺」，來自當年部落長老被清朝皇帝召見並賞賜。卑南族對領

導人的稱呼是「阿雅萬」，後來受漢人影響，而有了「工」與
「女王」的詞彙與觀念，顯示出原住民文化必然含有「文化
翻譯」的元素。若依「父系社會／母系社會」這樣的思考方
式去探討卑南族的親屬組織，從原住民相關網站得到的答案
總是很明確：卑南族是母系社會。這樣的答案其實簡化許多
親屬構成的過程。對漢人而言，父系的親屬組織不只與婚姻、
繼承有關，也與政治制度上的父權相關；因此漢人讀者即有
可能因為書中有歷任「女王」而認定卑南族為母系社會。

　　從人類學者的研究及本書的描述可看出，卑南族具有由
成年男性所組成的「巴拉冠」會所制度，它既是一個具體的
建築空間，也是部落成年男性討論公共事務的場所，由「領
導家系」來運作政治事務。年長男性藉由替部落男子舉行成
年禮而顯示其權威，而巴拉冠排除女性的參與，只有男性可
以進入。甚至到了 1990 年代，普悠瑪（南王）部落，仍然禁
止女性進入巴拉冠[9]。此書中，巴代不斷地重構與解構「女王」
這個頭銜及其意涵。女王不能進入禁止女性的巴拉冠會所，
因此她召集長老會議時遵守傳統不進入會所，改成在會所外
面開會。但是由巴代所再現的部落政治事務之運作，卻顯示
陳達達很少主動講話，總是她的漢人丈夫張新才與部落長老
討論後，再問達達的意見。達達只能表示贊同，並無否決權。

　　雖然卑南族的部落政治是由「領導家系」形成的集體領
導，名義上還是有特定個人為全體領導者（阿雅萬）。根據馬
淵東一（Mabuchi）看法，卑南族的繼承原則可因每次特定狀

---

9 陳文德，〈文化產業與部落發展：以卑南族普悠瑪（南王）與卡地布
　（知本）為例〉，《考古人類學刊》第 80 期（2014.06），頁 114。

況而傳承給兒子、女兒、甚至由巫師占卜。母系似乎是常規，但變異太過頻繁，因此實際上是父系母系皆可的「兩可法則」以及具有「選擇性」（非以血緣為原則，而是神喻）[10]。在小說中因而出現西露姑、陳達達這樣的「女王」，但西露姑的位置傳承自父親，而非母親。許多原住民相關網站及書籍將卑南族歸類為「母系」，又說「巴拉冠」成年會所女性不能進入，不但呈現親屬組織與政治組織的脫勾，也將原住民部落視為靜態且可輕易分類[11]。書中這兩位「女王」都和漢人男性結婚。西露姑的丈夫陳安生自己吸食鴉片，也將此習慣傳給西露姑，最後她因長期吸食而死亡。西露姑丈夫陳安生與陳達達丈夫張新才都是番產交易商，也是官府心目中的「頭目」，代表蕃社與官府互動。

《最後的女王》是三本書中最早出版的，此書以原住民部落成員間的交談為主，尚未發展出自我與他者的對話。到了《暗礁》一書，內容以宮古島人及「大耳」人為雙重言說主體，互相把對方當成想像客體、猜測對方的動機與行為。全書第一章與單數章為宮古島人的視野，第二章與雙數章為原住民視野。兩者平行發展，一直到全書中間篇幅（共 34 章的第 17 章）雙方才正式相逢。

1971 年琉球群島中的宮古島，其進貢與貿易的船隻碰上颱風而擱淺於台灣東南部八瑤灣，人員上岸後起初被原住民

---

[10] Mabuchi, T, "The Aboriginal People of Formosa", in G.P. Murdock ed., *Social Structure in Southeast Asia* (Chicago: Quandrangle Books), 1960, p.p. 127-140.

[11] 部落的政治組織與親屬制度其實一直處於動態變遷中，而非靜態的存在。見陳文德，〈「親屬」到底是什麼？——一個卑南族聚落的例子〉，《中央研究院民族學研究所集刊》第 87 期（1999.12），頁 1-39。

猜疑，後來原住民決定接待與照顧，卻因言語不通產生誤會，最後雙方都拔刀互砍，造成雙方成員的傷亡。歷史上認為的關鍵事件（原住民殺人）只佔據本書最後的幾頁篇幅，全書大部分通過原住民與宮古島人的雙重視野描述「如何認識異己？」這個認識論的議題，也可說此書探討「誤解」，到了《浪濤》一書，則以多方翻譯為方法，達成原住民與日本軍方的互相理解。

作者賦予原住民觀視主體的位置，從山丘上監視剛上岸的陌生人，以成員間的對話顯示原住民的領土意識：

> 「唉呀，闖進我們的地域，沒打招呼本來就不應該，弄到最後打在一起了，火頭上誰管得了自己的脾氣？能不殺人嗎？這一點，我可是不妥協的！外人就是敵人，不管是誰，該殺的還是要殺！」（頁 21）

在宮古島人這方面，他們不斷猜測上岸後會遇見吃人的「生蕃」或「大耳人」。巴代並未用「作者聲音」諷刺宮古島人的無知與偏見，而是很中性的呈現出遭遇船難的當事人就是會這麼想。作者試圖保持平衡，呈現雙方的認知與行為，到了《浪濤》一書，則偏向日本軍方與武士的觀點。

在《暗礁》一書，雙方終於正式見面後，原住民招待晚餐，餐後吹起優美動聽的鼻笛，這引起宮古島人內部不同意見的對話：

> 「謠傳這些人是殺人吃人的大耳生蕃，可是，這樣的笛聲，這樣的歌聲，分明是遠離戰爭殺伐的地方才產

生得出的聲音啊。」一個商人說著，打斷了野原的思緒。

「的確是這樣的，讓人聽了都忘了所有的痛苦，或者所有不幸剛剛都割除了。」（頁241）

「你這話就說得不得體了，音樂到處都有，不同的人有不同的表現，我們宮古島自然有我們的歌聲樂器，你不能因為聽這些歌聲笛聲大為感動，而看輕了其他的地方，甚至把這裡完全美化了，這也不過是大耳生番的習慣吧。誰知道這是不是他們殺人前的儀式呢？」一個人插了話。（頁242）

作者讓宮古島人成為說話主體，呈現對原住民的印象：少部分時候是讚嘆肯定，大部分時候是殺人吃人的負面刻板印象。雖然作者的筆觸盡量維持中立，但經由宮古島人再三強調生蕃會殺人吃人，這樣的發言主體反而成為讀者的反思對象，讓我們思考自己是否如十九世紀的宮古島人，對原住民的認知停留在很表層的印象。另一方面，作者在宮古島人中創造了「野原茶武」這個角色，[12]他觀察敏銳，對原住民文化很快就發展出欣賞與認同的態度。巴代在創造多重觀視位置與對話位置時，常喜歡用局外人的觀點來表達對原住民文化的肯定。

由於語言不通，又缺乏翻譯，其實本書大部分是原住民彼此交談、宮古島人彼此交談，「文本內」的對話非常少，而是由提出雙方如何想像對方，讓讀者在閱讀層次產生「雙方

---

[12] 野原茶武為真實事件中的受難者之一。

互動」的閱讀效果。當雙方在最後即將拔刀互相砍殺前，他們終於面對面直接講話。雙方對峙時，現場原本有可以擔任翻譯的漢人，因為害怕而躲起來。雙方各自用自己的語言表達高漲的情緒，展現作者多次觸及的溝通與認識論的主題：「是否了解自己的不瞭解」。原住民高度意識到自己不瞭解對方，所以先前做出許多善意行動。而宮古島人未能同樣地察覺自身欠缺瞭解對方的能力，把針對對方的錯誤想像當成是正確的瞭解與判斷。這場認識論的展開，其核心弔詭就是：知道自己不知道，才有可能跨出瞭解的第一步。

到了《浪濤》一書，日本軍方在策劃進軍台灣前，就已派密探收集台灣島各種地理、氣候、水文等資訊。雙方互動過程中，使用族語、漢語、閩南語、日語、英語多語翻譯，呈現各方均有意識地努力瞭解對方[13]。當《浪濤》這本小說中的日本軍官與下層武士對話時，看似雙方均為發言主體，但這又是作者巴代想像出來的對話，作者在此書中多處流露對日本武士道的著迷，此時作者成為研究主體，將歷史上真正存在的人物與虛構的人物當成其亟欲探究瞭解的客體對象，讓看似二元對立的入侵者日本軍人與受害者原住民翻轉為在各自的位置上去想像對方、想像對方如何想像自己。

《浪濤》描寫牡丹社事件，作者以全知觀點描寫事件的背景及日本維新後政壇的狀況。接下來作者以歷史真實人物樺山資紀（1837-1922）為範本，想像如何模擬他與同儕、與

---

13 巴代以前的著作會使用羅馬拼音來書寫族語，並以漢語擬聲字來呈現閩南語。不過在《浪濤》一書中，作者全部使用當代華文來交代日軍與原住民互動的多語現象。

下屬的對話，以對話來呈現日本人對於爭取功名、留下歷史定位之英雄主義的崇拜。此書也大量描繪下層武士在明治維新後的尷尬處境：他們被剝奪武士的正式職銜，又失去社會地位與養家活口的薪水，在此歷史轉型的夾縫中，希望經由參加征討台灣遠征軍適應新式軍隊的生活，更期待打先鋒建立功名。經由兩位下級武士的對話，作者顯示人物的焦慮情緒、時代轉變的失落感、扭轉自身劣勢的慾望、對英雄主義的嚮往、對台灣及其原住民的好奇。經由數位武士的對話，這場後人視為日本帝國主義擴張的入侵戰爭，被合理化與浪漫化為發揚本已沒落的武士之道：

> 「我們有機會參加這個戰爭立功。」藤田新兵衛說。
> 「你說的是戰爭耶，你怎麼說的好像我們要上京城參加慶典，那麼興奮。」
> 「田中君，你是害怕打仗嗎？」
> 「可是，軍隊建立了，目的就是要打仗啊。你想想，琉球那些屬於我們薩摩的藩民被殺了，我們沒有為他們討回公道，也對不起我們當武士的身分。」
> 「武士？沒有武士了，都改稱士族了，藤田君還真是執念啊。」
> 「對我來說是一樣啊，能有機會建立功勳，這也是你我共同的想望，不是嗎？」（頁73）

> 「其實，我是真的想從軍。我參加佐賀的起義，是為了日本的振奮，而今日遠征軍出征，也是為了日本的威望，我當然要想辦法參加。」（頁81）

　　《浪濤》一書奇特之處在於，雖然全書充滿多重觀點與
對話位置，但原住民的對話似乎不如日本武士之鮮明強烈。
也許就量的表現而言，原住民發言機會並不少，但牡丹社事
件的主要觀視點是想要報國、建立功名的日本下層武士。作
者還創作了武士的詩歌吟詠及武士道的禪學精神，似乎相當
迷戀武士道與英雄主義。例如，作者經由武士人物表達出「默」
的精神。

> 田中腦海突然升起了一個漢字「默」。
> 田中回應這字義包括：寂靜無聲、暗地裡的算計，延
> 伸出關於劍道的意涵，則必須安靜沈穩，精準算計每
> 一個步伐與出手的時機點。田中……忽然升起了這個
> 記憶又頓悟出這個道理。「默」的意涵除了安靜專注，
> 還有將自身融進環境之中，讓環境因素成為力量的一
> 環。現在如何利用天色微弱的光線隱蔽自身行動，掌
> 握周遭聲音適時隱藏自己發出的聲響，那正是「默」
> 的另一個更深層的意涵。（頁 249-250）

　　從武士精神出發，又折射為日本武士對台灣原住民的讚
嘆，認為他們體現了武士道的精神。利用創造日本武士或軍
人的觀點來肯定原住民，此種敘事策略在台灣文學與電影中
並不罕見。《1895》這部電影描繪甲午戰爭後台灣發生的漢人
抗日事件「乙未戰爭」，片中平行使用漢人觀點與日軍觀點，
而日軍以軍醫森鷗外為代表，以充滿磁性的聲音唸出他寫的
日記，再配合畫面上美麗遼闊的台灣地景與海景，由森鷗外
發出讚嘆台灣美景的話語。《浪濤》一書也有類似的敘事策略，
經由英雄化、美學化、禪學化的武士形象，間接襯托出台灣

原住民具有類似精神。同樣地，作者也通過日本人的眼光，如此讚美台灣：「光是物種的豐富，就足以建構數種獨一無二的世界級知識庫」（頁 262）。

後殖民　他者的眼光　作者有意識地創造他者的腳色　原住民作者主體之自信　不必自己說自己很厲害　而是連日本人也讚嘆　這是否為日本右翼意識形態共謀？

《浪濤》一書結構類似《暗礁》，將外來者與原住民的視野互相交錯。第一章以及單數章描述原住民族各社之間的互動，第二章及雙數章描述日本軍方出兵目的、過程、結果。全書結束於第十一章，也就是單數章，在此回到原住民觀點，但是這最後一章內容與漢人有密切關係，描述一位原住民青年與漢人女性的婚禮，似乎暗喻原住民的未來將逐漸與漢人融合。這是單看最後一章，在「文本內」的層次，原住民與漢人終將有更密切的互動，而入侵的日本軍方如浪濤般來了又去。但在「文本外」的層次以及「作者聲音」的層次，日本武士道成為殘而不絕的迷戀對象[14]。

但這最後一章的份量較輕，讀起來像「後記」，反而是倒數第二章〈鬼域冥土〉，具有驚悚的閱讀效果。此章敘述重點是戰爭正式結束後，日本士兵卻大量感染傳染病而死亡，並出現雇工人就地製作棺材的淒涼場面。作者所創造的日本諸位士兵與軍官的對話，在此章並未形成多元觀點，反而是眾人一齊發出感嘆與傷逝之情。在文本外的真實世界，史書以

---

[14] 此處係指台灣文學、文化、以及政治與社會領域，存在著對武士道精神的執迷與興趣，最明顯的例子是前總統李登輝先生。

及一般人對牡丹社事件的認知是這場軍事行動日方勝利，將清朝逼上外交談判桌，清朝提出鉅額賠款給日方，也結束清朝與琉球的朝貢關係，間接承認日方對琉球的控制權。

然而，從實際參與作戰的日本士兵來看，作者經由士兵的眼光，認為這是一場敗仗。他們從未看清楚番人的面貌、未正面交鋒、感染疾病而死於「鬼域冥土」。從書中一路鋪陳武士道精神，到此章悲劇性的淒涼氣氛，雖然不無諷刺侵入者下場的意味，但讀起來更多的是作者對武士與武士道精神的尊崇。作為原住民作家，巴代一方面打破受害情結與反抗精神這兩項台灣歷史論述中的核心要素，創造出有謀略、有談判能力的原住民人物，並將清朝、漢人、日本軍人去妖魔化。同時，他模擬日本歷史人物，想像出報效國家的武士行為與精神，似乎流露出作者自身對武士道的嚮往，再將之折射為對原住民戰士的肯定。換言之，若抽掉日本武士的元素，原住民戰士顯得面貌模糊。

作者使用後浪推前浪的浪濤意象，將日軍的行動比喻為時代浪潮中看似前進、又終將後退的流水。這讓我們想到施叔青在《風前塵埃》一書中，以佛教的意象暗喻日軍進攻原住民部落及統治台灣終究是〈風前塵埃〉，終將歸於虛無，但女人的情慾記憶卻殘存不消。巴代同樣以浪濤的快速進退，讓日本帝國主義式的軍事擴張，被武士道哲學覆蓋，留下雖死猶榮的英雄主義頌讚。作者雖然不譴責日方的軍事侵略與殘暴行為，但是經由連接微觀的地方史與宏觀的世界史，讀者被帶往世界局勢的探索，而非個別人物的是非評價。

　　筆者將於下一節討論地方史與世界史的關係，並依據歷史事件發生之先後順序來分析，因此首先探討《暗礁》一書，其次是《浪濤》，第三本是《最後的女王》。

三、地方史與世界史：
大歷史邊緣的行動主體

　　長期以來，官方歷史的書寫著重政權的變異更迭、帝王將相的事業、個別英雄的崛起與沒落；民間與地方上的小人物或者消失、或者出現於稗官野史與民間傳說。後現代與後殖民思潮的出現，使得大歷史與大敘述的重要性消退，出現書寫民間歷史的熱潮與挖掘底層人民的聲音。台灣自 1980 年代以來，歷史研究從中國中心轉成台灣中心，又繼續帶動地方文史工作者探索範圍更小、主題更細緻深入的地方史。地方政府設置各種地方文學獎，也造成小說作家以地方史及地景地誌為寫作題材，形成後鄉土小說的書寫路線[15]。

　　巴代書寫的特點一方面呼應上述現象中對底層與邊緣發聲的重視，另一方面則重回大歷史，想像重要歷史事件發生過程中，小人物如何以其有所為與有所不為而發揮能動性，與大歷史匯流。不同於以往將地方視為被動地受外來大歷史

---

[15] 後鄉土小說雖然著重鄉土空間的重新想像，但也將時間空間化，帶入地方史的探索。參見范銘如，〈後鄉土小說初探〉，《臺灣文學學報》第 11 期（2007.12），頁 21-49；陳惠齡，〈「鄉土」語境的衍異與增生—九〇年代以降台灣鄉土小說的書寫新貌〉，《中外文學》第 39 卷 1 期（2010.03），頁 85-127。

的接受者，只能單方面被影響，巴代在這三本歷史小說中，讓地方史與世界史產生互動，互相影響。

（一）《暗礁》：大歷史事件背後的日常生活

巴代在《暗礁》一書的後記指出，八瑤灣事件向來只是牡丹社事件的背景與舞台（頁 316），沒有受到多一些關注，扮演著「原因」與「前情提要」的地位。而巴代則試圖想像意外與日常、劇變與常態之間的關係。

過往的史書或當代歷史教科書在描述八瑤灣事件時，甚少著墨於宮古島人上岸經過，僅以數字描述上岸結果：被原住民殺害。由此我們可看出，以漢人或日本人為觀點的歷史敘述，在涉及原住民時一方面剝奪其主體位置，另一方面又賦予他們「殺人」的能動性，並將原住民視為究責對象。巴代認為重大歷史事件或一件殺人事件並非獨立發生，必有其發生的脈絡與過程。因此他以想像的方式，呈現遭受船難者心情的驚恐，以及原住民面對外來者時初期的態度是謹慎保守，防衛自己的領域不要受攻擊，而後則是以同情及友善方式接待宮古島人，最後又因語言不通與各項誤會導致「雙方」忽然拔刀互砍。殺人行動在此書中被描寫為原住民與宮古島人雙方都互砍，且不在雙方的預期中，而是在彼此誤會的狀況下，瞬間發生武力衝突。

官方歷史記載著重在「原住民殺害宮古島人」，而巴代小說《暗礁》一書，鋪陳許多部落與外來者的互動，但實際的肢體衝突與意外殺人，只有四頁。此書與官方記載大異其趣之處如下：（1）不是一般人以為的原住民殺人，而是雙方互

砍，是意外事件；（2）篇幅只佔四頁，史書中記載原住民砍下許多人頭並帶走人頭，在小說中未提及；（3）意外的導火線是「瞭解」與「不瞭解」二者的綜合。雙方彼此語言不通，當宮古島人解釋自己為何背棄原住民友善接待而偷偷逃離現場，當野原提出說明，原本雙方言語不通，野原卻偏偏提到「關鍵詞」是原住民聽得懂的，反而引發殺機。這些關鍵字句是：

> 「我們都聽過台灣殺人吃人的生番，我們無時無刻不感到極大恐懼」野原說。
> 「生番？」卡嚕魯聽懂了這一句，然後忽然爆烈地吼著：「我們生番怎樣？你們又多了不起，吃我們拿我們的你們感謝過嗎？呸！」（頁 282）

這短短的對話，說明原住民固然不瞭解外族語言，卻充分瞭解各方對他們的誤解與刻板印象：「殺人吃人的生番」。如果沒有這句話的刺激，也許暴力就不會發生。巴代在三本小說中，都提起荷蘭人以來，各種外來者與原住民相遇互動的真實歷史事件。這些說明不只是提供歷史背景，也意味著原住民有豐富且成熟的對外互動經驗，並非一看到外來者就直接殺害。

根據歷史記載，高士佛社與牡丹社族人殺害宮古島人後，又將頭顱砍下，帶回部落，屍體則由當地漢人就近埋葬，形成頭顱與身體易位的狀態。日後日軍侵台（牡丹社事件），輾轉尋找這些頭顱，並設法帶回琉球。日方經由重新取得頭顱擁有權與祭祀權，藉此宣示死者乃是「日本人」，奠定日方

替國民報仇的正當性。上述這些真實且戲劇化的過程，不論是《暗礁》或是《浪濤》都沒有提及。《暗礁》一書絕大部分在鋪陳原住民及宮古島人日常生活的細節，而《浪濤》則注重日本軍方的攻台動機、策略、軍事過程、外交談判結果。巴代避開尋找頭顱的情節，可能是不願意強化讀者「原住民出草」的刻板印象。

正因為牡丹社事件在台灣史與日本史上都具有重要地位，「原住民殺人出草」似乎是理所當然的「原因」，巴代需更費功夫去化解單一的因果關係，將歷史重新理解為「意外與日常」二者的擦撞火花。他對日常生活的描述包括自然環境之地理地形、動物、昆蟲、植物，原住民的住屋、排灣族鼻笛吹奏、青年男女的求愛過程、婚姻制度、部落公共事務。其中鼻笛部分就用掉整章（第十四章），此章不只描寫鼻笛音樂的美妙，更包括所吹奏的曲調涉及多年前祖先率領族人遷移的歷史。由此處我們可看出原住民對歷史的看法與再現方式與漢人大為不同。若說歷史必然是「敘事」，那麼音樂具有「敘事」的功能嗎？音樂如何成為訴說遷移史的載體？這方面巴代並未進一步說明。

日常生活並不意味著部落處於孤立且靜態的狀態。藉由幾個主要原住民人物的對話，巴代表達出這些人對外界事務的好奇，極欲求取新知識與新技術，例如耕種、貿易、漢語，但又不斷擔心過多外來影響是否損及部落的核心價值觀？主要人物之一阿帝朋說道：

「嗯，別說海上了，就算在陸地上，隔個山，我們恐怕也弄不清楚那些在卑南覓的卡地步人怎麼活著，北方那些已經佔據平地的百朗真正是怎麼過生活的，只能猜測或聽說來著。不同的族群總要有個接觸、溝通、交往，才有可能進一步的認識啊。」（頁 74）

同時，他們也擔心與漢人互動學習可能帶來無窮的慾望：「他們[16]更貪婪，想要擁有更多的物品。但是，一旦我們的慾望變成他們一樣無窮無盡時，我們就得學他們，就需要他們。」（頁 91）

也許對許多讀者而言，《暗礁》一書過於平淡，缺乏戲劇性高潮與張力，且殺人經過又只有短短的四頁。正因為如此，我們更加有機會反思被視為理所當然的歷史思考方式：我們需要一個「事件」來當成複雜歷史過程的「原因」，這個事件往往被實體化而失去本應是多重面向的權力關係及語言溝通的運作。單一化的歷史思考把事件賦予一個主詞與受詞。原住民（生蕃）是主詞與加害者，事件是殺人，宮古島人是受詞與被害者。主詞是文法上的一個位置，它未必保證發言權與主體性。巴代小說的特點，就是把單一歸因的歷史事件之主詞找出來，賦予原住民發言、想像、行動的主體。這個主體不見得是特定個人，而是一群人，在對話過程中展現他們的視野、立場、生命經驗、政治判斷、愛情歷練。當我們能

---

[16] 此處「他們」指「百朗」，也就是漢人。全書很少讓漢人直接出場發言，而是出現於原住民彼此對話中。巴代這三本小說讓漢人以不在場方式被原住民提起，並以簡潔的對話表達原住民對漢人的看法：不誠實、狡猾、陰險。

把原住民視為主體——而非殺人的主詞，那麼關於他們的整體生活就不只是遇到宮古島人並將其殺害，而是生活中的所有歷練。

《暗礁》一書似乎不像歷史小說，但其實此書可以挑戰「歷史是什麼？」的探問。歷史離不開人、活動、時間之流。巴代詳細再現了原住民身為人的價值與尊嚴，他們猶如水面下的珊瑚礁，肉眼只可見到水面上的一小部分，而其實整個浸潤海底的珊瑚礁形成生態系，支持跨物種的交流與共生，形成筆者所謂的「暗礁主體」。

暗礁在此成了世事變化、命運難料的比喻，也呼喚著對未來的預感：數年後日本出兵臺灣的牡丹社事件。當事人覺得某些事情即將發生，卻又無法確知究竟會發生什麼事。暗礁有什麼特色？將原住民視為暗礁主體又是什麼意思？

暗礁具有下面五項特質。首先，礁岩高低起伏，藏在海平面以下，隔著一段距離肉眼無法看見暗礁。其次，海平面下降或是觀視者潛入海中，就可以看到。第三，暗礁並非只是岩石，而是廣義的珊瑚礁，本身即是一個多物種共存的生態系，有岩石、魚蝦貝類、海藻、微生物等。甚至，過去的沉船，也是這個生態系的一部份，訴說人類航海史的貿易史，以及海難造成的殘骸形成的類礁岩狀態。第四，珊瑚礁代表重層的時間性。已經死去的珊瑚礁如同祖先，與現在活著的珊瑚共存，也聯繫到不斷改變中的未來生態系，因此是過去、現在、未來三種時間共存。最後，暗礁本身存在於那裡，人類及其搭乘的船是行動主體，因為要航海，然後遇上颱風或

是水手經驗不足而撞倒暗礁。人們的認知與陳述卻將因果關係顛倒，變成「暗礁」造成船隻擱淺或翻覆，暗礁成為加害者與歸咎對象。

由此延伸出的暗礁主體扣和著上述特色，筆者提出以下詮釋：原住民主體長期在臺灣被漠視忽略，有如海平面下的礁石。藉由觀視者的「浸潤」，[17]將自己往海裡投入，才可能看到暗礁。原住民的生活與大自然緊密結合，自然本身以及和原住民的關係就是原住民的文化與知識系統，因此主體並非西方個人主義式的單獨個體，而是與周遭動植物形成的跨物種的互動。原住民的祖先乃至於族群起源神話，都存在於說故事的當下，而原住民日常生活都與祖先維持密切互動。由回溯傳統與文化復振運動，都指向未來原住民文化與傳統的協商與更新。暗礁並非孤立存在，海難帶來外來的人與物，訴說著暗礁主體與外界的相逢。最後，由八瑤灣事件、牡丹社事件、及歷次的與原住民相關的歷史事件，外來的侵入者並不想為自己的航行負起全責，而將意外與傷亡說成是「原住民殺人」。若是以原住民為在地的主體，外來者侵入他們的領域，而他們盡力提供食宿，最後仍因誤會而造成雙方傷害。巴代經由小說書寫，翻轉了「生番殺人」的固定敘事。

「浸潤」或是「沒入水中」這樣的概念昭示著水與陸的連續體，也可以超越自我與他者的對立。若是以漢人為觀視

---

17 伊莉莎白德蘿蕾在其論文中介紹浸潤（immersion）的概念。參見 Elizabeth DeLoughrey. "Submarine Futures of the Anthropocene." *Comparative Literature* 69:1 (2017), pp. 32-33. 她在此文提出「海平面以下」的研究觀點，從而激發筆者提出「暗礁主體」的概念。

者，必須走向海洋、潛進海水，方能發現珊瑚礁的跨物種世界，而自己的身體既是獨立於珊瑚礁、又是被海水所包覆。原住民族在西方人與漢人侵入前，是自己土地上的主人。經過重層殖民與抵殖民，找回自身主體。這個「找回」的過程，意味著歷經離開與失落，因而與漢人一樣，從一段遙遠的距離觀看自身，再逐漸返回，躍入海中，擁抱新的暗礁主體：一個跨物種、結合自然與文化、集體與個人、傳統與現代的存有。暗礁起起落落，很難指認「一個」或「兩個」岩石，其時而綿延、時而斷裂的狀態，揭示當代原住民主體生成過程與各種文化及台灣的歷史與社會脈絡互相鑲嵌的過程。

排灣族住在山上，對海洋並不熟悉。經由真實的海難事件，以及想像這些事件中原住民的角色，巴代將排灣族帶往海洋、潛入海水下面。這個海洋的轉折，呼應台灣文化論述從本土論的土地想像到海洋想像的變化過程。巴代又進一步將海洋論述帶向「海平面以下」、「浸潤」、「潛水根」的面向。大家都知道夏曼藍波安早就在上一世紀 90 年代就描述了潛水到海底的經驗，巴代的特色與貢獻在於他將海平面以下的暗礁由寫實帶向寓言的性質。這是一則關於台灣的寓言，也是關於地方史、國族史、世界史的寓言。

（二）《浪濤》：牡丹社事件與國際公法下的民族國家

大多數台灣民眾與中國民眾都知道甲午戰爭，這可能被視為台灣歷史上最關鍵性的事件。其實在更早之前，1874 年的牡丹社事件—日方稱為「征台之役」，日本第一次進軍台灣攻擊原住民部落,台灣命運從那時就開始走向一個新的階段,

成為日本覬覦的對象，而清朝也在牡丹社事件後加強對台灣的防守與建設，並採取「開山撫番」的政策。這次的征台之役受直接影響的原住民只有牡丹社與高士佛社，其他番社保持中立。此役對日本意義更重大，因為它是日本明治維新實施軍隊國家化與現代化之後的第一次對外進軍，也是日後日本走上擴張主義的開端。

而日本進軍台灣的理由，就是發生於 1871 年的八瑤灣事件，也就是《暗礁》一書的內容。與其說宮古島島民被殺是「起因」，1874 年日軍征台是「後果」，不如說，日本在明治維新的過程中，將自身由地方諸侯統領的封建幕府時代與鎖國時代，改造為現代國家，以「萬國公法」來理解國際關係與主權國家。汪暉曾在分析琉球歷史時，提到明治維新後日本如何經由對國際法的理解與實踐，成功將琉球脫離清朝朝貢國地位而成為日本的一部份。[18]日本日本經由聲稱替被殺的琉球人討回公道——且琉球人是日本人，成功地實驗一場國際關係的改造。這場實驗，就是把朝貢藩屬關係轉化為萬國公法中具有主權的民族國家之間的關係。清朝被迫在此次事件中放棄傳統朝貢藩屬關係，將自身的傳統帝國重新理解為主權與治權合一的民族國家。

琉球歷史悠久、漢化頗深。明朝時是明朝的朝貢國，清朝時繼續維持朝貢國地位，以此關係成為東亞海上貿易的重要轉運站。十七世紀薩摩藩崛起後，勢力介入琉球群島，琉

---

[18] 汪暉，《亞洲視野：中國歷史的敘述》（香港：牛津大學出版社，2010.04），頁 196-201。

球也成為日本的朝貢國。在傳統的東亞國際秩序下，琉球這樣的「兩屬」地位並不矛盾。朝貢關係固然有上對下的階序差別，但上國並無對下國具有「主權」宣稱。清朝一國與多個朝貢國的關係是親疏遠近、有彈性與模糊的關係，統治樣態多元化，內外的區分不似近代民族國家那麼明顯。而近代民族國家則具備清晰的國界線與主權，內外區分具有剛性特質。不論是朝貢關係的琉球，或是台灣東部的「生蕃」，對清朝而言都不具有清楚的內外區別並依各屬地特性有不同治理方式。比如清朝一方面宣稱擁有全部台灣領土，又因為生蕃具有自己的風俗習慣，因此乃「化外之民」，不受清朝統治。

薩摩藩在十七世紀侵略琉球，後來逐漸增加對琉球的掌控，這種實質上的控制，仍然不具有現代國家體系下所稱的琉球屬於日本「內部」。經由宮古島人被殺，日本得以宣稱宮古島/琉球群島屬於日本，接下來以戰爭為手段，最後用外交手段與擬定條約讓清朝放棄與琉球的朝貢關係，日本再將琉球併吞，使得琉球成為實質上與法理上日本的一部份。這整個過程，是日本扭轉傳統的朝貢關係，以「國家主權」的概念來處理琉球，並運用「萬國公法」的國際法概念與清朝談判[19]。

宮古島人被殺的八瑤灣事件，若非數年後日軍進攻台灣南部，這次的原住民與外來者的「相逢」就沒有特殊意義了，也難以稱為「事件」。讀者從巴代的寫作中已可得知從荷蘭人以來，原住民已經跟外來者「相遇」很多次。原住民與外來

---

[19] 汪暉，《亞洲視野：中國歷史的敘述》，頁 196-201。

者的接觸，除了荷蘭人、宮古島人、日本人，還有英國人與
美國人。當然，最頻繁且密切的是漢人移民與清朝官員。漢
人定居下來，與原住民通婚，起初漢人是番社內的少數人口
並融入部落文化，久而久之，經由與頭目女兒結婚取得土地
與領導權，給部落帶來重大且深遠的改變。前述的歐美人士
與宮古島人，則是發生船難、船隻擱淺而上岸。十九世紀美
國船隻羅妹號於台灣南部擱淺，船上人員上岸遭原住民殺害，
美國也曾派軍艦入侵，軍事攻擊結果並不順利，最後由美國
外交官李仙得與原住民部落簽訂協定，保證以後船難上岸的
外國人能受到保護。此次事件清朝並未介入，而十九世紀美
國對於亞洲，也許因為遠隔重洋，尚未採取計畫性的軍事侵
略與長期佔領的政策。上述的美國軍隊登陸台灣只是一時的
行動，不如日本的「征台之役」具有以軍事為目的達成外交
談判的長期意義。在此次征台之役，日本軍方雇用美國外交
官李仙得為顧問，還邀請美國記者愛德華豪士（Edward H.
House）隨同報導，豪士之後寫成《征臺紀事》一書[20]，讓整
個事件不單是東亞區域日本與清朝的衝突，同時也涉及英美
等國對此事件的態度[21]。《征臺紀事》一書為巴代寫作的重要
參考依據，書中許多場景取材自此書[22]。

　　李仙得　歐美反對日本出兵　　可見是世界局勢　東亞
史也是西方介入的歷史　西方帝國主義發展的歷史　前現代
帝國清朝　西方與日本帝國主義　構成了世界史　西方本身
並非世界史　而是西方與東方的相遇與互動

---

[20] 豪士・艾德華，《征臺紀事》。
[21] 英國對日軍征台起初採觀望態度，後來擔心戰爭影響東亞貿易，改為
　　反對，並禁止英國航業界租借船隻給日本。
[22] 例如《浪濤》一書中，日軍與部落頭目伊瑟見面會談的場景，見頁276。

　　對於地處東亞的日本而言，明治維新後確立自身為民族國家，再以萬國公法的概念，搭配清朝認為台灣生番為化外之民，得以讓日本視台灣東部為無主之地而加以佔領。雖然戰爭後與清朝的外交協商讓清朝保留台灣主權，卻也得以讓日本迫使清朝中斷與琉球的朝貢藩屬關係，同時把琉球人視為日本人，於 1872 至 1879 數年間正式併吞琉球，設立沖繩縣。在十九世紀西方帝國主義的脈絡下，將自己的政體視為「民族國家」，被想像成由同一的民族、語言、文化所構成的具有明確邊界及主權的民族國家。但擴張性的帝國主義其實是西方民族國家的另一面，以侵略或訂定條約的方式建立與亞洲、非洲的關係。在萬國公法的形式中，國與國的關係是平等的，但建立條約之內容卻是不平等的。相反地，在清朝的朝貢體系中，清國具有上位而朝貢國是附屬地位，形式上的階序格局帶來的也許是互惠的內容。日本曾是西方條約的受害者；經過明治維新後的國力躍增，日本也想要效法西方這種「不平等的平等」，以主權國家與民族國家的概念來定義自身以及日本與清國的互動。琉球人被定義為「日本人」，日本政府有正當性替他們復仇，清國在牡丹社事件後續的談判中，提供金錢賠償，放棄琉球為其藩屬國，並暫時保住對台灣的主權。

（三）《最後的女王》：東亞政治秩序的重組

　　有別於台灣主流歷史書寫中的抗日史觀，《最後的女王》描述甲午戰爭次年（1896），台東卑南族如何協助日軍登陸台灣，趕走清軍。當時的部落「領導人」是卑南族女性陳達達[23]，巴代以平實手法描述陳達達為了部落生存而與各種不同

---

[23] 卑南族的領導方式是以「巴拉冠」會所組織進行集體領導，而非單一

的勢力結盟。「部落中的眾人」是本書的主角，而非陳達達個人。這樣的敘事法未將陳達達英雄化或神格化，凸顯原住民部落的公共事務乃是集體決策的過程。

巴代在此書後記表示，他從小喜愛歌仔戲、布袋戲、京劇等地方戲曲，更深深為京劇中的女將軍「梁紅玉」一角著迷。後來他有機會看到陳達達的史料，因而決心以她為主角，寫出巴代自青少年起就有的「女英雌」崇拜，把陳達達看作是卑南族的「梁紅玉」。[24]儘管作者自陳其女英雌崇拜，身為讀者與研究者，筆者認為巴代致力於描寫族群關係中的權力糾葛，陳達達並未被歌頌為權力無邊、武功蓋世，反而在當下的原漢關係及原住民本身的部落關係中，受到許多限制以及為突破限制而做出的謀略。這樣的呈現方式更能顯示歷史的複雜，遠勝對主角歌功頌德，誇大其威力。

甲午戰爭是日本於明治維新後第一次對別國的正式宣戰，並以現代化的軍隊作戰。當時的清朝尚無由國家統一徵召、訓練、領導的軍隊，而是由個別政治強人所徵召的地方武力，因而有湘軍（曾國藩領導）、淮軍（李鴻章領導）等稱呼。日本在幕府封建時代，負責作戰的武士也同樣是聽命於特定將軍。從幕府時代到明治維新的轉型過程中，武士階級被廢除，形成社會上一群失業的人，造成社會動盪不安。西鄉從道為了管理這群人，想出征臺計畫，讓這群人有報效國家的機會。因此，征臺之役乃是現代化國家軍隊與下層武士的混和。《浪濤》一書也花費許多篇幅描述武士的心情。這種

的頭目。本書出現的「女王」並無統治實權，詳見本文稍後段落。
[24] 最後的女王，265-268。

新舊軍隊雜混的情形，到了甲午戰爭已不復見，日本展現國家統一後軍隊管理的現代化，而清朝儘管花錢購買西方軍艦與各式武器，卻沒有現代化的軍隊制度。根據西方學者史都華龍恩（Stewart Lone）的看法，甲午戰爭不只是日本與清國兩個國家的戰爭，更是日本有意識地在西方強權面前展示自己的實力，日本戰勝清朝也改變了東亞的政治秩序[25]。

不管是中國史觀還是台灣史觀，對甲午戰爭後日軍登台的後續發展，都抱持抗日觀點，以紀錄史實的方式記載苗栗客家人吳湯興等人的抗日事蹟，這群人也成為愛國精神下的英雄。這種抗日史觀也讓大眾對甲午戰爭的認知停留在這是日清兩國的戰爭，忽略日本向西方展演自身實力的戰爭企圖。主流史觀不只強調抗日，也隱含著漢人中心與男性中心的盲點。巴代在《最後的女王》一書，打破漢人中心與男性中心的抗日史觀，提出三重的解構與重構：從抗日轉而協日、以原住民為中心、把被淹沒的女性人物重新帶入文學與歷史的舞台。

李喬所寫的電影劇本《情歸大地》，正好與《最後的女王》形成強烈對比。《情歸大地》以乙未戰爭中客家抗日英雄吳湯興為主角，女性的角色不是母親就是妻子，她們擁有堅毅的力量支持男性的抗日行動。女性總是以大地之母的形象出現，不惜犧牲自己來成全丈夫或兒子的行動。劇本中出現的閩南人，即使剛開始嘲諷抗日行動者的天真不切實際，最後也都被民族精神所感召，投入抗日行動。在抗日英雄主義的歷史

---

25 Lone, Stewart, *Japan's First Modern War: Army and Society in the Conflict with China, 1894-95* (London: Palgrave, 1994), pp. 4-5.

想像中，日軍的形象是殘酷而邪惡的。這個劇本因而擁有二元對立的「好人對抗壞人」的價值觀。

當我們將焦點放在乙未戰爭與客家人抗日事件，我們看到的是單一事件，而非台灣這塊土地上延續性的日常生活與巨變二者的交織互動。甲午戰爭之前的重大事件是「牡丹社事件」，這種以重大事件為中心的歷史敘事法，使得歷史由一個個單獨的「點」所構成，每個「點」有其主角與配角，歷史的本質容易流於單一面向或同質化。《最後的女王》不只是以原住民為中心，提出原住民協助日軍登台的另類歷史，同時也打破單一事件的歷史觀點，從多族群互動的觀點描述人民的日常生活。在此書中，以及另外兩本，原住民從來就不是以純粹的、獨立自主的方式出現，而是在多重族群互動關係中顯現。書中一開始的楔子就以全知觀點介紹卑南族曾與荷蘭人合作尋找金礦，又利用荷蘭人之外來勢力讓自身成為區域性的領導者。清朝期間在林爽文事件中協助清軍，族人因而受清朝皇帝召見，並賜予皇室冠服。從這個開頭，讀者就可清楚得知，卑南族以自身部落的生存與壯大為優先目標，外來者既非仇人，也非效忠對象，而是因勢利導，並無一貫的對外政治立場。

當漢人史觀頌揚客家抗日英雄之時，巴代卻告訴我們，在 1896 年的台灣東部，由於島上的清軍尚未完全撤離，因缺乏薪資與糧餉而劫掠卑南族部落，卑南族之「彪馬社」為了自身的生存而與日軍合作，對抗清軍。這不只是「抵抗／協力」二種史觀之差異，更牽涉到「歷史性」的本質。《情歸大地》以及許多主流書寫關注於單一事件，外來者是侵略者與

加害者，本地人則是受害者與反抗英雄。在《最後的女王》一書，原住民數百年來就與荷蘭人、漢人、日本人互動，在此互動中有時是受害者，有時則利用外來勢力的槓桿操作，增加自己在原住民區域的影響力。「原住民族」不是一個同質化的群體，而是許多小單位團體依循血緣、遷移、通婚、貿易、戰爭、疾病等諸多因素而動態地組合。

李喬的抗日是單一事件，則巴代的後殖民立場打破殖民者與被殖民者的二元對立，讓各種族群、國家、種族處於雜混互動

《最後的女王》一書，不只是對既定的歷史書寫提出「補遺」的作用，而是從原住民出發，啟動我們去觀察多重權力關係在歷史形成過程中複雜的糾葛。筆者提議「以原住民為研究方法」，由此看出台灣與世界的互動。原住民一方面被包括在台灣之內；另一方面又因為語言屬於南島語系，所以又超出台灣之外。原住民長期位於社會最底層，歷次政權更迭中當權者以其原住民政策來確認統治界線的有效性；因此從原住民出發，可以啟動最具活力的研究進路。甲午戰爭扭轉了西方對日本的看法，也牽動整個東亞局勢，宣告日本帝國主義登上世界舞台，與西方帝國主義並列，更預告了日後韓國與臺灣殖民與抵殖民的歷史發展。

若把李喬《情歸大地》與巴代《最後的女王》比較[26]，前者並未讓我們瞭解 1895 年之前的台灣漢人之日常生活樣貌，也無法讓我們瞭解是怎樣的社會脈絡與動力造就苗栗客家庄吳湯興的英勇抗日，更不用說放棄抵抗、甚至主動迎接日本

---

26 李喬，《情歸大地》（台北：客委會，2008.01）。

軍隊的漢人，其動機與心態為何？當漢人抗日的歷史觀點成為主流，歷史也跟著簡化為「事件」，有了加害者與受害者、英雄與惡棍。巴代歷史小說呈現出原住民族內部的異質性，即使同屬於卑南族，不同領導家系仍互相競爭，並視每個特定狀況而與其他部落或其他族群結盟。巴代小說的歷史性在於把單一重大事件當作許多貿易網絡、族群互動關係網絡、文化交流網絡的「節點」（nodal points），而非一個個孤立的點。這些網絡呈現出原住民的日常生活、行為模式、決策模式、權力關係，使得歷史具有多重因果關係與多重結果。

四、結論：
以建立發言主體超越悲情與受害者身份

巴代這三本歷史小說乍看下以單一時間線與寫實的方式呈現小說主題與內容，讀來不免有枯燥之感，與著重後設敘述與多層次時間的後現代、後殖民新歷史主義小說差異甚大。然而，巴代善於營造多重人物的視角，並以對話方式讓不同背景、不同身份的人物表達其觀點。他一方面讓原住民掌握發言權，另一方面也讓對立的他者有說話的權力。《暗礁》平行呈現出牡丹社／高士佛社的觀點與宮古島人的觀點，二者各自想像對方，這樣的想像是否符合現實？此書因而探問一個認識論的議題：「人與人之間的瞭解如何可能？」。作者把主流歷史上簡短的一句「原住民殺人」及此句話背後的究責意味，翻轉成原住民日常生活的所思所感，讓原住民成為具有思辯能力的知識主體，而最關鍵的殺人行動在此書中只以寥寥數頁呈現，讓讀者把單一的殺人事件重新理解為跨文

化與跨語言兩群人的相遇與誤解。而「暗礁」不只是讓船撞毀的石頭，更寓意海平面以下珊瑚礁的生態系，使得原住民主體猶如暗礁，必須浸潤於水中方可理解其豐富性。

《浪濤》一書描述牡丹社事件，此書不似《暗礁》呈現平衡的兩方觀點，反而略微失衡，以較細緻的方式呈現日本下級武士的心情、抱負、用武的哲學，透露出作者對武士道的著迷。此書也呈現出當地人（包括漢人與原住民）在當時的社會脈絡下，並無「日軍要入侵台灣」的概念，而是密切關注日軍的一舉一動，盤算自己的利益是與日軍合作或是對立。書中也顯示軍事行動只是外交談判的前置手段，真正的戰場是外交。作者因而寫出許多當時知名的日本政壇人士，如大久保利通、樺山資紀等人，還有美國人李先得及最後參與調停日、清二國、協助雙方訂定條約的英國大使威妥瑪。原住民並非國際關係中一枚被動的棋子，相反的，原住民經由作戰、躲避、簽約等各種方式保護自己的家園。

《最後的女王》是此三書最早出版的一本，巴代尚未在此書發展出不同族群的多重對話位置。他以第三人稱全知觀點交代卑南族與荷蘭人、清廷官員、漢人移民的互動，讓讀者充分瞭解原住民文化的混雜性。此書的對話仍然值得一提，主要是彪馬社內部成員的對話，包括西露姑女王的漢人丈夫陳安生及達達女王的漢人丈夫張新才，也就是融入原住民部落的漢人及其「內部性」與「外部性」的雙重特質。此書也呈現出「女王」乃是文化翻譯的結果，讓我們瞭解到原住民文化、親屬組織、政治組織、部落定義乃是不斷變遷的過程。

　　巴代的小說重新詮釋歷史大事件，並將這些事件放在日常生活中無數的小事件所堆積的行動法則。小人物與歷史邊緣的人物並非被動地接受外來的大事件，而是依循當下自身所處脈絡來理解互動者，從而做出判斷與行為。這些判斷與行為又進一步被對方瞭解或誤解，然後繼續做出回應（或不回應）。歷史是由各種不同結構位置的行動者共同建構而成，也可能日後被遺忘，然後又重新被發現。巴代的小說超越原住民的悲情與受害者身份，以同理心編織跨文化、跨語言、跨種族的互動網絡。透過原住民，我們才能真正瞭解台灣歷史的錯綜複雜，以及其不斷開放、容納新觀點的特質。相較於原住民在台灣居住數千年，二戰結束後與國共內戰後來到台灣的移民，長期以來自認為是中國人，他們又如何與解嚴後的台灣認同互動與協商呢？這是第三章的主題。

參考資料

中文書目

一、專書

巴代，《浪濤》（新北：印刻，2017 年）。

巴代，《最後的女王》（新北：印刻，2015 年）。

巴代，《暗礁》（新北：印刻，2015 年）。

李喬，《情歸大地》（台北：客委會，2008 年）。

汪暉，《亞洲視野：中國歷史的敘述》（香港：牛津大學出版社，2010 年）。

施叔青，《風前塵埃》（台北：時報出版，2008 年）。

陳文德，《從社會到社群性的浮現：卑南族的家、部落、族群與地方社會》（台北：中央研究院民族學研究所，2020 年）。

豪士・愛德華（Edward H. House）著、陳政三譯，《征臺紀事：武士刀下的牡丹花》（*The Japanese Expedition to Formosa*）（台北：原民文化，2003 年）。

二、論文

（一）期刊論文

范銘如，〈後鄉土小說初探〉，《臺灣文學學報》11 期（2007 年 12 月），頁 21-49。

陳文德，〈「親屬」到底是什麼？──一個卑南族聚落的例子〉，
　　《中央研究院民族學研究所集刊》87 期（1999 年 12 月），
　　頁 1-39。

陳文德，〈文化產業與部落發展：以卑南族普悠瑪（南王）與
　　卡地布（知本）為例〉，《考古人類學刊》80 期（2014 年
　　6 月），頁 103-140。

陳文德，〈民族誌與歷史研究的對話：「卑南族」形成與發展
　　的探討為例〉，《臺大文史哲學報》59 期（2003 年 11 月），
　　頁 143-175。

陳建忠，〈臺灣歷史小說研究芻議：關於研究史、認識論與方
　　法論的反思〉，《記憶流域：臺灣歷史書寫與記憶政治》
　　（新北：南十字星，2018 年），頁 25-67。

陳惠齡，〈「鄉土」語境的衍異與增生──九〇年代以降台灣
　　鄉土小說的書寫新貌〉，《中外文學》39 卷 1 期（2010 年
　　3 月），頁 85-127。

三、報章雜誌

邱貴芬，〈原住民需要文學「創作」嗎？〉，《自由時報》，2005
　　年 9 月 20 日，E7 版。

四、網路資料

不著撰者，〈以「小說」寫史？──巴代《最後的女王》的小
　　說技術商榷〉，《秘密讀者：輕薄的假象》，（2015 年 9 月，
　　來源：http://anonymousreaders.logdown.com/posts/30408
　　8，2017 年 6 月 3 日徵引）。

英文書目

一、專書

Lone, Stewart (1994) *Japan's First Modern War: Army and Society in the Conflict with China, 1894-95*. London: Palgrave.

二、論文

Deloughrey, Elizabeth (2017) "Submarine Futures of the Anthropocene." (p. p. 32-44). *Comparative Literature* Vol69 (1).

Mabuchi, T (1960) "The Aboriginal People of Formosa", in G.P. Murdock ed., *Social Structure in Southeast Asia*. (p.p. 127-140) Chicago: Quandrangle Books,.

第二篇

解構與重構中國性

第三章
《邊緣人三部曲》與另類鄉土文學：
從離散到在地認同 [1]

一、前言：不重要的作家有何重要性？

　　一位作家，從二十歲持續筆耕到八十歲，出版四十多本小一位作家，從二十歲持續筆耕到八十歲，出版四十多本小說，曾得過文藝獎，也擔任過文藝團體會長，[2]這樣多產的作家，為何至今只有一篇碩士論文及期刊論文為探討對象呢？[3]張放於 1932 年出生於河北，原籍山東，1949 年來台，擔任過記者等工作，2013 年過世。他是發生於 1949 年澎湖之山東流亡學生案的當事人，[4]此後一生致力於底層外省人生命困境之書寫，進入 1990 年代後才敢以間接迂迴方式於作品中

1　本文第五節由師大台文系畢業之黃茂善同學協助完成，在此致謝。
2　張放曾擔任過中國文藝協會秘書長，並得過中山文藝創作獎、吳三連散文獎。
3　張放著作列表，可見新地文學編輯室，〈張放先生著作書目〉，《新地文學》24 期（2013.06），頁 293-296。目前以張放為主的學術論文，分別為張文竹，〈張放小說中的澎湖書寫〉（台北：台北市立大學中國語文學系碩士在職專班碩士論文，2019）；侯如綺，〈必要與艱難－張放解嚴後小說身分敘事探析〉，《政大中文學報》32 期（2019.12），頁 281-314。
4　關於山東流亡學生案之研究，可參考黃翔瑜，〈山東流亡師生冤獄案的發生及其處理經過（1949-1955）〉，《臺灣文獻季刊》60 卷 2 期（2009.06），頁 269-308。

述及此案。身為山東學生澎湖事件的當事人，目睹同儕遭受白色恐怖，張放在解嚴後的作品持續批判國民黨，同時又與黨外運動保持距離。

我們想提問，「不重要」的作家，是否因為其書寫位置座落於文壇數種主流論述交織之空缺處，使得他難以被看見？[5]但正因為這種特殊的位置－不被任何論述思潮所觸及的缺漏處，是否能使研究者得以從事槓桿操作，以不重要性反思台灣文學的重要議題？目前兩篇關於張放的研究，聚焦於張放小說本身，並未和其他作者比較。而筆者期能透過張放研究，省思台灣文學鄉土書寫的發展與變遷，並探討離散與反離散二者的拉扯張力。

本論文擬以出版於 2001 年的《邊緣人三部曲》為研究對象，分析離散者成為定居者的過程與方法。本文將《邊緣人三部曲》視為「另類鄉土文學」，藉此分析不同時期台灣鄉土文學發展的脈絡與文本特色，並以離散／反離散的視角探討外省籍第一代作家筆下人物在地化又邊緣化的雙重面向。

《邊緣人三部曲》的地理位置分別為：澎湖、北宜公路偏鄉與望安島（澎湖附近之離島）、以及台北縣（今之新北市）石碇鄉一帶。作者寫的不只是與都市區隔很遠的偏鄉，甚至是離島澎湖及望安島。在作者筆下，除了台灣與中國的對比，更多的是台灣首都台北與偏鄉及離島的對比。台北被視為腐敗官僚之所，而偏鄉與離島才是安定之所，作者一方面跳脫中國結／台灣結的對立，同時又賦予台灣曖昧的定義。本文

---

5 所謂數種論述交織處，乃指後現代、後殖民、新歷史、女性主義、酷兒等各種思潮的交錯重疊，而張放處於此交織網絡中的空缺處。

第二節將會針對此點繼續探討，期能解答作者心目中的鄉土到底是何種面貌？

二、從離散到定居：另類鄉土文學、族群關係、定居之後？

　　在台灣文學史的脈絡下，日治時期台灣話文論戰開啟作家對鄉土文學的想像與討論。戰後 1977 年的鄉土文學論戰，奠定鄉土文學成為台灣當代文學的典律：有別於之前外省作家書寫對象為中國原鄉，鄉土文學改成面對台灣這塊土地，以寫實方式呈現當前社會問題及底層人民的生活，並隱含對過度西化與資本主義的批判。筆者將鄉土文學論戰前後十年間的鄉土文學稱為「經典鄉土文學」，代表作家如黃春明、王禎和、洪醒夫、宋澤萊、王拓等，並提出「另類鄉土文學」的概念，以此和經典鄉土文學及後鄉土文學對話。

　　1990 年以來台灣文壇深受後現代、後殖民、解構主義、女性主義、酷兒等「後學」思考的影響，單純的寫實主義已無法表現多元歧異的當代社會，持續以鄉土為題材的作家，開始使用魔幻、後設、多重視野等繁複的技巧，深化特定地方的地景地貌，並以奇觀化、表演化的方式呈現民俗祭典，將鄉土由作家實際經驗轉化為想像的舞台與美學技巧的實驗所。這種風格被研究者稱為「後鄉土文學」或「新鄉土文學」。[6]

---

[6] 後鄉土文學與新鄉土文學的重疊與差異之處，將於文獻探討此節闡述。

　　經典鄉土文學以台灣為寫作對象，也隱含了未被直接討論的省籍身份因素。外省籍第一代作家所寫的中國鄉土，並非鄉土文學；換言之，鄉土文學的寫作者被預設為本省籍與原住民作家，而鄉土文學論戰也後設地被理解為中國中心與台灣中心兩種文學史觀的對抗。[7]然而，張放身為外省第一代作家，他於 2001 年所出版的《邊緣人三部曲》，以平鋪直敘的寫實手法，描述離散的外省老兵在澎湖與台北縣偏鄉定居的過程，似乎不能說這些作品不是台灣鄉土文學。張放的外省籍身份、樸素的敘事方法、對偏鄉與離島土地的熱愛、側面書寫白色恐怖事件並批評國民黨，這些因素加起來，都使他其他本省籍或外省籍作家格格不入。他早期寫作內容類似其他外省籍第一代作家，以中國原鄉為題材；當他的同輩在 1990 年代以後逐漸淡出文壇，他卻持續書寫與出版。《邊緣人三部曲》表現出對寶島的熱愛，使得張放與早期的自己、外省第一代、外省第二代都不同，也與新世代的後鄉土文學不同。本論文因而希望透過這位「不重要」的作家，重新思考不同的作家身份如何在書寫中調動空間部署與時間記憶，形成鄉土文學的三種面貌：經典鄉土文學、另類鄉土文學、後鄉土文學。

　　所有的文學都必然包含時間與空間的面相，張放的《邊緣人三部曲》以台灣偏鄉與離島為敘事空間，但其時間面相

7　1977 的鄉土文學論大致可視為官方反鄉土文學與非官方肯定鄉土文學的抗衡，但如後者，有陳映真、尉天驄、胡秋原在政治認同上偏屬左翼統派者。有趣的是，往後被視為鄉土文學的創作者多為本省籍或原住民作家，這部分可解釋為在論戰以後「鄉土」與彼時興起的黨外運動與台灣意識結合。

與台灣關聯稀薄，幾乎都是外省人在內戰期間以及來台後顛沛流離的歷史經驗，且提及韓戰等重大世界史的事件。他熱愛台灣、敵視國民黨，卻又與台灣的歷史、社會、文化疏離。同時，他致力於呈現各種外省人當年所經歷的逃難創傷，中國土地成為苦難的象徵，並非所欲回歸終老之處。這種既不屬於台灣也不屬於中國的雙重失落，似乎類似外省第二代作家。然而，作者筆下的人物致力於以己身綿薄之力貢獻所居之處，完全沒有外省第二代的自我放逐之姿，那為什麼貢獻於鄉土的主要人物，最後卻死亡？三部曲中為數不少的外省人人物，最後不是病死就是自殺，作者書寫死亡意欲傳達何種訊息？本論文遂從離散與定居的辯證關係，提出三個問題意識：

首先，何謂另類鄉土文學？鄉土文學在新世紀有何新的發展？在歷時性的軸線上，另類鄉土文學如何延續經典鄉土文學？哪些方面與其斷裂？在共時性的軸線上，另類鄉土文學與後鄉土文學關係為何？《邊緣人三部曲》的「台灣」語境有何特殊性？為何他鎖定特定的偏鄉與離島作為在地化之處，以致於「台灣」反而成為威權統治者的象徵？

其次，筆者擬探討外省第一代作家與外省第二代作家書寫方式與發言位置有何差別？張放身為外省第一代作家，與同輩的外省第一代作家相比，有何獨特之處？台灣的省籍問題是族群關係的重要面相，如果不討論本省人與外省人的互動關係，單獨看待外省人恐有本質化之嫌。因而，我們必須從族群互動關係中去了解本書如何刻劃本省人、外省人、原住民。

　　最後，筆者擬探討張放如何處理由離散到在地認同的過程？外省第一代回鄉探親是否為「再中國化」的趨勢？張放筆下的人物發展出對澎湖的在地認同後，如何處理中國原鄉與澎湖鄉土的關係？最後，經由探討張放作品，史書美的華語語系研究如何與王德威的後遺民／後移民／後夷民寫作產生新的對話空間？

　　在進行上述討論之前，讓我們先簡短認識《邊緣人三部曲》的人物、情節、背景。

　　邊緣人三部曲的第一部為《海魂》，主要時代背景是戰後至 20 世紀 60 年代，充滿白色恐怖與冷戰的肅殺氣氛。男主人翁于光在中國青島時為船公司康樂隊的編劇與導演，後隨船公司來到澎湖，繼續從事戲劇工作。[8] 本書配角人物，影射山東學生遭特務暗殺，即所謂山東流亡學生事件。主角于光自小是孤兒，對家鄉沒什麼印象。全書中于光屢屢感嘆自己是孤兒，不只無家鄉可回，現實社會人心險惡，他也難以在台灣安身立命，充滿孤兒意識。由此可見，孤兒意識並非台灣本省人才有，張放透過于光來表達孤兒意識，不只是傳達對兩岸政權的不滿，也藉此在三部曲的敘述中認肯台灣人在日治時期及二二八事件的創傷而帶出的孤兒意識。

　　《邊緣人三部曲》第二部名為《漲潮時》，故事地點前半在台北縣坪林附近，後半部則以澎湖望安島為背景，時間大約是 20 世紀 80 年代開放老兵探親前後幾年。[9] 故事敘事退伍

8　于光的太太替他改名為余有，本論文後半提起婚後的于光，以于有稱之。

9　台北縣於 2010 年改制為新北市。本文使用舊名台北縣。

老兵趙鐵元來到小村，開一家小吃店維生，並救起本欲自殺的原住民女孩阿美。原住民少女阿美未婚懷孕，本想自殺卻被老趙救起，兩人結婚並生下非老趙骨肉的小孩趙浩公。書中配角高樹曾參加韓戰，後來因緣際會來到澎湖望安島當音樂老師，建議老趙來此開餐廳。老趙離開台北縣移居望安島，除了開設學校餐廳，還投資興建海產加工產。這是三部曲中，唯一沒有以死亡為結局的一部小說。

第三部的結局如同第一部，男主人翁杜小甫死亡，但是作為三部曲的結尾，男主人翁杜小甫的死亡充滿複雜而正面的積極意義，代表他獻身給土地。第三部取名為《與海有約》，故事一開始類似第二部，男主人翁杜小甫從軍中退役，來到台北縣某濱海小鎮，先是賣饅頭豆漿，後來改賣水果，並認識從花蓮來此工作的中年女子阿春。兩人婚後過著美滿的生活，阿春懷孕後，卻因年紀太大而聽從醫師勸告進行墮胎手術。小說中段部分，杜小甫回中國大陸探親並得知有兒子、孫子，但仍選擇短暫停留後離開。回台後，小鎮鎮長規劃在山上開闢公園，杜小甫自願前往幫忙，每天開著工程車在山上忙碌。在此過程中，作者描述的多位人物因病死亡。男主人翁杜小甫本人，也在山上施工時，被滾下的巨石打中，當場身亡。事後阿春帶著杜小甫的骨灰離開小鎮，回到花蓮，並將骨灰埋在花蓮。

三、返樸歸真的土地

1977 年鄉土文學論戰造就了鄉土文學成為台灣文學的典律，並於 1980、90 年代與台灣中心的文化民族主義結合。

鄉土文學以描繪台灣底層社會庶民生活的面貌，或明或暗地有著反西化、反資本主義的價值觀。鄉土文學以寫實主義的筆法呈現底層人物，在人物對話中夾雜大量台語的使用，有時則雜混著簡單的日語或英語，帶來語言混雜的效果。然而，這樣的典律到了 1990 年代就面臨多元文化與各種新思潮的挑戰，似乎有沒落的跡象，隨即又以「後鄉土」的面貌出發。本研究藉由兩種不同歷史與社會脈絡的比較（解嚴前與解嚴後），重新省思鄉土文學、另類鄉土文學、後鄉土文學的關係。後鄉土文學的特色是寫實性模糊，使用魔幻寫實或後設書寫等繁複的敘事技巧，對特定地方之地景、地貌提出更具體細緻的描述、將民俗祭典以奇觀式方式展演、多元文化與環境生態的關懷。[10]

本文針對張放提出「另類鄉土文學」，不同於經典鄉土文學及後鄉土文學，其特色為：（1）平鋪直敘的寫實手法、（2）以外省人及離散者的身份定居台灣鄉土、（3）重新調整中國／台灣的關係，改為台灣本島／離島的對比，以台灣本島來代表政治中心及國民黨政權，從而將離島設定為敘事場景與離散者定居之所在、（4）延續經典鄉土文學感時憂國、批判現實的傳統，以外省人白色恐怖受害者身份批判國民黨政權。另類鄉土文學結合時間與空間，在空間書寫中帶入眾多重大歷史事件，除了國共內戰與流亡外，還涉及白色恐怖、韓戰、政府開放探親等議題，但又不是歷史小說，而是以回憶過往

---

[10] 范銘如，〈後鄉土小說初探〉，《台灣文學學報》11 期（2007.12），頁 21-50；陳惠齡，〈「鄉土」語境的衍異與增生——九零年代以降台灣鄉土小說的書寫新貌〉，《中外文學》39 卷 1 期（2010.03），頁 85-127。

歷史來部署人物的心理狀態，並進而表述不同族群差異的歷史記憶如何經由共居一塊土地而形成情感共同體。整體言之，張放筆下的外省人流亡者，經由差異性而導向融入當地的慾望。

張放筆下的土地，並無層層的文學比喻與想像力，而是最素樸直接、可以種植農作物的土地。第二部與第三部的男主人翁，都是來自中國大陸鄉下的農民，種植農作物對他們而言，是最基本的滿足生存所需。在第三部《與海有約》的故事裡，小鎮鎮長提議修建環山公園，民眾都表示肯定與歡迎。公園要種些什麼呢？有人提議種玫瑰花才好看，杜小甫則大聲主張：「要種金棗、橘子、地瓜、大蒜」。[11]等作物，故事結尾他在颱風夜仍忙著山頂工程，「朦朧中，眼前展現出一片金燦燦的道路，路旁種滿了各種樹木和作物，金棗、橘子、地瓜、大蒜、高麗菜、黃瓜，以及各種鮮豔奪目的花」，[12]片刻後，巨石滑落，杜小甫喪命。在他臨終前的幻象裡，花排在最後面，且沒有名字，蔬菜水果卻是一項項很具體。就一般常識而言，公園種大蒜與高麗菜似乎有點格格不入，對杜小甫而言，卻是生存、生活、生命的代表。

在第二部《漲潮時》，男主人翁趙鐵元賣的水餃大受歡迎，記者前來報導，得知老闆是山東人，誇讚道：萊陽水餃、天下馳名。老趙卻翻臉說這不是萊陽水餃，「我使的是石碇豬肉、宜蘭蔥、台東薑、西螺釀造的醬油，連煮水餃的水也是

---

11 張放，《與海有約》（台北：昭明，2001.07），頁 254。
12 張放，《與海有約》，頁 266。

南勢溪的水，我的水餃跟萊陽扯不上一點關係！」[13]。在這段話裡，主人翁老趙深深認同這塊土地，原因就是食物的素材來自這塊土地。

《漲潮時》的開頭，介紹男主翁在中國大陸的背景是「雖然趙氏家族從清朝中葉來此落戶，沒有出過一名舉人或知縣，但是他們吃苦、耐勞、肯幹，對於土地有濃厚的感情。『從土裏掏食吃』是趙家莊農民的信條。」[14]，從這裡的描述可看出，趙家是清朝時搬來的，當事人趙鐵元這樣的認知意味著內部離散在中國歷史上的重要性。老趙家沒出過舉人，代代都是農夫或佃農，更反映出與考試制度無緣的底層農民，只能老老實實依附土地，反而少了書香世家的士大夫意識型態（把土地當成田園之美的作詩對象，不知農夫的辛勞）。從三部曲的人物出身來看，所謂另類鄉土文學也許是鄉土文學論戰不斷被召喚又被提防的「工農兵文學」。

《漲潮時》的後半段，原本為配角的高樹，份量逐漸提高。高樹因緣際會來到澎湖望安島當學校音樂老師，高樹寫信邀請老趙投標學校的餐廳，老趙就放棄在北縣生意興隆的水餃店，舉家遷移到望安島。先是經營學校餐廳，後來又準備借貸開設魚肉工廠，充分利用澎湖的海產，提升當地的就業機會與經濟發展。我們可以看到，不管是土地還是海洋，它們最重要的功能就是提供食物給人類。老趙經由烹飪食物、分享食物、開發魚產，建立人際關係以及貢獻地方。二部曲與三部曲的男主人翁念茲在茲的都是，如何以自己的力量貢

---

[13] 張放，《漲潮時》（台北：昭明，2001.07），頁 49。
[14] 張放，《漲潮時》，頁 49。

獻地方？「地方」由不同的人群組成，張放如何以省籍為人群分類？持續自稱外省人，又顯示怎樣的認同呢？

四、族群關係：誰說我不是台灣人？

張放身為外省第一代作家，與他的同輩及外省第二代作家都有很大的不同。[15]筆者所指的外省第一代，係出生於中國大陸，並在那裡度過童年與青少年，內戰結束後來台時，對中國大陸的家鄉仍保有直接而鮮明的記憶，因此也將這些記憶在家庭中敘述給兒女聽。他們的子女—外省第二代—出生於台灣，與中國並無直接接觸過，卻由於父親的敘述，而產生豐富的想像力，並與國民黨威權體制下的教育制度之國文課、歷史課、地理課與之接合，建構出後設的中國想像與敘事動力。

外省第一代教育水準參差不齊，且長年動亂的中國也沒有統一的教科書；他們共同的生命經驗與歷史記憶就是抗日戰爭與國共內戰，經由抗日戰爭帶來的凝聚力而產生強烈的中國人認同。這些顛沛流離的生命經驗使他們來到台灣後，仍以中國為寫作題材，較少觸及台灣這塊土地。外省第二代成長於台灣，接受國民黨威權體制教育，浸淫於國立編譯館的一致化教科書所呈現的中國文學、歷史、地理。1980 年代後期台灣解嚴後，社會運動風起雲湧，各種異質而多元的論

---

15 1949 年國共內戰後抵台者稱為外省人。這些人的下一代成年後，在文壇與社會各界嶄露頭角而被稱為外省第二代。本文因而將外省人一詞改為外省第一代。

述或來自本土，或從國外引進，讓人們開始質疑與反思過去
視為理所當然的價值觀與思考方式。外省第二代作家一方面
痛苦地看著中國迷思與威權體制的崩落，同時又難以接受本
土論述。這些人在身分認同上產生迷惘與矛盾：糾葛於中國
大陸移民與台灣外省人兩種身分的兩難。[16]相形之下，外省第
一代自然地認為自己是中國人，並無認同的矛盾。台灣本土
論述興起的 90 年代，外省第一代作家年齡已高，出版品漸
少，在公領域的發言機會也同樣減少。而外省第二代作家，
如張大春、朱天心與駱以軍，在台灣本土意識興起時，也是
他們活躍於文壇的時候；因此這群外省第二代作家許多膾炙
人口的作品不無與台灣本土論述抗衡與較勁之意味。外省第
二代作家力抗「台灣人」身分認同之排他性，擔憂自己受到
排斥，然而從研究者的角度看，當代台灣人的身分是多元而
具備彈性，因此這些外省第二代作家其實也是台灣作家。[17]

由此看來，張放身為外省第一代作家，與他的同輩與晚
輩都不相同。首先，他的寫作生涯持續到新世紀以後。本論
文所討論的小說出版於西元 2001 年，在此之後，他持續出
版，最後一本書是《豔陽天》（2013）。雖然未取得文壇上令
人注目的位置，他卻持續筆耕。其次，也是很重要的一點，
《邊緣人三部曲》以及其後的作品，張放以台灣鄉土為描寫
對象，並念茲在茲地讓他的男主人翁歷盡千辛萬苦設法融入

---

16 蔡曉玲，〈「中國大陸移民」或「台灣外省人」──從文學倫理學批評
   看駱以軍小說中的身份認同〉，《哲學與文化》42 卷 4 期（2015.04），
   頁 69。
17 Phyllis Yuting Huang, "What's in a Name?: Second-generation Mainland
   Writers' Literacy Works as a Contested Genre", *Quarterly Journal of
   Chinese Studies*, Vol.1, No.4 (2012), pp. 44-58.

土地。然而，他的作品仍然以呈現外省人歷史經驗為主軸，因而呈現出一種「中國時間與台灣空間」的組合。以下筆者分別討論書中關於外省人形象、本省人形象、族群互動關係來分析。

（一）外省人形象

本書第一部男主人翁于光是船公司康樂部的戲劇編導，第二部與第三部的男主人翁都是軍階很低的退伍老兵。主人翁身處社會邊緣，只想找到一個最簡單的落腳之處。他們個性耿直，私底下偷偷指責國民黨貪污腐敗，還造成兩岸隔閡，無法回鄉探視親人。第一部的主角于光是孤兒，全書流露出的孤兒意識，不亞於吳濁流亞細亞的孤兒。

第二部的老趙在兩岸開放探親後返鄉，與昔日舊情人見面，得知當年的交往導致女方懷孕，而今兒子已成年。但老趙得知此事，與兒子相見，並無特別激動之處。回台後除了寄錢回去，老趙對兒子沒有絲毫感情牽掛。反而是老趙的台灣原住民太太婚前就與別的男人交往懷孕，老趙全心接納這個與自己沒有血緣關係的孩子。第三部的杜小甫在中國的舊情人懷孕生子，兒子長大後娶媳婦又生兒子，杜小甫因而有血緣上的兒孫，他同老趙一樣，對於有血緣關係的子孫關係淡薄。另一方面，杜小甫在台灣的妻子阿春婚後懷孕，卻因年齡接近中年而聽從醫師建議墮胎。杜小甫與老趙一樣，都認為在台灣這塊土地上孕育成長的才是自己的兒女，打破華人根深蒂固的血緣觀。

作者藉由介紹許多配角外省人形形色色的經歷，讓讀者瞭解外省人內部的差異性。他們的共同點是顛沛流離的逃難

經驗，但是逃難的原因與逃難的路徑、方式大不相同。經由
描繪這些人的遭遇，作者也間接帶出重大歷史事件。例如第
二部的高樹，在韓戰爆發時以共產黨員的身分參戰，他是歌
唱家而被編入康樂隊，戰爭時被美軍俘虜，被監禁在獄中。
後來美軍詢問個人意願，是回中國還是到台灣，高樹在糊裡
糊塗的情況下到台灣。通過對高樹生命經驗的描述，作者得
以敘述韓戰的背景。

　　作者筆下的外省人大多蟄伏社會底層，個性耿直，想以
實際行動貢獻台灣鄉土。例如高樹到澎湖望安鄉的國小任教，
訓練當地兒童合唱團，並勸老趙也來澎湖。老趙來到澎湖後，
起先開學校餐廳，後來設魚產加工廠，期盼能振興當地經濟。
這些人因自己的長官或同事涉及政治案件而被關或自殺，對
國民黨的深惡痛決。在第一部《海魂》裡，底層外省人自嘲：
「你愛國家，國家不見得愛你」。[18]身為白色恐怖案的見證者，
張放對國民黨一直抱著懷疑與厭惡的態度，而且他深知，國
民黨就是中華民國，一個政黨之殘酷，意味著整個國家之殘
酷，因此他雖然不否認自己是中國人，但在三部曲中主要以
「外省人」作為自我身分認同的位置。當許多人把自身「中
國人」之身分定義為文化中國，並拿出五千年中華文化為中
國人身分的基礎，張放卻有著政治的警覺性：「中國人」就是
「中華民國人」或是「中華人民共和國人」，也就是依附國民
黨或共產黨的人，受過政治創傷的他，對政黨意識形態所建
構的中國人身分，保持高度的質疑與批判。

　　書中也有中性形象的外省人，如第三部的溫玉棠及妻子
聞碧。兩人在軍中皆屬康樂隊，因聞碧不堪長官性騷擾而離

---

[18] 張放，《海魂》（台北：昭明，2001.07），頁 199。

開。離開軍中後，他們參加台灣的歌舞團，巡迴全台各地表演，過著內部離散的生活。他們這段經歷是二十世紀七、八年代台灣傳統歌仔戲團的沒落以及歌舞團的興起，後來歌舞團又變質為脫衣舞團。[19]夫婦兩離開歌舞團後定居杜小甫居住的小鎮，開設違法的個人賭博場所，後來又開電玩店，吸引不少年輕學生光顧，以及警察的介入干涉。書中介紹溫玉棠此人，先從他的祖父講起。他的祖父在清末住在馬來西亞，加入同盟會，回中國大陸擬刺殺清朝官員，行刺失敗而被判處死刑。短短的幾行字交代了清末馬來西亞華人的「遠距民族主義」，而他的孫子對歷史與民族議題毫無興趣，只想賺錢，顯示出祖父輩的熱情未能傳遞給下一代。

張放經由描繪各種不同背景的外省人，間接帶出重大歷史事件背後人民的離散事實與多元的結果。溫玉棠的祖父家族移居馬來西亞，而祖父卻心繫故國與故鄉，展現「遺民」心態。溫玉棠從中國來到台灣，他顯然沒有思鄉之苦，對台灣亦無特殊的好感或惡感，賺錢維生是最重要的。而張放則讓他的主人翁意欲擁抱台灣這片土地，但其適應過程仍是充滿掙扎與艱辛。

作者筆下的外省人，除了個性耿直、熱愛土地的主人翁，以及隨波逐流的人，還有一類是愛做官、想做官，追逐權力、與白色恐怖共謀的國民黨附庸。例如第三部的歐陽身，年輕時是特務人員，後來做了鎮公所的課長，快退休時起心動念想要選民意代表，延續官場生涯。雖然歐陽身與度杜小甫都

---

[19] 關於外台歌仔戲與歌舞團的關係，可參考李香秀執導的紀錄片《消失的王國—拱樂社》。

是外省人，杜小甫不但沒投票給他，反而投票給一位作家出身、主張台獨的候選人陳天保。作者經由杜小甫之口，表達台獨為不切實際的想法，但因為陳天保為人正直，以文人之筆寫出台灣人的心聲，因而得到杜小甫的尊重，兩人甚至成為好友。杜小甫跨越統獨意識型態之爭，雖不同意台獨，仍然投票給品行好的本省人，唾棄愛耍官威的外省人。

張放出版了這麼多小說，以其為研究對象的學術文章卻不多，可能是他每本書寫的內容大同小異，某本書的某個人物，移到另一本書也無妨。從一本書拿走幾個人物或多加幾個人物亦無妨。他欠缺敘事藝術的技巧，把小說當成人物小傳的集錦，像是報章雜誌上的一篇篇的人物特寫。他的小說欠缺想像的能力，將虛實交織的小說類型寫成事實般的人物報導。由於每個配角分配到的篇幅不多，背後所代表的歷史意義也因而顯得缺乏深度。張文竹也指出他的小說人物重複出現，降低小說張力，每本小說的辨識力不高。[20]張放描寫外省人可以呈現出他們多元的離散經歷，若是寫本省人，形象更為扁平。

（二）本省人形象

三部曲第一部的男主人翁于光娶了澎湖當地女子阿雲；第二部的老趙娶了原住民女性阿美為妻；第三部的杜小甫住在北縣偏鄉，娶了來自花蓮的阿春為妻。

張放對本省人與原住民的描寫流於平面而缺乏多元性。本省女性與原住民女性主要以妻子及性伴侶的身分出現。三

---

[20] 張文竹，〈張放小說中的澎湖書寫〉，頁 17。

位妻子都刻苦耐勞，全心全意照顧丈夫。書中三位男主角都有旺盛的性慾或強大的性能力，引起鎮上失婚婦女垂涎。本省女人、外省女人都想辦法勾引男主角來滿足性慾。第三部出現台獨作家陳天保，算是唯一有名有姓的本省男性人物。同一本書裡，杜小甫原先愛上年輕妓女玫瑰，發現玫瑰失去父親、母親臥病需要大量醫藥費。玫瑰的父親在二二八事件中死亡，她曾與外省男性交往，因為無法克服二二八心理陰霾而與男友分手，後來因為母親醫藥費而決定從娼賣身。張放是少數外省人作家中願意正式承認二二八事件對本省人及族群關係的衝擊，但也因如此，他對本省人的理解也相當貧弱單薄，不是忠厚老實、照顧丈夫的賢妻，就是二二八受難者家屬，在張放筆下難以有更多元的身分與面貌。雖然第二部的男主角娶原住民為妻，作者對原住民文化與生活方式並無描述。儘管對本省人與原住民的描述過於單薄，張放能寫出外省人多重複雜的離散背景，因此我們還是能由這些描述得到關於台灣族群關係與國族認同的理解。

　　三本書裡，都提到兩岸關係與統獨議題。作者常常經由人物之口，多次表達兩岸統一的困難。張放關於本省人描述最特別的是，經由澎湖當地漁民的閒聊來表達兩岸關係與統獨議題，進而提出對統一的疑慮：

> 不管怎麼說，我不希望統一。統一了，咱們就沒安靜日子了！
> 啊！十六億，一人吃一條魚，要吃十六億條魚，不到半個月，大陸同胞就把臺灣海峽的魚統統吃完。臺灣有這麼多人願意統一，咱不明白他們是怎麼想的？[21]

---

21 張放，《海魂》，頁 218。

這是由當地老漁民口中說出的，可見張放認為統一不是只有
外省人關心，本省人也同樣關心，且充滿疑慮。在同一本書
裡，旁人問于光為何一直住在澎湖而不到台灣來？于光說：

> 我在澎湖待了這麼多年，人不親土親。何況住久了人
> 也親。我娶了澎湖姑娘洪月雲，有了岳父、岳母……
> 做了這麼多年小學教師，成千上萬在我身邊長大的孩
> 子，如今有的是技術員、漁民、工人、教師或醫生，
> 他們散佈台灣各地，創業成家。小朱啊，我和你哥一
> 樣，桃李遍地，這是我的精神安慰，我活的有滋有
> 味……。[22]

同一頁裡，相隔不到幾行，于光在渡輪上看著月光下的海景，
卻又激動地哭起來，心中吶喊著：「統一吧，祖國」。[23]這段話
可以依據表面意思來看，我們藉此得知不同人物背景有不同
統獨立場。但若深入探索三本書裡的統獨語境，作者的「統
一」並非政治上的統一，而是懷念家鄉時的用語。例如于光
在夜裡，「猛抬頭，那一輪金黃色的圓月，滑出薄雲，把台灣
海峽映照出一片廣袤平坦的大道。我激動地哭起來：統一吧，
祖國！」，[24]由景色觸發感情，升起對不同人群和樂相處的期
盼。而所謂懷念家鄉，于光深知那不是自己童年生長的地方，
而是心靈身處的烏托邦。因此，兩岸開放探親後，于光想到
自己是孤兒，回中國也沒有認識的人可探望，因此決定不回
去。[25]

---

22 張放，《海魂》，頁 210。
23 張放，《海魂》，頁 210。
24 張放，《海魂》，頁 210。
25 張放，《海魂》，頁 213。

　　作者提到台灣獨立的次數明顯少很多。在第三部《與海有約》，他塑造一個人物為主張台獨的年輕作家，而男主人翁杜小甫欽佩他為人正直，兩人在文學上也談得來，後來杜小甫寧可投票給他，也不投給同為外省人的歐陽身。

（三）族群關係與擱置國族認同

　　相較於同年齡的外省人較常以「中國人」的身分自我定位，張放小說偶爾會出現「我們中國人」，含義傾向於負面：貪官污吏、做事靠關係不靠能力等等。作者大量出現「外省人」一詞，值得深入探討。根據王甫昌對台灣族群關係的探討，戰後國民政府接收台灣，成立「台灣省」，因而有了「本省人」的稱謂；相對於「本省人」而有了「外省人」的稱謂，再加上 1949 年後大量軍隊與人民隨國民政府來台，使得「外省人」與「本省人」的區隔更清楚。但這是一種相對性的分類，也就是以「外省人」為基準時，才會有「本省人」稱呼，反之亦然。其實，外省人來自中國各地，使用各自方言的話，其內部歧異性很大，本省人也是充滿內部歧異性。二二八事件及戰後憲法與選舉制度，使得外省人掌有政治、經濟、文化優勢。但是要一直等到 1970 年代，黨外政治運動為了改革選舉制度、追求民主化、倡議平等公民權，此時「本省人」才以集體身分的方式成為政治動員的基礎，訴諸本省人為「弱勢族群」。[26]在此之前，本省人的弱勢意識零星存在，本省人與外省人皆認可外省人的優越地位。當 1970 年代黨外運動將本省人集體地視作弱勢族群而欲爭取平等公民權，外省人菁英份子也同一時間開始認為外省人才是弱勢族群。[27]

---

[26] 王甫昌，《當代社會的族群想像》（台北：群學，2003.12），頁 9-63。
[27] Fu-chang Wang, "Ethnic Politics and Democratic Transition in Taiwan," *Oriental Institute Journal* Vol.23, No.2 (2013), pp. 93.

　　張放的小說人物自認為是外省人、邊緣者、弱勢者。但這和上述外省菁英的弱勢者宣稱有所不同：張放描述的是底層士兵、退役後靠小吃店過活，居住在偏鄉，而其弱勢意識在於描述自身艱辛的生命經驗，以及對兩岸政權同樣的厭惡與不信任。而外省政治菁英則是本身擁有高學歷，已經進入政界求發展，認為國民黨的「崔台青」政策讓外省人的政治機會減弱，因而其弱勢族群的宣稱乃是鞏固自身的參政機會。

　　張放的外省人身分因而與其他外省人有顯著不同。首先他並無戰後冷戰與威權時期的外省人優越感；其次，他忠實描述外省人的顛沛流離的歷史經驗，乃是國共衝突下的結果，並非拿來回應搪塞本省人二二八的悲情，更不會因此產生「大家都很苦，不是只有二二八事件才是悲情」。反之，他由自身的經驗，更能同情二二八事件受害者家屬的心情。

　　最特殊的，乃是張放對童年與家鄉的記憶是負面的。許多外省人來台後，對自己的子女敘述中國大陸的童年，不是農村水果鮮美、家業興隆，就是都會裡的時髦設施，流露出「從前（在中國）比現在（在台灣）好」的情緒，也造成外省第二代對中國大陸的嚮往以及日後的幻滅。但是在張放筆下，不同的人物來自不同省分，但都同樣飽受飢荒、天災、人禍之苦。例如河南省曾發生大飢荒，農民不惜把女兒賣給別人殺來吃。此外，書中一位東北人曾經歷日本統治，因為參與反日地下活動而被日本人抓去關，這樣的「愛國英雄」，日後又被國民黨視為共產黨而遭監視與迫害。

　　張放在這三部曲中，雖然筆下的外省人有時會出現「我們中國人」這樣的表述，但大部分時候，若把國族認同定義為對國家政權合法正當性的接受（或排斥），則張放明顯地指

出，中華人民共和國與中華民國兩個政權都是迫害的來源，不值得人民信任。國族認同若指涉對同一血緣、祖宗、文化之起源想像，則張放缺乏文學技巧的樸實文字之下，卻是驚人的具備後設與反思能力。「中國」被他分為各自不同的省分，有河南人、山東人、瀋陽人、湖南人、福建人，其地理環境與歷史經驗差異很大。東北各省曾被日本統治、接受日文教育，河南人曾經歷大飢荒而發生吃人肉的慘劇。他更進一步解構血緣迷思以及落葉歸根的想法。書中外省人就算多年後被告知在中國家鄉有兒子、孫子，他們除了看一眼，並無後續親情的發展。第三部完結篇的結局是男主角為了興建環山公園而被巨石打死，死後骨灰由妻子阿春帶回家鄉花蓮，而阿春也決定返回花蓮家鄉定居。本省人阿春有故鄉可以回去，而其夫杜小甫的河南家鄉已非家鄉，杜小甫骨灰埋葬在花蓮，顯示本省人妻子的家鄉就是他的家鄉。

經由張放對台灣特定鄉鎮的描述，其筆下外省人主人翁的「在地認同」就真的是對「地方」的認同，而非以台灣為整體的想像與認同。筆者認為這是張放在台灣統獨二大勢力糾結中所提出的獨到見解。表面上，歷次民調顯示，大部分民眾對兩岸關係的看法是「保持現狀、不統不獨」，而 2021年7月政治大學選舉研究中心發布的民調顯示，超過六成民眾認為自己是台灣人不是中國人，但兩岸關係維持現狀仍為主流。[28]張放的立場看似接近，其實他多次經由不同人物表達

---

28 詳細數據可見該中心網站：〈臺灣民眾統獨立場趨勢分佈（1994 年 12 月~2021 年 06 月）〉（來源：https://esc.nccu.edu.tw/PageDoc/Detail?fid=7805&id=6962，檢索日期：2021.08.26）；〈臺灣民眾臺灣人／中國人認同趨勢分佈（1992 年 06 月~2021 年 06 月）〉（來源：https://esc.nccu.edu.tw/PageDoc/Detail?fid=7804&id=6960，檢索日期：2021.08.26）。

出動態的時間觀：兩岸關係要等到現階段兩岸領導人及其世代都死了以後，才有可能以平等的方式對談。這也說明了三部曲眾多外省人病死、自殺、意外身亡的結局。作者在樸實的文筆下，透露出驚人的想法：外省人與對岸中國人所經歷的歷史悲劇及其歷史包袱，已經妨礙兩岸關係未來的可能性，唯有一整個世代的死亡及滅絕，才能給下一代新的想像與行動空間。

因此，第三部杜小甫的死亡看似令人遺憾與悲傷，作者卻提出環山公園完成後熱鬧的開幕儀式，鎮長是新上任的，為「留美藝術碩士」，象徵著全新世代的來臨。就算杜小甫不死，作者也很清楚，外省人即便活著，其實精神創傷難以完全療癒。作者並不因此而悲嘆，反而更豁達的傳達其生命哲學：外省人世代必須滅絕，讓他們的妻子以及新興的世代來更新社會。張放的書寫呈現一個弔詭：張放以一本又一本的小說，讓外省人顛沛流離的遭遇得以保存下來，形成象徵性的存有；然而，作者於「保存歷史記憶」的同時，又令其人物自殺、病死、被巨石砸死，且這些人也沒有後代，暗示外省人的存在與當代社會格格不入，新的世代將不會有「外省人／本省人」這樣的省籍區隔。

作者大可塑造外省人認同本土、與妻子兒女過著幸福的生活，為何必須讓這些人死去且沒有後代呢？顯然，研究者歌頌離散的美學價值或是提倡反離散的本土精神，都不能解決張放筆下人物的困境。我們就在下一節，探討史書美與王德威的學術對話。

五、離散與反離散

（一）兩種論點的對話

當前討論台灣的離散文學時，多以外省第二代與在台馬華文學為主，此文暫不討論馬華文學，而是探討外省人的離散經驗與文學再現，這其中又包括兩個面向的比較：首先是外省第一代與第二代的區別，其次是「離散做為事實」與「離散的美學與身分認同政治」。就其所以，乃是解嚴後的政治運動促使了外省人第二代的認同焦慮；相對而言，視為「外省第一代」的戰後中國移民作家，則容易被扁平化為同質性的群體，以中國認同為依歸。換言之，外省第一代親自經歷了「離散作為事實」，而其認同則理所當然地認為自己（以及台灣的所有人）是中國人，並無認同的糾結，因此他們寫的是懷念中國故鄉的作品—所謂的懷鄉文學，並沒有把離散的事實轉化為美學的呈現或認同的意識型態之爭。而外省人、本省人與原住民都在台灣內部進行主動與被動的城鄉移動，由於是「國內」的移動，不被視為離散，其城鄉移動過程中的適應問題也不是離散文學，反而比較可能是「鄉土文學」或「後鄉土文學」。這兩個文學標籤顯示空間在台灣文學上的重要性。同時，新世紀以來，各大文學獎出現不少「歷史小說」，以台灣史為呈現主軸，表達時間的變異與流動。相形之下，離散／反離散作為歷史事實、價值觀、美學與敘事策略，則發自跨國界、跨語言、跨文化的移動，從而產生時間與空間的糾結。

　　由史書美教授所提出的華語語系研究，以及王德威教授的「後遺民寫作」，此類討論預設離散／反離散的結構，並將認同作為首要的命題，假定了單一認同或是於多種認同之間徘徊的必然。筆者不否定離散研究的重要性，以及認同政治多數時刻作為主體的行動準則，但值得反思的是，將離散／反離散結構視為理所當然的價值觀─不論是史書美之反對離散而呼籲在地認同，或是王德威之肯定離散書寫的美學價值與批判動能，會忽略了什麼問題？而認同能否暫時擱置？

　　在此先回顧兩位前行研究者對於離散的討論。作為華語語系研究先行者的史書美，其大力批判「離散中國人」（Chinese diaspora）研究，認為離散／海外中國人往往預設了中國作為祖國，此舉將使移民因為中國性（Chineseness）的標籤而無法在地化，[29]而離散中國人在以中國性作為衡量標準，也無法解釋移民所遭遇不同文化所產生的異質化與混雜化。[30]作為解決方案，史書美主張「反離散」：「強調離散有其終時，是堅信文化和政治實踐總是基於在地，所有人理應被給予一個成為當地人的機會」[31]；相對於史書美高舉地方本位反離散，王德威則對反離散抱持懷疑，另提「後遺民／後移民／後夷民」為方法，在實際遷徙行動外，主張（1）本體的失落與匱乏，立足於合法性的邊緣批判正統（2）文字／文學與不同華語語系社區進行互動。（3）從「華」變「夷」，

29　史書美，《反離散：華語語系研究論》，（台北：聯經，2017.06），頁28-32。
30　史書美，《反離散：華語語系研究論》，頁35-36。
31　史書美，《反離散：華語語系研究論》，頁48。

成為少數與在地對話。[32]以上三者可以「勢」來理解：在傳統的根／徑論著重空間與位置，勢則是在空間外進行間距的消長與推移。[33]

於 2017 年舉行的一場座談，史書美與王德威針對離散的問題有進一步的討論。史書美將離散分為「離散為歷史」與「離散為價值觀」兩者，前者描述移動、遷徙的過程，後者則缺乏在地承擔或是排外行為；[34]王德威以為離散作為價值與離散作為歷史應並置相互檢驗，而離散可抵抗（國家）霸權的收編，肯定離散的積極意涵。[35]

（二）將眼光放回行動者

首先，史書美與王德威無論贊同離散與否，皆將離散概念化，預設行動者的能動性，忽略行動者是否為自願移動。行動者是否有能力或應該對離散／反離散進行表態，而離散是否為行動者的主要行動準則？筆者以為應將離散放置於具體歷史脈絡及性別、階級等不同權力關係考察。

再者有關離散／反離散的論點，似乎被視為二元對立的結構：認同原居地／移居地、肯定／否定離散價值、同意／反對某種認同。反／離散變成絕對的政治行動，但我們能否

32　王德威，《華夷風起：華語語系文學三論》（高雄：國立中山大學文學院，2015.07），頁 38-40。

33　王德威，《華夷風起：華語語系文學三論》，頁 33。

34　王德威、史書美，〈「華語語系與台灣」主題論壇〉，《中國現代文學》32 期（2017.12），頁 82-83。需要注意的是，「缺乏在地承擔」意指離散者不願融入移居地，「排外行為」則是原居者對離散者的排斥。

35　王德威、史書美，〈「華語語系與台灣」主題論壇〉，頁 87。

將離散與反離散相對化，跳脫非此即彼或既此既彼的認同問題？

所謂相對化，並非忽視行動者身處離散／反離散的結構，也不是詢問行動者的認同或是認同轉變，而是擱置認同，且不將認同視為政治行動的唯一選項，進一步探討誰是離散的行動者？行動者在移動過程中如何、為何產生不同的離散結果與心態？此外，「相對化」並非只是在離散與反離散的互動間之間產生混雜性，也不是從此地出發到彼地以後，兩個地方的排比對照。此處所指的相對化，乃是行動者來到一個地方後，經由重複的追溯過往，在記憶中重建原來的地方，使得「原來的地方」成為當下想像的創造物、成為記憶活動的對象與客體。張放的作品儘管大量書寫離散經驗發生前的中國鄉土，卻高度自覺家鄉其實已是是異鄉。此外，被生活所迫而移動的事實在國共內戰前已然展開，例如：基於家鄉鬧飢荒而往都市移動尋求就業機會、日本在東北成立偽滿政權、追隨女友的足跡，種種個體的與集體的國內移動經驗都使得張放筆下的中國並非一體化的中國，而是山東、河南各省份、各種不同階級的人。外省人來台後相濡以末，分享各自的家鄉與逃難經驗，無須以本省人為對照，「外省人」本來就是一個充滿內部歧異性的身分標籤。

王德威認為離散可以帶來批判的動能，卻未說明原因與過程。他認為「根」的想像與論述乃是認同政治的運用，而時間的變異流動、兩種現象（或兩個地方）之間距離之機動性的調整，乃是「勢」的詩學表現。[36]他對「勢」的提出充滿

---

[36] 王德威，《華夷風起：華語語系文學三論》，頁 30-34。

創見，卻又製造了二元對立：「根」是空間、是政治、流於僵化、缺少美學技巧（表現於王德威長年來對鄉土文學的譏嘲），[37]而「勢」則是流動而充滿詩學可能性。筆者認為，不論是根還是勢，依作家個人創作風格之不同，根與勢二者都同時具備認同政治與詩學的兩種面向。

那麼，張放如何處理根與勢？他是否具有批判動能？如前所述，他具有高度自覺，認為童年的家鄉已不存在。自身遭受白色恐怖事件，以及留在中國家鄉的人遭受文化大革命等政治迫害經驗，使得他對國民黨與共產黨二者所宣稱的「中華文化的根」抱持懷疑批判態度。

而張放小說人物所抵達的「新地方」經由外來者（離散者）與本地人的互動，外來者理解並參與本地的過往歷史（山東事件的外省人理解本省人的二二八悲情），並經由通婚與日常生活，彼此互相影響，重新打造所在之地的生活習慣與歷史理解，從而賦予離散經驗之結束（小說中外省人的逐一死亡）或再次啟動離散（移民美國、加拿大等地），以及開發未來的可能性。張放喜歡經由外省人的飲食習慣，如水餃、饅頭、包子來傳達族群互動的過程，並強調這些外省食物的材料都來自台灣各地，從而顯示出外來者一方面帶來不同於本地的飲食習慣，但又與本地密切互動。所謂的「本地」，在結構層次受到外來政權國民黨的威權統治與白色恐怖，在個人層次則是外省人的大量移入所帶來的生活與飲食習慣，

---

37 王德威對鄉土文學的看法，請參見〈國族論述與鄉土修辭〉一文。王德威，《如何現代，怎樣文學？十九、二十世紀中國小說新論》（台北：麥田，1998.10），頁 159-180。

「本地」已然改變。此種在地性的生產，似乎符合史書美的論點。然而，為何書中外省人沒有後代又逐一凋零呢？

以下將在離散／反離散、台灣─中國不同結構下，回到《邊緣人三部曲》的討論，檢視小說中的行動者如何透過在地實踐跳脫認同問題、擁抱「土地」、將土地視為滋養的所在而非國族的空間。

首先，離散者是否有能動性？亦即離散者是否是自願移居，或是被迫離開故土？《海魂》的于有，是跟隨軍隊的歌舞團來台；《漲潮時》的趙鐵元在山東時因謀求生路，陰錯陽差加入國民黨軍隊，另一位主角高樹則是在韓戰時代表解放軍被俘，意外選錯回程班機到台灣成為「反共義士」；《與海有約》的杜小甫也是在意外中加入國民黨軍隊來台。相較於高級官員或是中上階層能夠在移居後仍享有一定的社經地位，四位主角在紛亂的大環境並沒有太多選擇餘裕，而是被迫離散。

如果是被迫離散，那麼有沒有想要結束離散？他們其實已經接受離散，也沒有想要再度回歸，他們也對在故鄉的親人無感，反而是與在地沒有血緣關係的人有密切互動。在《邊緣人三部曲》中，有不少篇幅在描繪對性慾與生存的渴望。《海魂》的于有，曾與劇團其他女性有肉體的性關係，也有心靈層面的愛情，但最後于有選擇望安島漁村女子洪月雲結婚後，洪月雲卻難產而死。而于有在澎湖本島與望安島、造船公司話劇社、學校與療養院的移動，都僅是為了謀求糊口，滿足基本需求，卻始終不得其門而入，也無法、不願回到故

鄉;《漲潮時》的趙鐵元,被描述為具有高強的性能力,先後與妻子林佩美、鄰居詹喜燕多次發生性關係,在故鄉山東的初戀蒲月紅,雖然有生下小孩,但趙鐵元與下一代並無太親密的互動,僅剩金錢上的贈與。另一位主角高樹,先是選擇去台北西門町的歌舞廳觀看歌手于櫻以解思鄉之情,而後轉往望安島於學校教授音樂時,與當地的寡婦阿松嫂產生感情,進而產生定居望安島的念頭;類似的敘事也體現在《與海有約》,杜小甫與歐陽身太太佟雅琴發生性關係,在返回故鄉河南探親時,僅殘存與初戀金花的情感,跟下一代是無話可說,僅剩下物質上的往來。

若說上述現象呈現離散行動者的困境,似乎可推論選擇融入在地,反離散是較為可行的選項,但小說同樣也呈現了反離散的困境。接續前面性慾、生存的命題,《海魂》的于有終其一生腳踏實地謀求生存,卻遇上妻子難產死亡,工作不穩,最後以自殺收場;《漲潮時》的趙鐵元相對其他兩部主角遇到的困境,僅是身處邊緣(龍門、望安島),但如高樹在望安島欲定居與阿松嫂結婚,卻受到當地有力人士的非議;《與海有約》的杜小甫原本高齡得子,最後考量妻子作為高齡產婦而忍痛墮胎。另外杜小甫欲帶領長青團進行康樂活動,卻因為歐陽身將長青團作為選舉工具而爆發衝突。小說最後,杜小甫參與公園的建設,卻因工安意外而去世,死後骨灰由妻子帶回家鄉花蓮安葬,形成另類的「落地生根」。

綜觀三部曲的共通特色有二:不願／無法回鄉、沒有後代。若說前者代表「連根拔起」,不同政權分治的歧異經驗導致根的失去,那麼後者也否定「靈根自植」的可能,將離

散／反離散的痛苦停留在自身。反離散與定居無法在一代的
時間就完成，甚至他們也沒有後代來完成對移居之地的徹底
融入。三部曲除了第二部的老趙之妻有兒子但也非親生。死
亡與沒有後代，固然顯示書中人物身處社會底層謀生之困難，
但最重要的是，作者認為這種流離顛沛的生命經驗有紀錄的
價值，但其悲情的生命卻無苟延殘喘之必要。作者期許新生
代創造新的環境，因此三部曲結束於環山公園落成、新鎮長
上任。鎮民已遺忘杜小甫的意外死亡，作者寫來卻無感傷之
口氣，反而以寧靜口氣敘述杜小甫遺骨葬於花蓮。作者不惜
創造外省人的死亡，乃是其豁達的心胸以新世代、新社會來
達成救贖。埋骨花蓮，更顯示出以身體融入台灣土地的深情。
由此可知，離散既是歷史事實、但不見得成為值得肯定的價
值或進行美學展演，而是行動者在地實踐的過程。「互動與
實踐」是張放經由小說所創造出來的行動倫理。

六、結論

　　台灣文壇於 20 世紀 70 年代末期產生鄉土文學論戰，讓
鄉土文學承受論述的重量與想像的發揮，以鄉土文學來呈現
有別於中國的台灣歷史記憶，並重新召喚被壓抑的日治時期
文學，建立日治新文學與台灣鄉土文學的關係。[38]鄉土文學將
台灣文學與中國文學的關係問題化，也奠定日後台灣本土論
述與台灣國族論述的基礎。

---

[38] 邱貴芬，〈在地性論述的發展與全球空間：鄉土文學論戰三十年〉，《思
　　想》6 期（2007.09），頁 87-103。

　　由寫實主義的鄉土文學轉向魔幻寫實的後鄉土文學，以魔幻手法來呈現台灣社會複雜的跨文化、跨語言、跨種族關係，不再假設小說背景是整體性的台灣，而是聚焦於特定區域，並將所寫的地景描繪的更仔細，且動用歷史文獻來介紹被遺忘的地方史。雖然後鄉土作品聚焦於一個特定的區域或地點，而非模糊、概括性的整體台灣，但這些作品仍預設一個整體台灣社會的存在。然而，張放的作品聚焦於台灣特定偏鄉或離島，與整體的台灣形成對比。

　　張放持續四十年的寫作生涯，讓他經歷了戰後台灣文學史的所有階段與思潮：反共文學、現代主義、鄉土文學、後鄉土文學、本土論、女性主義、原住民權益、生態環保、後現代、後殖民、華語語系與後遺民論述。但在眾聲喧嘩中，張放樸實無華的文筆使得他與當代文學思潮及寫作風格絕緣。他筆下的土地，就是用來種植農作物，而非論述與想像的展演空間。生活於這塊土地的外省老兵，熱情地以自身力量貢獻給「地方」，但若提到「台灣」，作者將台灣與首都台北視為國民黨的所在，為二二八事件與白色恐怖的加害者。唯有偏鄉與離島，才可能令人放鬆、融入當地。

　　經由《邊緣人三部曲》，我們得以看見土地敘述的單純化，而這種單純，卻來自於複雜的離散經驗與歷史記憶。書中三位主角致力於融入當地，最後以替家鄉興建公園而死來結束悲慘的離散經驗，並昇華為與土地長存。張放的另類鄉土文學，啟發我們思考外省人從「不得不離開中國」到「不得不住在台灣偏鄉／離島」的心路歷程，雖然起初是「不得不」的被迫情境，張放轉化為對所居土地的無私奉獻，其行

動者的倫理選擇是「我想要這麼做」。其主人翁從被迫進而選擇融入土地，作者本人及其小說人物肉體已死，精神長存！主人翁來自中國而熱愛台灣這塊土地，相形之下，外省第二代作家駱以軍在《西夏旅館》一書，展現對台灣的複雜情緒，充滿愛恨糾葛，文字敘事也更為複雜。

參考資料

中文書目

一、專書

王甫昌，《當代社會的族群想像》（台北：群學，2003.12）。

王德威，《如何現代，怎樣文學？十九、二十世紀中國小說新論》（台北：麥田，1998.10）。

王德威，《華夷風起：華語語系文學三論》（高雄：國立中山大學文學院，2015.07）。

史書美，《反離散：華語語系研究論》，（台北：聯經，2017.06）。

張放，《海魂》（台北：昭明，2001.07）。

張放，《漲潮時》（台北：昭明，2001.07）。

張放，《與海有約》（台北：昭明，2001.07）。

二、論文

（一）期刊論文

王德威、史書美，〈「華語語系與台灣」主題論壇〉，《中國現代文學》32 期（2017.12），頁 75-94。

邱貴芬，〈在地性論述的發展與全球空間：鄉土文學論戰三十年〉，《思想》6 期（2007.09），頁 87-103。

范銘如，〈後鄉土小說初探〉，《台灣文學學報》11 期（2007.12），頁 21-50。

侯如綺，〈必要與艱難──張放解嚴後小說身分敘事探析〉，《政大中文學報》32 期（2019.12），頁 281-314。

陳惠齡，〈「鄉土」語境的衍異與增生──九零年代以降台灣鄉土小說的書寫新貌〉，《中外文學》39 卷 1 期（2010.03），頁 85-127。

黃翔瑜，〈山東流亡師生冤獄案的發生及其處理經過（1949-1955）〉，《臺灣文獻季刊》60 卷 2 期（2009.06），頁 269-308。

新地文學編輯室，〈張放先生著作書目〉，《新地文學》24 期（2013.06），頁 293-296。

蔡曉玲，〈「中國大陸移民」或「台灣外省人」──從文學倫理學批評看駱以軍小說中的身份認同〉，《哲學與文化》42 卷 4 期（2015.04），頁 61-72。

（二）學位論文

張文竹，〈張放小說中的澎湖書寫〉（台北：台北市立大學中國語文學系碩士在職專班碩士論文，2019）。

三、電子媒體

〈臺灣民眾統獨立場趨勢分佈（1994 年 12 月~2021 年 06 月）〉（來源：https://esc.nccu.edu.tw/PageDoc/Detail?fid=7805&id=6962，檢索日期：2021.08.26）。

〈臺灣民眾臺灣人／中國人認同趨勢分佈（1992 年 06 月~2021 年 06 月）〉（來源：https://esc.nccu.edu.tw/PageDoc/Detail?fid=7804&id=6960，檢索日期：2021.08.26）。

英文書目

一、論文

Fu-chang Wang (2013) Ethnic Politics and Democratic Transition in Taiwan. *Oriental Institute Journal*, 23(2): 81-107.

Phyllis Yuting Huang (2012) What's in a Name?: Second-generation Mainland Writers' Literacy Works as a Contested Genre. *Quarterly Journal of Chinese Studies*, 1(4): 44-58.

第四章
《西夏旅館》與台灣人悖論：
從「身為中國人」到「變成（不是）
台灣人」

一、研究背景

　　駱以軍是台灣當代文壇最受矚目與推崇的作家之一。他的作品備受王德威肯定，並以「華麗的淫猥」形容其怪異奇幻的文體與逾越社會道德禁忌的內容。其長篇小說《西夏旅館》多達四十餘萬字，於 2007 年獲得國家文化藝術基金會長篇小說創作專案補助。該書於 2008 年出版後獲得時報開卷好書獎；次年中山大學舉辦駱以軍研討會；2017 年擔任台北市文學季的策展人，又應邀參加澳門文學節。如此活躍的作家，早已引起學界研究者的興趣，對駱以軍作品的研究，包括《西夏旅館》這部長篇小說，已累積相當數量，筆者如何汲取前行研究者的成果而發展出自己的創新之處呢？又有什麼新的問題意識可提出？本文擬提出「台灣人悖論」，說明台灣特殊歷史脈絡下，駱以軍如何探問身份認同、符號流動與「敘事爆炸」的關係。

　　《西夏旅館》一書由無數個碎片般的小故事堆疊起來，但仍可看出清晰的主軸：亦即西夏人逃亡與外省人逃亡兩種流離狀態的比較。

　　關於《西夏旅館》的研究，可簡化為兩種對比：其一是形式與敘事藝術的研究；其二是主題與內容的研究。本書由無數個微小故事碎片經由某特定敘事節點「噴發」而出，宛若「敘事爆炸」，噴發後隨即成為作者所謂的「故事屍骸」。這些故事屍骸既是寫作技藝與符號戲耍的精湛演出，也再現了當代台灣人認同的流動飄忽。本文將於各小節及結論分析台灣人身份符號的爭奪及其不穩定性構成一整個世代的焦慮；不同族群缺乏共同的歷史經驗也是困頓的原因之一。

　　至於主題研究，最常被論者提出的是駱以軍身為外省第二代的焦慮，而此焦慮來自於台灣本土論的興起及其排他性。這是駱以軍自己在寫作中及受訪時一再提起的心情，而先前研究者直接地接受作家本身的看法，未能進一步去探討「外省第二代」、「認同焦慮」、「本土論」、「排他性」諸多現象的連結。難道本省人沒有認同焦慮？本省人就等同於本土論的化身？本土論又為何具有排他性？

　　此外，駱以軍從早期的作品開始，就訴說流亡、離散、傷害、死亡等議題，《西夏旅館》也不例外。《西夏旅館》用四十餘萬字重複這些主題，筆者仍然認為此書具有創新與獨特的價值。不論是內容還是形式，其創新處有哪些？

　　本論文將提出涉及「台灣人悖論」此議題——係指台灣人的定義包括同時存在的兩種對立意義：它既包括認同台灣的人，也包括不認同台灣的人。「不認同台灣的人」只存在於台灣（或是移民到國外的台灣人）；如果根本不是台灣人，也就無所謂「不認同台灣」的人。由此延伸出去，「質疑本土性」

也是一種本土性，它是基於台灣特定的歷史脈絡與情境下的
「反本土」，因而也是具有台灣特色的「反本土」。「認同焦慮」
也是「台灣認同」內部的諸多組成要素。換言之，駱以軍與
外省第二代其所由產生的書寫動機與場域位置並非外在於台
灣本土論，而是與本土論彼此鑲嵌，進行抵抗、協商、折衝
的種種過程。

本論文意欲探討下列問題：（1）作為外省第二代作家，
如何從族群關係理解駱以軍的書寫位置？（2）本書探討的「變
形」主題及「脫漢入胡」與身份認同的關係；（3）旅館作為
台灣的隱喻，其房客組成包含哪些人？（4）作者執迷的流亡
主題，其實是「在地流亡」，與現此時的台灣有何關係？以下
先檢視外省第二代作家的特色。

二、外省第二代的認同焦慮與書寫位置

所謂外省第二代作家，不一定父母親都是外省人。著名
作家如如朱天心與駱以軍，父親是外省人，母親則是本省人；
他們認同父系，迴避經由母系而認同台灣。[1]但也有例外，如
著名原住民女作家阿烏，父親是外省人，母親是原住民，她
選擇了認同母系。駱以軍雖曾於《月球姓氏》寫過母親，但
是他仍把對父親的追念視為寫作的動力。朱天心與駱以軍出
生在台灣而非中國，成長於戒嚴期間，在邁入成年時遭逢解
嚴與街頭運動、民主運動的衝擊，以往的中國認同與黨國教

[1] Phyllis Yuting Huang, "What's in a Name?: Second-generation Mainland Writers' Literary Works as a Contested Genre." *QUARTERLY JOURNAL OF CHINESE STUDIES* 1.4 (2012): 48-49.

育開始崩解，而又無法以台灣本土論述來代替舊有的認同。
駱以軍在接受訪談時提及，他在寫《西夏旅館》一書時，有
很大的傷逝感，其實那已經不是認同，而是一種遺棄。[2]父親
過世給他的傷痛不只是死亡，而是滅種，「我從小在客廳聽父
親說駱家家族怎樣怎樣，我就是最後一個聽這故事的人。我
不可能跟孩子講父親那一套，那個遷移者已經到此為止了」。
[3]滅種與家族故事斷絕這個主題反覆出現於西夏旅館，似乎是
外省人第二代獨有的經驗。但這種世代故事傳承之斷裂與終
止發生於台灣各族群，例如日本統治初期，成長於清朝的父
輩與受日本殖民教育的子輩之斷裂；以及戰後成長於日本殖
民時期的父輩與出生於戰後世代的疏離。台灣本來就是一波
波的移民，所謂本省人，也是百年或數百年前移入，「遷移者
到此為止」的現象必然發生。而原住民被一次又一次的被外
來侵略者與統治者滅絕其語言及文化，在自己的土地上流浪，
其歷史傷痛不亞於外省人。因此駱以軍作為外省人第二代作
家，呈現出耽溺於我族的特殊經驗（流亡、世代敘事的斷裂、
遷移史到此為止），忽略各族群皆有世代斷裂的普遍性。

　　冷戰時期國民黨統治下，外省作家本來就在文壇佔有重
要地位；解嚴號民進黨提出四大族群說，再加上多元文化主
義，外省第二代作家成為族群代表與發言人。外省第二代在
台灣文壇成為重要的身份標記與發聲位置，在於其空間與時
間錯置而形成的認同困惑及與此配合的書寫形式。他們的父

---

[2] 嚴婕瑜，〈附錄：訪談駱以軍——從西夏旅館討論自我主體建構〉，《駱
以軍小說的自我主體建構》（台北：國立臺北教育大學語文與創作學系
研究所碩士論文，2009），頁 126。

[3] 〈夢讀之人〉，香港浸信會大學編，《論駱以軍《西夏旅館》》（香港：
天地圖書，2012），頁 80。

輩生長於中國大陸，因此對中國及對故鄉的懷念具有實際接
觸的根據。他們來台所遭逢的流離之苦及對原鄉的懷念經由
口述傳給下一代，外省第二代因而從小吸收這些家族故事與
父輩的逃亡經驗而與中國原鄉建立間接的關係而情感又特別
濃烈。除了私領域的家族傳述，其就學期間接受國民黨的黨
國教育，公私領域二者的互相強化使得他們理所當然地認同
了從未去過的中國。1980 年代到 1990 年代盛行眷村文學，
以台灣的地理空間呈現外省人彼此間的人際網絡及其原鄉想
像。1980 年代末期兩岸開放，外省第二代終於有機會陪父親
「回到」從未去過的中國，在那裡目睹原鄉徹底的改變以及
不被當成中國人的事實，使他們重思與中國的關係。Huang 認
為，2000 年後的外省第二代不再限於寫眷村文學，而是更廣
泛的思考他們與歷史的關係。[4]但 Huang 並未特別指出所謂
「與歷史的關係」是指與中國歷史的關係，而非與台灣歷史
的關係。

　　本身是外省第二代作家也是學者的郝譽翔指出，1987 年
解嚴對本省人是台灣的新生，對外省人而言卻是國族信仰淪
喪的起點。[5]這裡可看出，在台灣特殊的歷史處境下，「中國
人」與「外省人」二者可混同，而「台灣人」則與「本省人」
混同。因之，中國人、台灣人既是族群認同，也是國族認同，
從而產生台灣社會「內部」之族群關係與「對外」之國族認
同二者的混淆糾結。[6]解嚴與文化界後現代論述及新歷史主義

---

[4] Phyllis Yuting Huang, "What's in a Name?: Second-generation Mainland
 Writers' Literary Works as a Contested Genre." *QUARTERLY JOURNAL
 OF CHINESE STUDIES* 1.4 (2012): 54.

[5] 郝譽翔，〈一九八七年的逃亡——論朱天心小說中的朝聖之旅〉，《東
 華人文學報》3 期（2001.07），頁 255。

[6] 吳乃德，〈省籍意識、政治支持與國家認同：台灣族群政治理論初探〉，

之興起，[7]使得外省第二代反思歷史議題時，視歷史為多重且破碎的故事線，藉此解構官方歷史。國民黨的中華民國史觀固然是「官方歷史」，本來具有邊緣發聲的台灣史觀在民進黨執政後也被外省第二代作家認為需要解構的官方史觀。郝譽翔曾形容朱天心的寫作為「萬國博覽會式的符碼堆砌」，[8]這種風格在《西夏旅館》更明顯，其多重雜混的符碼堆砌來源從中國史料典籍，到台灣的報紙，以及來自日本與美國的流行文化，諸如電玩、漫畫、電影、A 片。楊凱麟曾指出本書的故事內容並不重要，說故事的方法與形式更重要。[9]此書說故事的方式就是讓一堆微小故事互相擠壓，在高密度的層層文字中堆疊出無數個小典故、片段的回憶、浮光掠影。雖然楊凱麟認為此書形式比內容重要，然而，到了論文的結論，他又說「駱以軍代表了台灣一整個世代的困頓」。[10]因此筆者不禁要問：純粹的形式研究為何還是難逃對社會現實的指涉？什麼又是「台灣一整個世代的困頓」？這樣的困頓是否來自於多種身分競逐下的選擇難題？

張茂桂等著，《族群關係與國家認同》（台北：國策中心，1993），頁 24-25。

[7] 陳建忠討論台灣歷史小說時，曾針對後現代與後殖民二種思維提出分析，認為後殖民具有重建主體的終極關懷，而後現代則為外省第二代作家擅長的寫作技巧，汲汲於解構歷史而導致虛無。請參見陳建忠，〈臺灣歷史小說研究芻議：關於研究史、認識論與方法論的反思〉，《記憶流域：臺灣歷史書寫與記憶政治》（台北：南十字星，2018），頁 59-65。

[8] 郝譽翔，〈一九八七年的逃亡——論朱天心小說中的朝聖之旅〉，《東華人文學報》3 期（2001.07），頁 249。

[9] 楊凱麟，〈《西夏旅館》的運動—語言與時間—語言：駱以軍游牧書寫論〉，《中外文學》38 卷 4 期（2009.12），頁 48-49、60。

[10] 楊凱麟，〈《西夏旅館》的運動—語言與時間—語言：駱以軍游牧書寫論〉，《中外文學》38 卷 4 期（2009.12），頁 74。

　　這種以新歷史主義的思維，將歷史視為各種材料任意的堆積與編排，使得學者陳建忠質疑其為犬儒式的反叛，而非基進的自我批判。[11]但筆者認為，駱以軍在《西夏旅館》對外省人流亡故事一方面賦予同情，但也批判他們為了求生存而失去愛的能力並墜入不停的傷害他人與背叛恩人的惡性循環。他並非沒有自我批判的能力，只是過於耽溺我族的歷史創傷，又對二二八事件與太魯閣事件輕描淡寫，未能咎責國民黨政權與日本殖民政權在這些屠殺事件所扮演的角色。

　　駱以軍及朱天心等外省第二代作家屢屢在作品中提及：「中國豬，滾回去」以及「台灣海峽沒有加蓋」等對外省人不友善的言詞，這些日常生活人際互動的不愉快成為外省第二代作家絕佳的藉口，用以表示不是他們不認同本土，而是他們不被本土認同。[12]然自我糾結於幾句對自我族群不友善話語，漠視其他族群也曾遭遇同樣痛苦的歷史創傷及延續至今的歧視（如對原住民與新住民的歧視），其我族中心主義值得吾人深思。

三、西夏歷史與脫漢入胡

　　本書的中心主旨是「脫漢入胡」，但這簡單的四個字卻牽涉到「胡」與「漢」的相對關係與定義，以及脫漢入胡的主體是誰？簡單地說，這是主角圖尼克脫漢入胡的慾望，但本

---

[11] 陳建忠，〈歷史敘事與想像（不）共同體：論兩岸『新歷史小說』的敘事策略與批判話語〉，《記憶流域：臺灣歷史書寫與記憶政治》（台北：南十字星，2018），頁 98-99。

[12] 蔡振念，〈論朱天心族群身份/認同的轉折〉，《成大中文學報》25 期（2009.07），頁 191。

書奇特的人稱使用也讓脫漢入胡有了集體層次的意義。脫漢入胡似乎是對漢人中心主義的批判，但本文稍後將說明，駱以軍將各種身份解構，成為一堆碎片，碎片混雜拼貼，讓「胡」與「漢」二者處於不穩定的關係，展示了「既是胡人也是漢人」、「既不是胡人也不是漢人」的多重可能性，不只瓦解漢人中心，也呈現「胡」的千變萬化。

作者以十一世紀宋朝北方游牧民族西夏人為故事重點，使用大量史料來呈現西夏從建國到亡國的過程。弔詭地是，他用意不在於讓我們認識西夏歷史，而是以西夏喻說台灣及其多元族群，且「史料」被當成說故事的方法，將史料虛構化，由建國亡國的大歷史變成無數故事碎片的噴發湧現，並於噴發後隨即成為故事屍骸，讓敘事者永遠處於哀悼模式，踩踏著故事屍骸訴說更多的故事。西夏台灣化、台灣西夏化，過去與現在二者互相滲透，歷史就是故事，故事真假不是重點，而是有一位作者正在進行故事生產、死亡、再生產的過程。雖然駱以軍多年來重複著死亡、屍體、傷害、流亡等主題，此書由西夏歷史著手，以各種方式連結到當代台灣，這種歷史書寫策略與「造句機關槍」般不斷噴射故事碎片，可說是駱以軍在此書的創新之處。

本書在人稱使用上獨具匠心，你，我，他，圖尼克各種人稱依段落的脈絡而有不同指涉。圖尼克是本書主人翁，但他並非傳統小說中的所謂人物，而比較像是敘事啟動器，用以展開各種故事。小說所用的「他」，有時指圖尼克，有時則是不知名的全稱觀點。「我」有時是圖尼克自述其家族史與生命史，有時則是不知名的一個敘事者，與圖尼克對話。楊凱

麟將駱以軍這種特殊的人稱使用稱為「第四人稱」，用以統攝各種形形色色的私人的與集體的經驗。Huang 認為駱以軍及其他外省第二代作家所寫的「小說」比較像是喃喃自語的獨白，敘事者與作者本人重疊，作品具有濃厚的自傳成分。[13]

在此書中，圖尼克先是被說成「西夏後代」，但是隔了很多章（很多房間），又說圖尼克的母親是漢人，並進一步說明他母親的家族成員有人死於二二八。敘述母親家族時，顯然母親一家是所謂「本省人」，也就是書中多處指涉「本省人」與「台灣人」、「漢人」的互換關係。而圖尼克妻子也是本省人，祖籍泉州，是阿拉伯人後代。如此一來，本省人與漢人也是一種雜混的狀態。

由圖尼克母親及妻子為本省人的背景看來，圖尼克自認為是「西夏後代」乃是對父系單方面的認同，棄置對母系與岳家的認同。更精確地說，圖尼克未必不認同母系或妻子家族，而是將之簡單化，認為父系的故事更複雜而具有敘事價值。作者經由西夏歷史及其帝國之崛起與滅亡，說明「西夏」是胡人，而圖尼克則是胡人後代。既然是胡人，那為何要「脫漢入胡」？

在這部長篇小說所堆砌出無數的小故事，我們可拼湊出以下的輪廓：西夏帝國被蒙古人攻破，一支騎兵隊突破重圍而開始逃亡。逃亡過程中為了適應環境，有時必須殺戮，有時則是融入漢人，有如寄生蟲般與宿主並存，久而久之似乎

---

[13] Phyllis Yuting Huang, "What's in a Name?: Second-generation Mainland Writers' Literary Works as a Contested Genre." *QUARTERLY JOURNAL OF CHINESE STUDIES* 1.4 (2012): 55.

漢化。正因為漢化，但又無法徹底抹除胡人基因的流浪史，所以圖尼克覺得與（漢人）環境格格不入，永遠處於社會邊緣，永遠在流浪。

脫漢入胡者的悲哀，不只是流浪，其所面臨最大的威脅是「記憶的滅絕」，特別是父親家族的故事無法完整的傳給下一代。書中的主要敘事者圖尼克的母親是「漢人」（遭受二二八迫害的本省人），母親家族的故事是否能傳承並非圖尼克關心的，他只在意父親的故事。作者駱以軍不只是永遠以身為外省第二代而焦慮，同時他也執著於父系中心，以父親的身份及其故事為一生的執念與寫作對象。

而全書不脫駱以軍長期以來在書寫中反覆探問的外省第二代的身份認同。作者把「漢」這個符號給了台灣人、本省人，而「胡」與「外省人」則有了符號與想像上的共構。書中再現兩段大逃亡，第一是十一世紀西夏人的逃亡，第二是國共內戰後外省人逃離中國大陸。隨著蔣中正一起來台的就是大家熟知的外省人，而圖尼克家族卻又是另一條逃亡路線與特殊的悲情。圖尼克祖父當年在西北當鐵路測量員，與同事一群人穿越西藏來到印度，數年後祖父再把父親一人單獨送到台灣讀書。圖尼克的身世因而是邊緣與漂泊，而作者以圖尼克作為敘事啟動器，進一步描繪曾是政壇主流的蔣中正及外省人，其實都是永恆的漂泊者。全書屢屢討論的脫漢入胡議題，可視作以「胡」為外省人、邊緣人、流浪者的換喻，而台灣則成為「漢」的換喻。作者以西夏歷史以及旅館意象二者的結合，重複探討他多年來關於外省第二代身分的焦慮以及流亡與放逐的傷痛。

　　書中一方面以間接方式之西夏滅亡隱喻外省人，也以直接方式討論外省人處境。例如小說一開頭就提到「滾回去！中國！」（《西夏旅館》，頁 18），讓敘事者感到無論多麼努力融入環境也會受排斥。敘事者聽到別人使用「外來入侵者」來指涉新移民，感到極大不悅，「他聽了非常刺耳，心裡想，老子不正就是個外來入侵者？」（頁 31）書中更露骨描述政客炒作二二八議題，讓外省人背負原罪：

> 我們的問題不在於我們是「外省人」，那些政客們炒作的二二八大屠殺或政治迫害者原罪或所謂認同問題。而是因為我們不是漢人。我們這種人早該在這個世界消失。事實上我們的祖先早已滅族滅種。（頁 654）

　　作者使用「我們的問題不是外省人」的否定句，更加強化了問題的嚴重性與複雜性，以否定句來表述，「外省人不是漢人、不是漢人就有問題」，然作者並不真的關心「不是漢人」這個議題，原住民及新移民都不是漢人，那麼他們被歧視與排擠的處境又如何呢？作者並未處理各式各樣的「不是漢人」之群體，而是反覆論證「不是漢人的外省人」其被邊緣化與自我邊緣化的處境。諷刺的是，作者耗費四十萬字來描述外省人逃亡的歷史經驗，再加上他長期寫作此議題，其作品亦屢獲文學獎的肯定，他的父系家族故事怎麼會滅絕呢？

　　筆者於前文指出外省人與「胡」的換喻關係，以及本省人等同「漢」，但駱以軍大玩文字遊戲，架構出當代與過去歷史非一對一的對應關係，而是各種身份不斷地流動變化，誰是胡、誰是漢有如排列組合般具有多重可能性。敘事者提到

歷史上的西夏王朝，夾在遼國與宋朝的政權間，為求生存而詭計多端，有如當代台灣（頁 420-421）：「那個獨立建國而致毀滅的西夏，在幾個大國間用狡計、變貌，移形換位，挑撥離間，忽稱臣忽尋釁的阿米巴草原部落，我隱約看出它像台灣」。作者使用「獨立建國」這種當代語彙來指稱西夏王朝之建立，更強化了西夏與台灣二者的等同。由這個基礎出發，敘事者接著說，「大宋是中華人民共和國，遼是美國，女真人是日本，契丹人是「曾受日本教育的老一輩台灣人或是第二代拿美國護照的國民黨外省高官集團」（頁 420）。在作者自創的這個類比遊戲裡，曾受日本教育的老一輩台灣人與國民黨外省高官集團二者並列等同，指出「台灣人」的內部異質性，也指出「外省人」的異質性，特別是階級的區分，造成敘事者為邊緣的外省人，與「國民黨高官集團」不同。

接著敘事者又說，蒙古人把西夏、遼、宋都終結了，因此蒙古就是今日的中華人民共和國之解放軍。但若放眼當代世界，把一切獨特文明加以終結的是全球化？網路？麥當勞？好萊塢？（頁 421）。接下來，敘事者又從當代跳回歷史場景，指出逃亡的西夏騎兵隊，根本就類似一九四九國民黨潰敗、外省人的大逃亡？因此「漢人反而是台灣人，而外省人是西夏人」（頁 421）。侯如綺認為對上述文字提出觀察，西夏王朝看起來既是台灣、又像國民黨，不能以固定指涉觀之。所以本書之「脫漢入胡」，既可指向越界，也可指向越界後的不可信任。[14]越界不一定是解脫與救贖，反而是無止盡的

---

14 侯如綺，〈駱以軍《西夏旅館》中的「屍骸」書寫與主體建構〉，《淡江中文學報》32 期（2015.06），頁 373。

流亡，並在流亡中喪失人性。西夏人／外省人在流亡途中不斷成為屍骸或遭遇屍骸，侯如綺認為駱以軍通過屍骸與死亡的書寫，作為踏過主體身份認同危機的方式，以此來重建主體。[15]

作者大玩過去歷史與當代台灣的類比遊戲，又不斷更改設定。在西夏史方面，有西夏、遼國、宋朝，最後都被蒙古消滅。在當代方面，有中國國民黨在國共內戰失敗後逃亡到台灣、有當下的台灣（歷經解嚴與民主化）、台灣受日本殖民統治的老一輩、有美國、日本、中共、全球化。在過去與現在兩組關係的類比中，作者提出多元轉化的可能性。一方面，台灣被比成是西夏，而外省國民黨高官與受日治教育的台灣老一輩被歸為一類，因此外省人這個群體被拆開，反而是以階級來分類。另一方面，外省人又被視作一個群體，他們的逃亡經驗與西夏騎兵的逃亡類比，而漢人則是台灣人。當下身份與歷史上的隱喻並無一對一的對應關係，而是在動態的比較過程中讓每種身份因參照點的變換而有新的意義，這是駱以軍在本書中的創新之處。當代台灣處於多元文化主義的情境下，大多數作家都可寫出各種不同身份的存在與混雜；然而其他作家預設了某種身份的「存在」，然後與另一種身份互動或混雜。駱以軍則是將身份的「存在」改成「故事的噴發、故事屍骸的堆疊」來形容身份變形的動態過程，達到飽滿的書寫創意。

如果單看下冊的 420-421 頁，作者似乎有意解構單一固定的認同。但若從全書眾多小故事合起來看，作者反覆強調

---

[15] 侯如綺，〈駱以軍《西夏旅館》中的「屍骸」書寫與主體建構〉，頁 361。

逃亡的外省人與逃亡的西夏人之關連，這個主題是顯而易見的。作者以較少的篇幅指出漢人就是台灣人，因此也較不易被讀者發覺。不論作者如何戲耍身份變動的操作，我們還是可以歸納出外省人就是西夏人後代，就是胡人，而本省人代表台灣人，也就是漢人。因此「脫漢入胡」乃是拒絕成為台灣人，也拒絕成為中國人，把外省人的身份與命運寄寓於崩壞逃亡的西夏。作者的國族認同遊戲，意欲超越中國人與台灣人的二元對立，提出第三種可能性：流亡的、邊緣的、不斷變形的西夏人。同時作者又以細菌寄生於宿主的喻說，呈現逃亡者其實渴望融入所在之處的主流群體。但是不管如何努力，遲早會被主流群體發現他們是外來者而加以排斥。因此駱以軍呈現的外省人認同困境不在於外省人不認同台灣，而是台灣人排斥外省人。然而這是作者／敘事者主觀的認定，缺乏對文學事實與政治事實的分析。在文學事實這部分，從外省第一代作家如反共文學作者陳紀瀅到朱西寧、胡品清等人，在戰後至 1980 年代的文壇佔有重要位置。而 1980 年代外省第二代作家如朱天心、朱天文、張大春等人崛起，2000年後駱以軍在文壇享有盛名，這些外省第二代作家不僅頻頻獲得各種文學獎，更是文學選集的熱門作家。就政治事實而言，能代表國民黨參選北高二市市長及總統選舉者，除李登輝例外，其餘這些人也是外省第二代。

作者在全書不斷以「變形」為主題，描述逃亡者歷經滄桑，逐漸「變成不是人」，例如變成昆蟲或怪獸，同時「變成不是人」也暗喻「變成不是台灣人」。

這就是筆者所欲提出的論點：台灣人悖論。變成不是台灣人，仍然是台灣人。作者以嘲諷及抵抗之姿來面對台灣本

土派，這樣的書寫仍得得到文學獎，可見在台灣特殊的環境下，外省第二代作家無法拋棄身份認同議題，實乃執著於對台灣人定義的質疑扣問，而此種質問也被多元文化的台灣社會認可。駱以軍質疑本土論者對台灣人的定義（外省人、河洛人、客家人、原住民四大族群），認為外省人被污名化，從而形成其書寫動力，對台灣人、外省人、中國人等各種身份加以解構。這是在台灣民主環境、言論自由、多元文化主義、後現代去中心風潮、兩岸長期緊張關係下國族認同之分歧等多重因素的匯流，使得質疑台灣人、解構台灣人成為台灣文壇文學書寫的特色。上述言論自由、民主化、國族認同分歧乃是時代的大環境，也是文壇上反本土書寫得以存在與受肯定阿的前行條件。在 1980 年代文學上的本土論逐漸與政治上的台灣民族主義和拍共振，[16]外省第二代作家興起對台灣民族主義的逆反書寫，均可被視為對台灣人的定義所產生的詮釋權與話語權之爭奪。

然而，黃錦樹對脫漢入胡的看法並不在於敘事者積極的胡人認同，反而強調自身「胡」的宿命而產生強烈自憐感，成為「我已經被傷害了」的轉譯。黃錦樹更進一步質問，是誰傷害了「我」呢？他認為不是別人，而是「我的寫作」本身，寫作即傷害。[17]他的看法與筆者並不互相矛盾，反而顯示文本意義的豐富性。脫漢入胡既是尋根、對父祖輩歷史創傷

---

[16] 蕭阿勤，《回歸現實：台灣 1970 年代的戰後世代與文化政治變遷》（台北：中研院社會所，2008）。

[17] 黃錦樹，〈神的屍骸：論駱以軍的傷害美學〉，《中外文學》38 卷 4 期（2009.12），頁 38-39。

的探究、認同政治的遊戲，更是作者個人以寫作探問身份認同與政治環境之間的關係。

針對上述最後一點，也就是身份認同與政治組織的關係，廖咸浩對西夏王朝的解釋給予我們深刻的啟發。西夏作為游牧民族，其功能就是處於農業帝國的邊緣而發揮邊緣的流動特性。但是當西夏建國者李元昊想要建立與宋朝「相反」的帝國時，此帝國注定成為「鏡像」，此帝國的滅亡是建國者忽略游牧民族的中間位置而誤以為可以成為與北宋相抗衡的獨立存在。此帝國在模仿宋朝與成為宋的反面二者間猶豫不決，失去原本中間位置的流動性與創造性。[18]脫漢入胡的「胡」具有創造性，並非獨立建國的「西夏」。然而如此的說法也有盲點，在指出西夏的特殊在於游牧民族的邊緣性時，那麼宋朝的既有政治型態與歷史上「正統王朝」之地位再度獲得不證自明的正統性。廖賢浩先驗性的預設西夏之游牧與邊緣特性，間接地把北宋王朝視為理所當然。但是北宋與南宋最後也覆滅了。歷史上並無永久存在的政權，豈能以西夏帝國的滅亡來論證「假如他們不要建國、一直是游牧民族就不會亡國」？駱以軍將西夏、宋、遼、金並列，形成台灣與過去歷史上各王朝不斷變動的比喻關係。而廖賢浩所說的西夏不要獨立建國，指的是台灣不要獨立建國？還是中華民國不要建國？

經由脫漢入胡的論述，作者將台灣等同於漢，外省人是西夏人後代與胡人後代，似乎顯示外省人不是台灣人。然作

---

[18] 廖咸浩，〈如何延遲世界末日？——經《一座島嶼的可能性》窺看《風暴之書》與《西夏旅館》中的後人類視域及重返生命之途〉，《中外文學》45 卷 1 期（2016.03），頁 31。

者將「西夏旅館」作為台灣的隱喻—筆者將於下節分析旅館的意涵，又弔詭地把「西夏」成為「旅館」的形容詞，因此這座等同於台灣的旅館，其房客就是西夏人後代及各種背景殊異的人。經由旅館的房客身分，作者肯定了外省人在旅館的重要性，也就是迂迴曲折的重新認可外省人是「住在台灣的人」，但未必一定是「台灣人」。因此筆者提出「台灣人悖論」，亦即質疑台灣人身份的論述者，本身就在文壇場域進行台灣人身份的詮釋權，也因而無法置身事外而斷絕與台灣的關係。如同蔡振念認為朱天心的寫作歷程由「身為中國人」而進入「成為台灣人」，我們看到駱以軍在此書也進行類似的轉化。駱以軍的認同轉化比朱天心更複雜的是，台灣一方面被視為「漢」的代表，另一方面又被「西夏化」，而同時西夏騎兵的逃亡又等同於外省人的逃亡，因此駱以軍的認同策略是建構自己是「住在台灣的人」，但「台灣」作為空間、作為旅館，其主角是外省人。相對於一般人把「本省人」與「台灣人」混同，也把「外省人」與「中國人」混同，駱以軍打破此認同等式，提出「外省人也是台灣人」，又相當強勢地認為外省人是台灣這個符號舞台的主角。駱以軍的「台灣人」並非四大族群與新住民具有平等地位而住在台灣的人，而是以外省人為視角的離散台灣人。

　　以下我們從「旅館即台灣」的命題著手，探討時間與空間的關係，以及身份的變化過程如何展現於西夏歷史想像與旅館的變形空間中。

四、台灣做為旅館；在地流亡

　　本書書名為《西夏旅館》，由「西夏」與「旅館」兩部分所組成。「西夏」可視為時間軸，從西夏建立王朝的時的繁榮興盛而終究滅亡，再加上國共內戰後外省人的逃亡。「旅館」則是空間，這裡的房客形形色色，以旅館暗喻台灣。逃亡的外省人最後來到台灣，住在旅館裡，以為是暫時棲身之所，沒想到一輩子困陷在旅館。旅館不是真正的家，是旅途中暫時居住的地方。但是當人們哪兒也去不了，終生住在旅館，這裡既是家，卻又沒有家的溫暖，而是一個充滿欺騙、幻術、扭曲的地方（頁 32）。旅館有時直接被等同於「網路」（頁 161），有時被形容為故事的屍骸（頁 32）。然而，此旅館固然不是寫實主義下的旅館，卻也不能過度誇大其虛構性質。事實上，此旅館充滿了對台灣政治人物、台灣歷史事件、當代台灣社會現象之直接與間接的指涉。

　　書中描述旅館的主子是「老頭子」，老頭子的「夫人」與「兒子」不斷鬥爭，「兒子」年輕時曾被老頭子送到苦寒之地俄國。由許多細節的堆砌，老頭子指涉蔣介石，被作者以冗長篇幅描述為好色的淫棍。這些色情化的描述固然可以解構蔣介石的偉人形象，卻也讓他被作者放逐到私領域，迴避了公領域的價值批判。書中指涉的政治人物很多，只有他一人被色情化，也由此顯示出作者有意或無意的逃避了對蔣介石的批判。如果作者能一致地對待所有政治人物，都是同樣地不追究政治責任，此書當然可以被視為「虛構」與敘事美學，可惜事實並非如此。作者對陳水扁三一九槍擊案的描述，暴

露出作者對政治人物的雙重標準。此點容後再述，我們先討論「旅館」的特質。

　　首先旅館是充滿幻術的地方，一切事物都是歪斜的，也是無數的「故事屍骸」（頁 32），住著各種不同背景、不同職業、不同種族的雜居之所：

> 在這個旅館裡的客人，來來去去進出我們店裡的客人，可以說什麼稀奇古怪的人都有：有日本黑幫老大和台灣小歌女一夜情的私生女；有華青幫的 ABC，有台巴（巴西）混血；有從母姓的外省老兵和年齡小五十歲的原住民小母親的第二代；……；極難得極難得會跑進來一兩個穿著瘸腳西裝我們，混充大人買酒喝的，那些越南新娘印尼新娘寮國新娘生的英俊男孩……（頁 93）。

　　這一個段落佔滿整整一頁的篇幅，似乎各種身分都有，但作者羅列的都是具「混雜」特性的人，身份相對上穩定的河洛人、客家人、原住民是缺席的。原住民是以「外省老兵的妻子」形式出現，重點是其「外省老兵」與「第二代」，而越南新娘等新移民，他們的先生通常是台灣社會底層的農村本省人男性，這些人也缺席。作者偏好書寫邊緣者與流離者，然原住民本身或是農村男性即是邊緣者與流離者，卻在厚厚兩大冊的小說中缺席。

　　作者以西夏人逃亡與外省人逃亡為兩支主幹，台灣的本省人與原住民零零星星地出現，成為比配角更微渺的故事點綴。書中對陳水扁的三一九槍擊案倒是有詳細描述（頁 428），

作者沒有使用「陳水扁」三個字，而是稱他為「魔術師」，他先請人打一針麻醉劑，再請狙擊手「射擊那微露出現的白色肚皮」。作者以虛構為包裝，暗指槍擊案乃陳水扁自導自演，成功騙過選民，所以是偉大的「魔術師」。此書操弄各種變形、扭曲、倒置、歪斜的比喻及想像，卻又在許多屬於台灣本土現象（且是負面現象）的人、事、物指稱「確有其事」。

除了三一九槍擊事件，作者對當代台灣的描述大膽引用《自由時報》報導，全篇上千字報導一字不漏地照抄。[19]例如頁537是一則關於網路詐騙的新聞。筆者此處不是要批評作者抄襲，而是指出作者的想像力才華與敘事藝術能力呈現不均質的表現。作者可使用豐富的想像能力及大量的同情心來描述西夏人逃亡與外省人逃亡，且其「變形」隱喻如變成昆蟲或怪獸，具有強烈虛構特色，我們當然知道人不會變成昆蟲。但是在台灣部分，作者的想像力與敘事藝術能力減弱，直接拿出報紙新聞報導。這則報導是關於男性在網路上詐騙女網友的感情與金錢，可見此詐騙為真實事件。又如頁735也是整段引用《自由時報》報導，內容是高雄某人家被神明附身，導致一家人自殘、互毆的死亡事件。

作者引用報紙報導又可見於地震後大廈倒塌事件，從樑柱可見裡面不是鋼筋水泥，而是沙拉油桶（頁435）。書中直接出現郝柏村、宋美齡、于右任、胡適、蔣經國等人名（頁548），但未提起其生平事蹟且加以評述，只是以這些名字來強化「旅館就是中華民國／台灣」的印象。文中對李登輝的

---

[19] 關於駱以軍全文照抄自由時報新聞，筆者親自上網比對。

描述較為詳細，有整頁的篇幅（頁 453），對此人物則有明確
價值判斷，指出其一生說過許多謊言。

在 552 頁處，作者毫無鋪陳脈絡，突兀地出現日治時期
原住民被屠殺的太魯閣事件，用幾行帶過，原住民議題嘎然
而止，不再鋪陳。作者交代圖尼克母親是「漢人」，再帶出其
家族歷經二二八事件（頁 344-345）。但這兩頁的內容並非敘
述二二八的慘痛經驗，而是敘述母親家族內的不和與鬥爭。
相較於作者耗費大量篇幅，窮盡想像力與書寫技藝來呈現西
夏人逃亡與外省人逃亡，以及其所經歷的創傷症候群，作者
對太魯閣事件與二二八事件的態度雲淡風輕。

若把旅館房客分成幾大類，篇幅最多的是圖尼克的家族
故事；再來是「老頭子」的情色人生；然後是陳水扁三一九
槍擊案之自導自演與李登輝之謊言；接下來指涉各種外省名
人；然後經由抄襲新聞報導呈現台灣社會充滿詐騙案件；最
後是二二八事件與寥寥數行的原住民與新移民。作者一方面
意識到台灣住民的多元身份背景，另一方面又聚焦於外省族
群，讓本省人、原住民、新移民於故事舞台上場後又被消失。

敘事者最後恍然大悟，「原來西夏旅館並非一間旅館，而
是一趟永無終點的流浪之途」（頁 671）。西夏作為時間的向
度，並非直線發展的時鐘時間，而是扭曲歧異的時間之流，
往往在「瞬間」噴發出許多故事，又讓這些故事迅速成為屍
骸。而旅館作為空間，並無固著性，也同樣扭曲變形，它並
非「地方」或「場所」，而是「過程」與「流浪之途」。

作者在此書所呈現的離散歷史，不只是離散的事實，還
包括對離散的價值判斷，亦即擁抱離散。雖然敘事者不斷強

調流離之苦，卻又肯定流亡之必要。筆者對此提出「在地流亡」的概念，亦即敘事者其實離不開台灣，只能在台灣居住而又懷抱流亡的想像與慾望。

筆者在此意欲打破「定居」與「流亡」的二元對立，提出「在地流亡」的概念。駱以軍從外省第二代的觀點書寫其父輩在國共內戰後的流離失所；那麼第二代生長於台灣，為何還是有流亡的心態？與其指責這群人不認同台灣這塊土地，不如研究他們如何面對與詮釋台灣本土化？為何對駱以軍及朱天心等外省第二代作家而言，本土論與台灣國族主義是排他的？駱以軍的流亡心態與寫作姿態都是由台灣的歷史、社會、政治情境而產生。他定居台灣，也活躍於台灣文壇，因此筆者將之視為「在地流亡」。如果以施叔青、李渝、郭松棻等人為對比，這些人長期定居美國而對台灣念念不忘，他們的流亡狀態屬於台裔美國人的流亡，可從美國多元文化與種族關係的脈絡來看。當然，在當代時空壓縮且解離的狀態下，住在美國的台裔作家，還是與台灣的文化、政治及社會脈絡有關。駱以軍常住台灣，書寫西夏歷史乍看下讓人以為是以西夏來解構中國；但若更進一步探索，原來那些的確存在的西夏史料，卻被作者拿來成為虛構的材料，迂迴地指涉「現此時」的台灣。筆者提出在地流亡的概念，也是回到「台灣人悖論」這個主題：不認同台灣的人，也是台灣人；具有流亡心態且質疑本土論的作家，也是具有在地性，由台灣的民主化所開創出的空間，使其得以質疑在地性與本土性。

Friedman 指出，認同的形成發生於空間的移動。身份認同是空間實踐的過程，必須離開原點（家），與他者相互對話、

凸顯差異，認同才能建立，這是一個流動的過程。[20]駱以軍在
西夏旅館描述的空間移動是複雜而飄忽的。移動的原點是哪
裡？外省第一代由中國大陸流亡來台，其移動的原點是中國，
也因而具有中國認同。但是兩岸的隔絕使他們在台灣定居數
十年，當他們於兩岸開放後返鄉，台灣又成了移動的原點。
駱以軍因父親回中國後得急症，他前往中國，對當地醫療制
度大為震驚，此段經驗也呈現於西夏旅館。那麼對駱以軍而
言，其移動的原點是台灣。經由離開台灣，使他對童年聽到
的原鄉敘述及現實的反差更敏感。由「我其實不是中國人」
的震驚，而「成為」「我不是本土論所定義的台灣人」，而他
書寫此小說所使用的修辭策略顯示出他意欲「成為台灣人」，
但何謂台灣人，他抗拒本土論而自創新意。蔡振念對朱天心
的解讀也有類似結論，亦即朱天心由身為中國人（being
Chinese）而進入成為台灣人（becoming Taiwanese）的階段。
[21]

　　史書美在其華語語系論點中，指出華人由中國大陸離散
至全球各地後，會與當地既有種族、族群、文化、非華語語
言產生雜混現象，是在地的文化生產。[22]「流亡心態」以及「離
散作為正面價值」乃是在台灣特定時空之歷史、政治、社會、
文化脈絡下發生的，並非抽象的存在。台灣歷史上經歷數次
朝代更迭，國族認同也因而包括對過去政權及其產生之相應

[20] Susan Stanford Friedman, Mappings (Princeton: Princeton University Press, 1998), pp. 151-4.

[21] 蔡振念，〈論朱天心族群身份／認同的轉折〉，《成大中文學報》25 期（2009.07），頁 200。

[22] 史書美，《反離散：華語語系研究論》（台北：聯經，2017）。

認同之殘存與遺緒，形成王德威所謂後遺民文學。[23]當過去的政權已完全消失（例如清朝與日本殖民政府），或是霸權地位殞落但仍然存在（如國民黨），而新的政權帶來新的身份論述（如民進黨與本土意識及台灣國族主義），人們徘徊依違於過去、現在、未來的交織與扭曲。在民主制度與言論自由的環境下，多重的身份認同於是在文化、政治、消費場域互相競逐，不只外省人第二代身份認同被問題化，即便是本省人及原住民，其身份認同也屢經變化，例如台灣文學經典名作《亞細亞的孤兒》，作者筆下的主人翁胡太明也是不斷地在不同空間中移動，其孤兒心態與被遺棄的創傷，可與西夏旅館的外省人相提並論。可惜駱以軍預設了本省人與原住民沒有流亡的問題，而單單專注於外省人流亡的悲情。

外省第二代在政治上對國民黨及中國民族主義已徹底幻滅，但又無法接受新的身份論述，由此產生「不是中國人，也不是台灣人」的尷尬。他們童年時接受官方中國民族主義的價值，因而曾認為自己是中國人。經由回到中國大陸被當地人認為是台胞，以及台灣後現代思潮的盛行，中國中心似乎被打破。駱以軍提出西夏的歷史想像，其第一層意義是打破漢人中心的史觀，具有解構中國、解構漢人的效果。

然而繼續細究，西夏畢竟是外省人逃亡的寓託與修辭。而這些流亡的人有個共同的空間「旅館」可棲息，旅館是家也不是家，這些人被困在旅館，同時又認為旅館不是實體空間，而是網路、是夢境、是流浪之途。旅館一方面是台灣的

---

23 王德威，《根的政治，「勢」的詩學：華語論述與中國文學》（高雄：中山大學，2015）。

隱喻，但是旅館的真正的主子是「老頭子」蔣介石，其主要房客是外省人，而本省人、原住民、新移民在兩大冊小說只佔微薄的篇幅，因此駱以軍呈現了外省人與台灣緊密的關係，又弔詭地讓本省人、原住民、新移民成為似有若無的幽魂。

在此書中，旅館也被形容為違章建築，層層堆疊，暗示了對法律的漠視，法律並非評判標準，也無一致性的邏輯；這被辜炳達視為「例外國家」的狀態。《西夏旅館》違章建築般的存在正是透過法則的無限增生瓦解法則自身，尋求在例外狀態下居住與生存的另類可能性。[24]

五、結論

西夏旅館雖然有兩條明顯且互相關連的主軸，也就是西夏人逃亡與外省人逃亡，但全書的敘事技藝則由無數個微形故事不斷由某一點湧現，爭相出現推擠而成為「故事屍骸」。所謂的「某一點」，可以指時鐘刻度上一秒鐘的瞬間，人物情緒轉化的瞬間，故事換成另一個故事的斷裂點。當一個故事有開頭，卻又斷裂，此時爭相湧現更多有頭無尾或有尾無頭的故事們。但這些故事殘骸的其他部分仍出現於全書上下二冊各處，因此雖為故事碎片仍有方法可以拼湊出較完整的敘事。經由人稱不斷變化，且「我」牽涉到不同人物，「他」也是牽涉到不同人物，多重視角與故事碎片形成萬花筒般千變萬化的身份組合與流動。

---

24 辜炳達，〈「活著的一隻被魔法詛咒成水泥化石的巨獸」：《西夏旅館》的偽巴洛克違章結構〉，《中外文學》44 卷 3 期（2015.09），頁 209-210。

　　然而無論如何的變化與流動，作者主要的執念都是逃亡的外省人。縱然這些外省人的母系是本省人或原住民，只要父系是外省人，就活在逃亡的恐懼感與被遺棄的悲傷中。作者在本書結尾時大玩文字遊戲，在「我們」與「他們」兩種代名詞間移行換位。敘事者語帶怨恨地說，「我們」（外省人）為何變成本省人口中的「他們」；而「他們本省人」則成為「我們」（頁 686-687）。這段文字顯示出外省第二代原本是發言主體，後來卻變成他者；而本省人作為他者，卻成了發言主體。不同族群間原可發揮互為主體性互相傾聽與溝通，但敘事者不認為有此可能性，只能在主體與他者中二擇一中從事發言主體的搶奪與捍衛。

　　此書也顯示出作者敘事藝術的不均質分布。關於西夏逃亡、外省人逃亡、變形、殺戮、死亡，作者調動大量的想像力與書寫藝術來呈現，但是在當代台灣社會現象這部分，則直接引用報紙報導。作者引用大批歷史材料來交代西夏王朝的建立與破敗，全書未曾引用任何台灣史著作來呈現台灣史，而是作者以簡要方式提到二二八事件與太魯閣事件。作者將旅館視為台灣的隱喻，但旅館長期且主要的房客是外省人。外省人一方面宣稱逃亡，另一方面又居住於名為西夏但隱喻台灣的旅館。作者在各種身份遊戲與變形遊戲中，提出「變成不是人」以及「變成不是台灣人」，這些遊戲都彷彿是手套內面反轉至外面，是手套一體的兩面，猶如「台灣人悖論」，藉由變成不是台灣人，更能彰顯台灣社會的特色；而台灣一整個世代的困頓，那就是在文學、文化、政治場域中各種身份的競逐，以及對台灣人定義的詮釋權之爭。雖然事實上各

種身份處於不斷變化與流動中，而人們的認知結構卻依然停留在「以為別人是僵化與排外、認為自己是自由與開放」。從施叔青的《台灣三部曲》，也是在討論認同的變化，她以台灣土地為基礎，描述各種人物從菲律賓、中國、日本而來，在空間移動中逐漸確認具有開放性的台灣認同。

參考資料

中文書目

一、專書

王德威，《根的政治，「勢」的詩學：華語論述與中國文學》（高雄：中山大學，2015）。

史書美，《反離散：華語語系研究論》（台北：聯經，2017）。

白睿文等著，《台灣文學的感覺結構：跨國流動與地方感國際研討會論文集》（南投：暨南國際大學中國語文學系，2015.09）。

香港浸信會大學編，《論駱以軍《西夏旅館》》（香港：天地圖書，2012）。

張茂桂等著，《族群關係與國家認同》（台北：國策中心，1993）。

陳建忠，《記憶流域：臺灣歷史書寫與記憶政治》（台北：南十字星，2018）。

蕭阿勤，《回歸現實：台灣 1970 年代的戰後世代與文化政治變遷》（台北：中研院社會所，2008）。

二、論文

（一）期刊論文

侯如綺，〈駱以軍《西夏旅館》中的「屍骸」書寫與主體建構〉，《淡江中文學報》32 期（2015.06），頁 361-384。

郝譽翔,〈一九八七年的逃亡——論朱天心小說中的朝聖之旅〉,《東華人文學報》3 期(2001.07),頁 241-268。

辜炳達,〈「活著的一隻被魔法詛咒成水泥化石的巨獸」:《西夏旅館》的偽巴洛克違章結構〉,《中外文學》44 卷 3 期(2015.09),頁 177-211。

黃錦樹,〈神的屍骸:論駱以軍的傷害美學〉,《中外文學》38 卷 4 期(2009.12),頁 19-39。

楊凱麟,〈《西夏旅館》的運動―語言與時間―語言:駱以軍游牧書寫論〉,《中外文學》38 卷 4 期(2009.12),頁 41-76。

廖咸浩,〈如何延遲世界末日?——經《一座島嶼的可能性》窺看《風暴之書》與《西夏旅館》中的後人類視域及重返生命之途〉,《中外文學》45 卷 1 期(2016.03),頁 13-43。

蔡振念,〈論朱天心族群身份/認同的轉折〉,《成大中文學報》25 期(2009.07),頁 179-203。

蔡曉玲,〈「中國大陸移民」或「臺灣外省人」——從文學倫理學批評看駱以軍小說中的身份認同〉,《哲學與文化》42 卷 4 期(2015.04),頁 61-72。

(二)學位論文

嚴婕瑜,《駱以軍小說的自我主體建構》(台北:國立臺北教育大學語文與創作學系研究所碩士論文,2009),頁 1-131。

英文書目

Huang, Phyllis Yuting (2012) "What's in a Name?: Second-generation Mainland Writers' Literary Works as a Contested Genre." *QUARTERLY JOURNAL OF CHINESE STUDIES* 1.4: pp. 44-58.

Friedman, Susan Stanford (1998) *Mappings* (Princeton: Princeton University Press, pp. 151-4.

第三篇
移動與認同協商

第五章
沈默之聲：從華語語系研究觀點看
「台灣三部曲」的發言主體

一、前言：異質多元的華聲與華風

　　施叔青的「台灣三部曲」不僅是台灣文學的里程碑，更弔詭地讓我們意識到，作者是長年不在台灣的台裔美籍人士。[1]施叔青生長於台灣，少女時期就開始以現代主義風格寫作。後來前往美國留學，又曾在香港居住十餘年，寫下「香港三部曲」。離開香港後她曾短暫回台，又再度離台前往美國，定居於紐約。在她紐約的書房，堆滿各種台灣史料，多年皓首窮經之作「台灣三部曲」就是在其紐約寓所完成。「台灣三部曲」既是台灣文學，是否也可被視為全球華文文學（Global Chinese Literature）、世界華文文學（World Literature in Chinese）的一部分？甚至，是否也可被視為以中文書寫的亞美文學（Asian American Literature in Chinese）呢？

　　施叔青往返於美國、台灣、香港三地的身分及其書寫策略與書寫內容，最適合從華語語系研究觀點來探討語言、跨

---

[1] 「命名」本身就是一項身分認同政治。施叔青生長於台灣，在台灣出書，讀者以台灣人為主，被理所當然地視為「台灣作家」，但是她長期居住美國，因而也是「台裔美籍」作家。然而，本章使用的華語語系觀點就是要解構「大中華」以及「中國大陸」，因此在 Sinophone 這個概念下，也可稱她為「華裔美籍」作家。

文化認同、跨國流動的複雜關係，也構成了本章的問題意識
與研究方法。在全球化的當下此刻，施叔青的「台灣三部曲」
既是替台灣立傳，也道出民族國家界線的鬆動。作者書寫的
時代雖然是清朝與日治下的台灣，其實充滿當代認識論的介
入。此認識論的特質包括：反本質化、去中心、多元、混雜，
讓我們看到歷史並非客觀真相的呈現，而是特定敘事模式的
選取造成「真理政權」，使讀者信以為真。語言本身並非透明
而不證自明的存在，語言形塑我們的世界觀，而施叔青的「台
灣三部曲」其一貫主題都在探索發聲與書寫如何可能？又為
何失敗？可說是具有濃厚後設性質的歷史書寫後設小說
（historiographic metafiction）。本章從華語語系研究的觀點，
企圖提出以下問題：在多語環境下的人民，不論是底層人民
或是知識份子，如何得到（或難以得到）發聲管道？從沈默
到發聲的過程為何？——這個問題也有另一面：曾經具有發
聲能力者也可能失聲。三部曲中都出現難以自我表達的人物，
他們並非無聲，卻難以清楚表達自己的慾望，這些人又是如
何自我蛻變而成就主體位置呢？

　　近年來，在華裔美籍學者史書美的大力提倡下，「華語語
系研究」（Sinophone Studies）成為一個嶄新的研究進路，用
以解構大中國中心、重新思考全球化情境下華語文學的多重
定位。去中心與邊緣發聲不正是後殖民研究已提倡許久而在
學界耳熟能詳嗎？華語語系研究是否為中國版／華語版的後
殖民應用？其創新之處為何？面對這樣的質疑，史書美提出
詳盡的回應。後殖民觀點最顯著、最常被討論的現象是大英
帝國與印度的關係。其他地區的殖民與後殖民研究循此模式

而展開批判帝國、批判西方中心的論述。然而，當中國以大國崛起之姿，在全球資本主義架構下快速推動經濟成長，更在區域與全球地緣政治中扮演重要角色，中國的後殖民批判顯然得了歷史失憶症。中國本身，特別是在清朝時期，以軍事侵略與占領而大幅擴張版圖，將西藏、新疆、蒙古納入統治，可說是大陸型殖民主義（continental colonialism）。[2]由於歐洲殖民主義為海洋取向，清朝的大陸型殖民主義被掩蓋而似乎成為歷史灰燼；另一方面，西藏與新疆的少數民族仍持續被中國霸權壓榨，生活於內部殖民的狀況。史書美因而認為，中國歷史書寫強調 19 世紀以來遭受到的西方侵略，以受害者之姿提出後殖民批判，並同時進行中國國族主義的建構，如此的行徑似乎是躲在後殖民論述裡面，拒絕面對仍然存在的大陸型殖民主義。[3]在此脈絡下，華語語系研究的功能之一就是拆穿中國的受害者假面具，[4]並以華語語系成員的身分，批判中國中心，提倡異質雜音的多元華語。這與印度知識份子批判大英帝國的脈絡相當不同。華語語系研究，其關注於華語的多聲、混雜、在地化，目的就在於解構中國中心及歐洲中心。[5]

　　Sinophone 一字的中文翻譯是「華語語系」，「系」這個字，代表眾多成員而形成一個具內部差異性的集結。我們也不妨使用「華聲」或「華風」這兩個譯詞。華聲強調聲音——過

---

[2] Shu-mei Shih, "The Concept of the Sinophone." *PMLA*, 126:3 (2011), p. 709.

[3] Shu-mei Shih, "Introduction: What is Sinophone Studies?" In *Sinophone Studies: A Critical Reader*, eds. Shu-mei Shih, Chien-hsin Tsai, and Brian Bernards (New York: Columbia University Press, 2013), p. 3.

[4] Shih, 2013, p. 4.

[5] Shih, 2011, p. 711.

去我們關注語文及文學的文字書寫，現在我們強調聲音。相同的文字，可用不同方言的聲音來讀，例如用閩南語或粵語讀唐詩。至於華風一詞，則一方面音譯了「phone」的發音，同時也指涉各種華語的方言雜音乃是生成於特定的風土、地方、歷史，並非一成不變、更非去脈絡化的標準發音或是正宗文化。「華聲」與「華風」強調「地方」的重要性，強調每個地方有其獨特的華語，以及華語與其他語言的關係。[6]在美國，華語為弱勢語言；在台灣，「國語」是強勢語言，而台語、客語及原住民語為弱勢語言，但是三者的在台灣的弱勢處境又各自不同；在新加坡，除了最強勢的英文，華語是官方語言，其他語言包括屬於華語語系的閩南語、潮州話，以及非華語語系的馬來語、印度語。

在這些組合中，華語的重要性（及不重要性）取決於當地多元語言與族群的相對關係，也與性別、階級有關。華語語系研究把我們視為理所當然的「說中文」、「寫中文」問題化，不但讓我們認識多語及跨語的重層性，更讓我們對「發聲」的困難有所反思。《行過洛津》的主人翁不識字，他更需要經由「聲音」來溝通；《風前塵埃》的兩代女主人翁為住過台灣的日本人，她們努力學習東京腔日語，卻因觸犯種族禁忌而失聲；《三世人》的唯一女性人物通曉漢語及日語，然而其書寫能力趕不上其書寫慾望，終究一事無成。說話的困難與挫敗，可說是貫穿這三本書的主題。

基於反抗同質化、一統化的大中國霸權，華語語系文學的定義及涵攝對象為：（1）在中國之內的少數民族及其族語

---

[6] Shih, 2011, p. 716.

及華語書寫，其華語書寫本身就標示了內部殖民及語言壓迫，以致於很弔詭地必須使用漢人殖民者的語言來替自己的邊緣處境發聲。（2）在中國以外的移民，如移居美國的華人，在當地其人數與語言都構成少數。不論他們用英文寫作或是用中文寫作，都是雙重的邊緣處境。（3）在中國以外的定居型殖民主義情境下的文學。最顯著的例子是台灣，其次是新加坡。遠自 17 世紀，閩南人與客家人移居台灣後，相對於原住民，在人數上為多數、在政經文化上為優勢集團，以內部殖民方式統治原住民，此時漢人口說語以閩南語及客家話為主，書寫則是文言漢字。日本殖民後，台灣人被迫學習日文，但是聽說讀寫全部使用日文的人口並不多，大多數人在語言上展現日語及本土語言的混雜，書寫上也是存在著漢文文言文、漢字白話文、日文的多元面貌，形成所謂「東亞混合式漢文」。[7]戰後國民黨政權獨尊白話文與北京話為「國語」，然而民間的口說語仍是前述各種語言的混雜。台灣文學始終具有與官方「純正語言」角力的功能，以混雜的特色挑戰官方的標準語意識型態。

台灣漢人歷經殖民與去殖民歷史過程，本可建立本土語言的優勢，卻在戰後經歷二二八事件的集體創傷，而國民黨內部殖民的政權確立現代中文（白話文書寫與口說北京話）的霸權，卻在全球化與中國崛起的雙重壓力下，持續處於中華人民共和國的軍事威脅，使得台灣文學具有替少數與弱勢

---

7 參見陳培豐，〈識字‧書寫‧閱讀與認同：重新審視 1930 年代鄉土文學論戰的意義〉，收錄於邱貴芬、柳書琴主編，《台灣文學與跨文化流動：東亞現代中文文學國際學報‧第 3 期‧台灣號》（台北：文建會，2007），頁 109。

發聲的角色。而當代女性作家的歷史書寫,不只是對抗父權論述,也連帶質疑大中國國族主義,此雙重質疑帶來新的認識論,不只解構父權及國族,更反思說話與沈默、書寫與空白間的弔詭。[8]

從華語語系觀點來看,那麼中國國內漢人的標準華文書寫(普通話)是否被排除在上述定義之外呢?雖然史書美沒有明講,但是從她多次的評論顯示,中國境內漢人書寫並不包括在「華語語系文學」之內,因為這類文學已經在「中國文學」的架構下得以處理。華語語系研究強調「少數」者的語文及其混雜性,與中國文學的霸權地位不同。[9]「華語語系文學及研究」標示著不同於中國文學的研究方法與認識論。首先,它企圖與殖民主義、離散研究、族群研究形成跨領域對話。如前所述,中國自身有著大陸型殖民主義,足以和歐洲的海洋型殖民主義比較,更進而重新思考、批判中國近代史的受害者史觀。

其次,它質疑離散研究的懷鄉理念及其「有效日期」。離散做為一種價值觀與感覺結構,預設著對祖國故鄉的懷念,而史書美指出,離散華人移居世界各處後,遲早會本土化,其鄉愁的出現與表達形式,乃立基於特定居住地的歷史、文化、社會條件。因此,華裔美籍移民者的鄉愁是美國文化的一部分,不同於馬來西亞華人的鄉愁。經過第二代、第三代

---

8 參見陳芳明,〈挑戰大敘述:後戒嚴時期的女性文學與國家認同〉,收錄於陳芳明,《後殖民台灣:文學史論及其周邊》(台北:麥田,2002),頁 131。
9 Shih, 2013, p. 8.

的繁衍，離散經驗總有截止時刻。[10]當然，以美國而言，新一波華人移民持續湧入，因此總是會有新移民回首故鄉的慾望，但這與 19 世紀移民的鄉愁又大為不同。以往對華裔美籍作者的研究集中於英文書寫，現在，以中文書寫的華裔美籍作家開始受到重視。

　　第三，華語語系研究也企圖與族群研究對話，瞭解移民到了北美、南美、東南亞、台灣、韓國、日本等地之後，他們如何自我定位以及被當地人定位，二者互動形成當地的多族群與跨族群結構。例如 19 世紀廣東人到美國後並不稱自己為中國人、華人、或漢人，他們是廣東人，也可稱做唐人。[11]20 世紀後半台灣留學生學成後留在美國，這又是另一種時空背景不同的移民。這兩群人儘管語言與習俗、文化差異甚大，都被主流社會標視為「華裔美籍」或是「亞裔美籍」。「亞裔」所涵蓋的華人、菲律賓人、越南人、韓國人等等，內部差異性何其大，他們如何選擇性的接受或排斥這些族裔標籤呢？在中國以外的華語文化生產，不論是文學或是電影、電視，都基於當地特殊的歷史與在地性而顯現出不同的華語表現。[12]例如，台灣的文學與電影雖然以標準華語為主，但也混雜了台語、客語、原住民語。

　　如果持續用「中國文學」的概念，那麼台港澳文學、馬華文華、美華文學都只是中國文學主流以外的「補充」與「附錄」，而且這些文學在中國文學的大傘下又各自獨立，其間所

---

[10] Shih, 2011, p. 714.

[11] Shih, 2011, p. 715.

[12] Shu-mei Shih, *Visuality and Identity: Sinophone Articulations across the Pacific* (Oakland, CA: University of California Press, 2007), p. 30.

可能產生過的互動被掩蓋遺忘。在全球化的脈絡下，中國文學似乎可以被延展為全球華文文學、世界華文文學等概念，但是這些用語仍是以中國文學為中心，靜態地、同質化地把各種華聲／華風納入，充滿異質雜音的各類移民被統稱為「海外僑胞」，預設著他們對祖國國族主義的向心力。[13] 華語語系文學及研究反抗中國霸權、批判中國中心、看見各地方於特定歷史脈絡下的風土人情，並將跨地方（translocals）視為重要的研究對象與研究方法。因此，這個概念不只是垂直軸上優劣之分的翻轉，更重要的是平行面的跨地方比較。如果能掌握這樣的研究視野，中國境內漢人之標準華文書寫（也就是中國文學）應該也可成為華語語系的研究對象。

　　華語語系研究一方面強調各地方華語的多重性，同時，我們也必須警醒所謂「多重性」的表現方式與存在條件也是以差異的方式存在，並非大家都有同樣的多重性。華聲／華風讓輕易的縫合變得困難，逼迫我們去正視困難、差異與異質性。[14] 華聲／華風文化表現總是一種模仿，對所謂原汁原味的正宗中華文化的模仿，也可說是一種翻譯；在此翻譯過程中，混和了在地的特殊歷史與風土，形成了對正宗文化的解構或翻轉。華語語系研究重視每個地方特定的歷史及其變化，有別於離散研究對地方概念的疏離。[15] 例如《行過洛津》一書中的南管，宣稱來自唐朝皇室音樂，後來演變為地方仕紳子弟的音樂社交團體，更是風月場所藝旦的表演文化。《風前塵

---

[13] Shih, 2011, p. 710.

[14] Shih, 2007, pp. 5-6.

[15] Shu-mei Shih, "Against Diaspora: The Sinophone as Places of Cultural Production." In *Global Chinese Literature: Critical Essays*, eds. Jing Tsu and David Der-wei Wang (Leiden: Brill, 2010), p. 39.

埃》一書中，日治時期的台灣人，模仿日本的庭園與茶室文化，最後成了與灣生日本女子交歡的場所。《三世人》一書中唯一的女性人物，在語言及服裝上遊走於台灣本土、日本、西洋、中國大陸的文化，以她的身體堆疊出文化的重層性。

學者德立克（Arif Dirlik）指出，華語語系文學從事的是對同質化的中國國族主義的質疑與解構，也根本地動搖了文學的身分（identity of literature）。[16]當文學企圖與殖民、移民、族群議題對話，並對特定時空下文學的生產、傳播、接受具敏銳度，文學的美學價值已被擱置或解構，成為跨領域人文與社會學科的另類研究方法。在全球流動的當代，書寫者的身分、閱讀者的身分、出版地、甚至書中人物的身分，都不再有整齊的對應關係，而應放在具體的歷史脈絡與地方情境來看待。

二、《行過洛津》：性別與南管的跨地方流動

《行過洛津》一書以 19 世紀清朝嘉慶年間的鹿港為故事背景。主人翁許情是泉州七子戲班的戲子，多次來台，見證了鹿港的繁華與沒落。許情生理上是男性，在舞台上扮演小旦（女性角色）。離開舞台，他被好男色的商人烏秋包養，不惜重金到布店裁製女裝，將他打扮成清新稚嫩的美少女（或是花美男？）。許情理所當然地接受包養的舒適生活，也稱職

---

16 Arif Dirlik, "Literary Identity / Cultural Identity: Being Chinese in the Contemporary World." Modern Chinese Literature and Culture Resource Center (2013), from http://u.osu.edu/mclc/book-reviews/literary-identity.

地迎合烏秋的情慾發洩。直到他認識藝妓阿婠，對她產生情
愫，他企圖把自己挪移到男性發言位置，卻終究失敗，未能
向阿婠表達愛慕之情。

　　許情台上台下都穿著女裝，扮演女性角色，這是為了生
存不得已的作法，並不表示他認同女性。他認識阿婠後，經
由鏡子顯示的兩人身體構造之差異，使他慚愧自己的女性展
演仍是充滿欠缺與漏洞。[17]他因此轉換到男性位置來投射慾
望，可惜沒能成功。誠如本書第二章指出，許情的轉變並非
由女性認同轉為男性認同，而是角色扮演及互動關係中的發
言位置之轉化。他自己在戲班裡演「荔鏡記」的小旦益春，
為了教阿婠學習南管，把自己設定為劇中男主角陳三。唯有
穿著男生戲服，他才有勇氣想像日後與阿婠的生活。戲劇中
的陳三身為書香世家的男性，為了接近五娘，故意打破五娘
家的鏡子，然後再自願為奴僕。許情雖然在戲中扮演活潑、
機智、足智多謀的侍女，卻無法延續戲台上充滿能動性的角
色特性運用於真實人生。畢竟，如果他以益春角色來教導阿
婠，同時又在心中慾望著阿婠，這是那個時代未曾提供的女
女慾望模式。身為目不識丁的戲子，除了演戲，他沒有任何
其他的文化資本來為自己發言。他只得使用陳三的角色來與
阿婠互動，其結果卻是難堪的失敗。

　　施叔青筆下的許情，大部分時候處於挫敗、恥辱的狀態，
詹閔旭稱之為「華語語系恥辱主體」，[18]意思是華人質疑、挑

---

17 施叔青的立場並非生理決定論，而是自我如何在不同情境下經由觀
　看他者身體而選擇性地對自身身體產生認識與誤識。

18 詹閔旭，〈恥辱與華語語系主體：施叔青《行過洛津》的地方想像與
　實踐〉，《中外文學》，第 41 卷第 2 期（2012.06），頁 58。

戰、抗拒中華文化，重新思考自己與過往中華認同間被視為
理所當然的穩固情感。此文所指的恥辱，並非負面意涵，而
是主體因為其不夠完整、不夠符合常態標準而產生恥辱感，
由此得以反思性的思考主流華文及中華文化的霸權結構。施
叔青將性別與國族互相參照，以性別位置的流動來喻說在兩
種或多種土地認同間的擺盪。[19]雖然眾多學者認為此書為國
族寓言，然而施叔青刻意避開男女兩種性別的二元對立，而
是強調許情在多重性別可能性中的跨越與流動。[20]

　　本書對情色、纏足、閹割的細節描寫極為細膩，不免讓
人覺得作者以此來製造奇觀。劉亮雅認為：

> 太監閹割由專業的淨身師操刀，其過程本身被高度儀
> 式化，甚至病態美學化，變成奇觀。然而當時台灣沒
> 有太監，突顯太監閹割想像相當突兀。它是在替西方
> 中心的東方主義服務、讓其背景台灣成為一充滿異國
> 情調的地方嗎？抑或它要凸顯在滿清帝國思想影響
> 下，海盜出身的烏秋想要效尤，像皇帝一樣將許情去
> 勢，以便擁有他做為孌童？這些皆有可能。[21]

　　施叔青的美學耽溺與奇觀書寫，也顯現於《風前塵埃》
結尾時女主人翁擁抱著已逝母親的和服。本書第三章指出，
和服為二戰時產物，上面繡滿軍事裝備，展現法西斯美學，
而作者對此態度曖昧，似乎耽溺與批評兼具。到了第三部曲，

---

[19] 詹閔旭，頁 64。
[20] 參見曾秀萍，〈扮裝台灣：《行過洛津》的跨性別飄浪與國族寓言〉，
《中外文學》，第 39 卷第 3 期（20010.09），頁 92。
[21] 劉亮雅，〈施叔青《行過洛津》中的歷史書寫與鄉土想像〉，《中外文
學》，第 39 卷第 2 期（2010.06），頁 9-41。，頁 20-21。

女主人翁對時裝變換的熱衷終於能擺脫戀物癖層次，而有了身分認同轉換及身分編輯的寓言特質。[22]

施叔青熱愛藝術，三部曲的每一本都至少呈現一種以上的音樂或視覺藝術。本書以南管音樂為主題，道盡了華聲與華風的跨地方流動。在官員朱仕光眼中，結合南管音樂的兒童七子戲粗俗不堪，需要官員來介入改造。在非商業演出的子弟班心目中，南管為歷史悠久的雅樂，來自中原，與七子戲無關，更瞧不起商業演出的職業歌館（亦即歌妓演出）。南管子弟認為南管歷史上溯自唐明皇，為皇室音樂，並祭拜唐明皇所重視的田都元帥為戲神。[23]如此悠久的歷史，可能是自圓其說，官員朱仕光並不以為然。這些對南管歷史的不同見解，道出象徵性文化鬥爭中相關當事人對文化資本的爭取與維護。華語語系研究提供一條路徑，讓我們解構關於「中原文化」以及「起源」的迷思。

又有一說，五代孟昶擅長音樂，被後人當成樂神，每年祭拜二次。書中有位人物為福建同春人蔡尋，到菲律賓馬尼拉與親戚學做生意。他自小就喜歡南曲，到馬尼拉後，發現當地僑界南管盛行，大喜過望。[24]後來他又來到洛津，其藝術表現令當地人折服，成為子弟館重要人物。蔡尋發現洛津南管界於祭拜儀式中將清朝五位先賢寫為「五祖」，他一方面解釋清朝五少先賢的由來，另一方面又指出南管原本是「唐朝

---

22 關於身分編輯的概念，參見本書第四章。

23 《行過洛津》，頁 133。以下引用此書時，註釋簡化，僅註書名《行過洛津》。

24 《行過洛津》，頁 164。

中原宮廷雅樂」，已有一千多年歷史，怎可將清朝人物視為始祖呢？他認為這是「移民渡海傳抄有誤⋯⋯」。蔡尋一方面自認博學多聞，熟知南管歷史，另一方面又因為愛上藝旦珍珠點而替她伴奏，如此行為引來南管仕紳的不滿，將其除籍。蔡尋成也南管、敗也南管。擁有南管曲藝使他得以進入仕紳階級，展現「華聲」（Sinophone）；愛上歌妓使他被南管社團除名，成為邊緣人。從有聲到無聲，聲音美學其實也是階級政治的一環。蔡尋堅持自我主體性，卻也喪失了公共聲音。

在此我們看到南管在不同地方間的流動：從所謂中原皇室，到福建泉州、永春，再到鹿港、馬尼拉及其他東南亞地區。流動於各地之間的蔡尋，為了凸顯南管的尊貴與久遠，將其歷史回溯到唐朝宮廷音樂。這種作法也映襯出「根與源頭」的問題化。蔡尋遊走各地，他的根不是出生的家鄉或是一個特定地方，而是南管社團的空間。經由遊走各地，他也以指導者身分堅持南管的根源起自唐朝。對南管源頭的堅持，代表他對南管的熱愛以及在文化場域進行文化資本的累積。對洛津子弟來說，上推至清朝五賢就足以表明其歷史，這是他們扎根洛津後建立的南管祭祀傳統，豈容一個外人置喙？傳統並非一成不變的、並非先天本質的，而是根據文化與人口離散到各處後所形成的當地傳統。儘管都是南管，在每個特定地方的形成與表現都不盡然相同。南管可以是仕紳子弟用以展現優雅品味與文化資本的音樂，其重點不是表演，而是同好交流、怡情養性。南管也可配上歌曲、舞蹈、身段，成為庶民大眾的娛樂。南管更是風月場所藝旦演奏給客人的音樂。

　　南管只有簡單的譜與戲文。其戲文與方言文學類似，經常有自造字、借音、借字的情形，一般文人不以為然。[25]菲律賓華僑人口只占 2%，這種少數處境，使得他們熱愛集社交友，南管就是與好友互相唱和的音樂，也是社會地位的標竿，因此其盛行程度遠高於福建家鄉或台灣。二十世紀 60~70 年代中國對外隔絕，促成東南亞地區的曲館與台灣曲館密切交流，還有新加坡、馬來西亞等地的曲館參加，盛況空前。由於菲律賓曲館遵守非商業演出、子弟間以樂會友，因此若要欣賞具娛樂性質的表演，反倒要請台灣職業女演員前往。[26]

　　台灣的南管音樂一方面為男性地方仕紳的社團活動，一方面也是妓院或歌館的表演，前者對後者極為輕視。此現象即可說明文化生產與性別區隔、階級流動的關係。女性主要是以歌妓身分提供消費性娛樂給狎客，而男性則由地方仕紳以非表演、非職業方式鞏固男性文化資本與權力集團。

　　20 世紀 80 年代以後，由於年輕人對此種活動興趣減少，台灣及東南亞各地的南管子弟館逐漸沒落。下一波則是國家力量與學者力量的介入，讓南管有了新生命。中國向聯合國教科文組織（UNESCO）成功地申請列為「人類口頭與非物質文化遺產」，各種南管活動又活躍起來，包括在小學開設「七子戲」課程。而台灣也在中央層級及地方層級補助南管研習

---

[25] 參見林珀姬，〈古樸清韻：台灣的南管音樂〉，《台北大學中文學報》，第 5 期（2008.09），頁 295-328。

[26] 參見蔡文婷，〈古調新聲：東南亞的南管改革〉，《台灣光華雜誌》，第 24 卷第 11 期（1999.11），頁 125-129；蔡文婷，〈南洋「鄉」思吟：菲律賓的郎君子弟〉，《台灣光華雜誌》，第 24 卷第 11 期（1999.11），頁 112-124。

活動與藝術表演。到了這個階段，南管昔日的許多二元區隔早已煙消雲散：菁英男性子弟 v.s.女性歌妓；非職業怡情養性 v.s.職業風月場所演出；這些二元對立隨著時代變遷而流失。南管的形象與功能轉化為專業性典雅藝術，必須依賴鑑賞力高的觀眾購票支持，加上政府補助才得以存活。當代社會視南管為優雅的品味，與歌仔戲或布袋戲的庶民取向不同；在這樣的認知裡，從未正視女性南管藝旦長久存在的事實。[27]20世紀 60 年代以來，南管的現代復振過程中，「良家婦女」大量投入，再加上政府資源與學術研究的投入，其傳統庶民之情色意涵已被遺忘、淹沒。施叔青經由許情、蔡尋、珍珠點、阿婠四個人物，靈活鮮明地呈現出南管隨歷史、地方、階級、性別而產生的變化。正是由於華語語系研究觀點的介入，讓我們可以更細緻地欣賞施叔青跨時代、跨地區、跨文化、跨性別的想像與書寫。

三、《風前塵埃》：慾望的實踐及其懲罰

《風前塵埃》的背景與地點是日治時期的花蓮，主要人物為原住民及灣生日本人，也夾雜著幾位客家人。此書如同解嚴以來大量興起的新歷史主義小說，「呈現兩個族群以上的觀點，呈現族群之間的衝突、互動、對話或影響，打破板塊式的國族想像，開始了另類歷史想像的可能性。與此同時，性別關係又常是展現與交涉國族關係的重要渠道。」[28]

---

27 參見周倩而，《從士紳到國家的音樂：台灣南管的傳統與變遷》（台北：南天，2006）。

28 參見劉亮雅，〈施叔青《風前塵埃》中的另類歷史想像〉，《清華學報》，第 43 卷第 2 期（2013.06），頁 312。

　　此書描述女主人翁無絃琴子自幼與母親相依為命，不知
自己的生父是誰。母親月姬青春年華的少女時代在台灣花蓮
度過，她經常津津樂道早年在花蓮的生活，也數度提起當年
好友「真子」的情感遭遇——愛上原住民男性。到了她老年，
罹患失智症，對往事的回憶更加雜亂，經常顛三倒四。琴子
曾遊覽台灣花蓮，希望能解開身世之謎。作者有時以琴子觀
點呈現她對花蓮人文與自然生態的觀看，有時插入琴子對母
親的回憶，有時以第三人稱全知觀點讓讀者瞭解當時的歷史
脈絡以及日本對原住民的侵略與宰制。琴子約略拼湊出一些
當年發生的事情，也了悟到所謂「真子」恐怕是母親虛構出
來的；或是換個說法，真子就是月姬，當年她愛上原住民哈
鹿克，也許也因而此懷孕生下琴子。作者並未講明到底琴子
的父親是否就是當年月姬的原住民情人，甚至岔出另一條線
索：當年月姬逃家後，被一位客家人收留；她為了報答而獻
身，因此琴子生父也可能是客家人。琴子雖然奔波於花蓮追
尋身世之謎，最終卻放棄尋找答案，轉而認同母親，不在乎
她的生父是誰。

　　或許讀者會質疑：《風前塵埃》的主要人物是使用日語的
在台日人，書中的客家人在家都講日語，因此不能使用華語
語系觀點。這樣的疑問，就是華語語系研究所要處理的核心
議題。作者以中文書寫，但是其書寫對象是日本人與日本話，
加上講日本話的台灣人，這就是書寫工具、敘事策略與書寫
內容的扞格。施叔青的書寫工具是中文，她並未用漢字來模
擬日語發音，而其敘事策略以斷裂的碎片刻意阻撓「真相」
的出現，其部分內容處理橫山月姬不敢直接講出過往情史而

必須假造「真子」的身分。作者以「中文」來陳述日本女人的失聲與失憶，而月姬的失聲並非她不會講日文，而是殖民者的女性位置對於跨種族情慾難以啟齒。華語語系的研究焦點之一，就是性別、種族、階級、區域各種因素交織下的混雜性，而殖民情境提供給作家與研究者最好的素材來探討華語使用與霸權語言間的角力。[29]

施叔青的寫作技法故意限制住人物直接發言。月姬勇敢地追隨自己情慾的導引，與原住民愛人在野地歡愛，後來甚至將他藏身於寺廟地窖，兩人在黑暗中迸發強烈的熱情，探索彼此的身體。月姬可能因此懷孕生下琴子。雖然月姬有實踐情慾的勇氣，卻沒有說出來的勇氣。對自己青春過往選擇性的回憶與失憶，使得她形同失聲。她虛構了真子這個人物，以真子來替自己發言。這種敢做、不敢說的尷尬處境，似乎是命運與社會道德對她的懲罰。包括作者在內，都剝奪了她的發言權。

施叔青不讓月姬直接發言，我們對月姬的認識，都是經由琴子對母親的回憶，形成「回憶的回憶」：月姬回憶當年居住花蓮的種種，她講給琴子聽，琴子回憶成長過程中母親的絮絮叨叨，通過琴子而呈現月姬曾說過的話。

施叔青經由第三人稱全知觀點，讓我們看到了月姬或琴子本身看不到的現象。例如哈鹿克被藏在黑暗地窖，他所能做的，就是等待月姬到來。這漫長的等待時光，使得哈鹿克

---

[29] 這個問題是由本章的匿名審查者之一所提出。本書以中文書寫，讀者也是以台灣人及全球華人為主，因此適用於華語語系研究。

形同被幽禁。帝國主義將性別、種族、階級依據不同情境而重新編排。殖民者女性月姬，相對於被殖民者男性哈鹿克，女性位置凌駕了男性位置，甚至複製帝國權力關係，讓哈鹿克成為被軟禁的性工具，用以滿足月姬的情慾。最後，哈鹿克被關進監獄而被處死。我們看不到哈鹿克自己的說話，只能經由作者給予的再現來認識哈鹿克。月姬通過「真子」來訴說情慾，對哈鹿克的愧疚只能埋藏於心中，無法對任何人訴說。讀者可能以為月姬怯於承認當年的跨種族情慾，筆者並不排斥這樣的想法。然而，筆者認為月姬長期壓抑自己對哈鹿克的歉疚，不願面對自己當年造成的哈鹿克之死，這才是她失聲的潛在原因。月姬的情慾，可視為日本帝國主義的國族寓言：[30]月姬以情人位置置換加害者位置，最後又失憶；日本也以大東亞共榮圈的建設者置換了加害者，戰後也罹患了集體失憶症，不願面對二戰的暴行。

　　南方朔認為，《風前塵埃》一書指出日治時期各種人物對「我是誰」的困惑。為了解決「我是誰」，必須先釐清「我不是誰」。這種自我探索的過程極其漫長，早年的回憶不斷流失，又被下一代重構。[31]此書形同再現的再現、回憶的回憶。許多敘述都是琴子回憶母親當年對她講的話。此外，琴子在母親過世後，找出一些寫真集、和服等，經由相片而連接起失落的過去。如果沒有這些寫真，許多過往之事將永遠地被埋沒。

---

30 詹明信（Fredric Jameson）提出國族寓言（national allegory）說，主要是用以處理第三世界被殖民者的處境。但是他早年也以國族寓言來形容 19 世紀英國文學。筆者在此將國族寓言的概念應用於帝國主義日本，應無不妥。

31 南方朔，〈記憶的救贖：台灣心靈史的鉅著誕生了〉，收錄於施叔青，《三世人》（台北：時報，2010），頁 7。

　　從華語語系研究觀點來看，日治時期的台灣文化生產，從以往是漢文化的邊陲，漸漸轉變為日本文化的邊陲。日本是「內地」，台灣文學成為日本帝國的「外地文學」：一方面被收編，另一方面被納入階序架構下的弱勢位置。此外，部分台灣人嚮往日本文化，認真地模仿。例如客家人范姜義明嚮往日式庭園及其茶室，費盡心思打造一座日式建築與花園。殖民政權對花蓮的都市設計，也以日本街道為模型，企圖複製日本聚落。不論是殖民者本身，或是被殖民者，雙方都追求對正宗文化的模仿，經過一段時日，模仿並非日趨精熟，而是加入更多在地元素，成為混種的本土文化。

　　小說中，客家人范姜義明也偷偷暗戀著月姬，卻沒有表達的勇氣。沒想到月姬離家出走，在他家住了好一陣子。月姬為了表達感謝，獻身一夜。范姜義明經過一夜歡愛，以為就此得到月姬，沒想到月姬次日已不告而別。月姬以獻身一夜做為「禮物」或「補償」，在交換過禮物後，把自己欠恩人的人情債取消。月姬年輕時就已知道自己要什麼、不要什麼；可惜在果決的行動之後，卻無勇氣對女兒說明，長時間依靠「真子」的身分發言。面對殖民主義與父權制度，她是沈默的；然而，面對原住民，她卻複製了殖民主義對人權的侵犯，將哈鹿克關在地窖，最後哈鹿克被抓去坐牢。與月姬比起來，哈鹿克沒有任何發言位置與發言慾望，他的超級雄偉陽具被愛人珍視，帶來無限的歡愉。但是哈鹿克的嘴巴卻被閹割了。作者給哈鹿克相當悲慘的命運，也讓讀者省思不同身分的人為何沈默、又為何得以發聲？其實施叔青敘述哈鹿克當日本人的打獵嚮導時，內心流動著反抗殖民者的意識活動，因此

乍看下施叔青有給他發言位置與發言慾望。筆者認為，施叔青描寫哈鹿克內心有想法但是不敢說出來，兩者的扞格才是解讀此文本的關鍵。作者也使用夢境，讓哈鹿克經由作夢而回溯記憶，這些描寫都是要強調，當時的社會架構下他無從發言，即便說了，日本殖民者與漢人也無從理解。史碧華克（Gayatri C. Spivak）有名的提問：Can the Subaltern Speak?[32] 可以換個方式問：如果底層人民可以出聲，那要怎樣的條件才能使其言語被瞭解？筆者認為，打從第一部曲《行過洛津》開始，施叔青的關切一直與史碧華克的命題有關。許情有向阿婠表示好感，但是這種表達是無效的。許情最終放棄情愛追尋，以鼓師身分安身立命而建立主體性——他終於被聽到了。

做為灣生第二代，琴子具有高學歷，在小說進行的當下，擔任一項二戰時期繪有軍事圖案的和服展覽策展人。她的名字是「琴子」，姓氏卻是「無絃」，這樣的姓名，饒富寓意。與琴子合作的是一位韓國女性學者，她認真地看待自己的家族史與韓國被多重殖民的歷史，藉由展覽，向世界發聲，批判日本軍國主義。琴子經過一段時間的追索，放棄了對二戰的道德清算，也放棄了對生父的追尋，而在故事結局擁抱母親遺留下的和服腰帶，與母親和解。這是一個繡著戰爭武器的腰帶，琴子抱著它，遁入對戰爭美學的陷溺。琴子沒有「絃」，她有發聲的能力與管道，卻自願選擇了無聲，是否無法承受日本發動二戰的歷史業障？

---

[32] Gayatri C. Spivak, "Can the Subaltern Speak?" In *Marxism and the Interpretation of Culture Paperback, ed. Cary Nelson* (Champaign, IL: University of Illinois Press, 1988), pp. 271-313.

同樣是日治時期，同樣是女性，地點換到台北。台灣養女王掌珠如何面對個人生命史？如何積極謀求發聲管道？以下是對《三世人》的分析。

四、《三世人》：
自我生命書寫的（不）可能性

《三世人》的人物與情節發展可分為時間的垂直軸與水平軸來看。一方面，施叔青描繪了施家三代對統治者的態度演變：第一代施寄生自認為遺民、棄民，不肯向日本統治者低頭，並以守護文言漢文為自身使命；不僅抵抗日本殖民、不肯學日文、也對提倡白話文的新文人感到不滿。第二代施漢仁配合世道，努力學日文，又偷偷把祖先牌位藏起來不忍丟棄。第三代施朝宗於二二八事件後亟欲偷渡到廈門避禍。三代各有其不同的文化背景，而作者把重心放在第一代施寄生身上，描寫舊文人面對日文與白話文雙重夾擊的痛苦與無奈。

在水平軸上面，有三位彼此認識的朋友，紛紛涉入反殖民的文化與政治活動，後來都不了了之。這三位分別是宜蘭醫生黃贊雲、大稻埕富家子弟與無產主義者阮成義、律師蕭居正。這三人的活動構成了日治時期參與公共領域的知識份子典型。[33]此外，還有一位女性人物王掌珠，她與上述垂直軸及水平軸的人物毫無關係，作者以此女性人物來反映一個力

---

[33] 黃贊雲並無直接涉入社會運動，而是透過好友蕭居正的引介從旁觀察。

爭上游的女性如何從粗鄙的養女自發向上，成為拒絕婚姻的
單身中產階級。王掌珠的故事，揉合了公私領域的活動，頗
有國族寓言的功能。王掌珠與施寄生都各自以不同方式為文
字而癡迷，二者卻又形成鮮明對比：施寄生消極遁世，而王
掌珠則積極地參與每個重要的歷史時刻，企圖在不同政權、
不同世代文化轉變中掌握學習資源。

　　王掌珠一開始的出場是她想寫一部自傳體的小說，用文
言文、白話文、日文等不同語文來書寫。她自幼被賣為養女，
受盡凌遲虐待。她偶然認識鄰居朱秀才，開始學習漢文。秀
才兒子要到台中上學，便經過養家同意，請她隨行侍讀。她
在那裡認識隔壁日本官員家的女傭悅子（漢人取日本名字），
於是掌珠又積極學習日文，還報名參加日文傳習所，也喜孜
孜地收下悅子送她的穿舊要丟的日式浴袍。她不只想學日文，
還要講究學到的是東京腔，更欽羨、嚮往日本文化所代表的
統治者文化的高雅。作者將文字癖與衣著的戀物情結結合，
每學一種語言，服裝也隨之更換：從大裪衫到和服、旗袍，
最後又回到大裪衫。一個女性的語言及衣著戀物癖反映了政
權更替下文化資本的轉換與運用。

　　服裝代表的不只是流行趨勢或是身分認同，服裝有如掌
珠的第二層皮膚，曾在生死相交的關鍵時刻帶來新生的希望。
掌珠為了自己苦命的一生而意欲自殺，她穿著日式浴衣，原
本上吊自盡的想法，因為穿上日式衣服，竟產生了新生的感
覺而放棄自殺念頭：

　　　　拉緊腰帶，把穿慣大裪衫的自己驅逐出去摒逐在外，
　　　　吐出一口氣，開放自己，進入日本人的浴衣，讓身體

的各個部位去迎合它，交互感應，緊貼黏著在一起，填滿空隙，感覺到和服好像長在她身上的另一層皮膚，漸漸合而為一。

睜開眼睛，望著眼前晃蕩的繩索，掌珠不想尋死了。
34

掌珠一方面積極學日文，也曾為了看懂中國電影銀幕上的對白而興起學白話文的念頭，後來又立志成為台灣第一位台語發聲的電影女辯士。她也聽說林獻堂成立「一新書塾」，教授漢文及日文：

> 掌珠對「六百字篇」這門課特別感興趣，她聽說每一個漢字都附有白話的標音與造句舉例。
> 掌珠計畫以她的養女身分寫一部自傳體小說，書名都想好了，拿起筆來，才發現識字有限……她的自傳體小說始終沒能寫成。[35]

掌珠也曾對文化協會推動的新劇感興趣：

> 她的身世就是一齣賺人熱淚的苦情戲……，往舞台一站，不需編排情節，也不必為了表演培養情緒，站到燈光下喁喁自語，訴說血淚斑斑的經歷，就是一齣悲情的苦戲。她一身就是一齣悲劇，她就是台灣養女的化身。遺憾的是掌珠不敢在舞台上現身說法。[36]

---

34 施叔青，《三世人》（台北：時報，2010），頁 66。以下引用此書時，註釋簡化，僅註書名《三世人》。
35 《三世人》，頁 218-219。
36 《三世人》，頁 70-71。

　　王掌珠不但有多語言的興趣與能力，還渴望用以寫自傳體小說、演戲或擔任台語辯士。她接觸過的書寫文字與口語包括：母語閩南語、漢文文言文、漢文白話文、東京腔日文、國府來台後的「國語」（北京話）。王德威認為這樣的人物「虛榮和矯飾……讓讀者發出嘲弄的微笑」。[37]筆者認為這樣的看法太低估日治時期台人面臨多語環境下各自不同的發言慾望與發言位置，也忽略了造成慾望與實踐之間的鴻溝之社會因素與歷史條件。王掌珠有多語能力，也有強烈的發言慾望，但終究什麼也沒寫出來。史碧華克著名的提問：「底層人物可以發聲嗎？」正是要處理此現象。

　　史碧華克對自己的提問，其回答是負面的：他們即使想發聲，也沒有合適的語言與發聲管道讓宰制者聽到與聽懂。如果掌珠用文言文寫，其可能之閱讀對象是老一輩男性的漢學者與儒者。這些男性經常為身世淒涼的妓女寫下感傷的詩；他們只會顯示自己的同情心，卻徹底缺乏反省與批判能力來質疑父權制度。如果她用白話文，其可能讀者為新文人，他們比起舊文人較具結構批判能力，質疑台人所面臨的民族、階級、性別的三重剝削。然而掌珠只關心身為養女的性別議題，也缺乏與男性知識份子的交情，誰會替她出版？又要寫給誰看呢？與她出身相似的養女都不識字，有正義感的男性知識份子雖然屢屢抨擊台灣女性地位低落，他們仍是把性別議題置於民族與階級之後。日治時期的社會條件無法製造獨立存在的婦女運動，而是把婦女問題的解決包裹在民族解放與階級解放。[38]

---

[37] 王德威，〈三世台灣的人、物、情〉，收錄於施叔青，《三世人》，頁 12。
[38] 參見楊翠，《日據時期台灣婦女解放運動》（台北：時報，1993）。

　　如果用日文寫？即便掌珠的日文書寫程度不差，其出版管道更難取得，讀者又在哪裡呢？[39]日治時期新文學有豐碩的成果，優秀作家輩出，女作家卻是鳳毛麟角。如果施叔青在虛構小說中背離歷史事實，製造出女英雄王掌珠成功寫書出版的情節，這也是作者的特權。但是施叔青選擇讓掌珠不了了之，她寫出慾望與實踐二者間的鴻溝，而這個鴻溝之所以存在，正是因為多音雜混的華語語系人民在現代性、殖民性、本土性多重情境下被迫學習日文，只能機械性背誦，無法真正用語言來思考、分析。掌珠書寫慾望來自身為養女的痛苦，這是一個本土問題，描寫的是過去之我。她又有階級向上流動的慾望，努力脫離底層環境，過著中產階級的生活風格。說到生活風格，這又促動她的消費慾望，以日式服裝、洋裝、化妝品來打造時髦的現代之我。雖然她什麼也沒寫，她畢竟以自己的身體為介質，銘刻了女性主體與自我覺醒的生成。乍看下，王掌珠是新時代潮流的弄潮兒，對流行時尚相當敏感。然而，她並未一味地追趕時髦，反而相當自覺地將自己與「文明女」區隔開：「台北都會那一群以摩登自詡的女性，她們抽菸、穿美國進口的絲襪、盪鞦韆、在草地上跳舞、標榜維新自由戀愛新風氣……。掌珠向來看不慣這些『文明女』。」「台北都會那一群以摩登自詡的女性……。」[40]

---

[39] 龍瑛宗曾以日文寫出〈植有木瓜樹的小鎮〉，於 1937 年得到日本「《改造》懸賞創作獎」。但是當時日本內地文壇以及台灣的文壇對此文的看法以負面居多。由此可知，即便得獎，也未必立刻被讀者接受。參見王惠珍，〈殖民地文本的光與影：以〈植有木瓜樹的小鎮〉為例〉，《台灣文學學報》，第 13 期（2008.12），頁 211-212；王惠珍，《戰鼓聲中的殖民地書寫：作家龍瑛宗的文學軌跡》（台北：台大出版中心，2014）。

[40] 《三世人》，頁 228-229。

　　王掌珠曾迷過和服，也穿洋裝，後來看多了中國電影，
又迷上旗袍。她最喜歡的電影明星是阮玲玉，她經常飾演出
身寒微的苦命女子，贏得掌珠的認同。日治皇民化時期，掌
珠穿著旗袍在街上行走，當街被警察喝叱。掌珠並未完全屈
服，以後她繼續穿旗袍，挑選僻靜的路段行走。戰後台灣由
國府接收，不久後就發生二二八事件：「二二八事件動亂的那
幾天，……從此換回大裪衫。」[41]

　　王掌珠換回大裪衫不只是避免誤會與衝突，也代表她對
新統治政權的不滿——而旗袍象徵了統治者集團之內的女
性，因此王掌珠不願與之共謀。穿旗袍在日治時期則是無聲
的抗議，以及對之前形成的日本認同的抵銷。王掌珠每個階
段的服裝選擇，都反映了她對政權更替、思想潮流、流行文
化選擇性的吸收與重新部署。雖然她始終沒寫下任何文字，
她以身體及服飾宣告了自己的主體性。

　　掌珠想寫又寫不出來，似乎具有國族寓言的色彩：我們
由她身上看到日常生活私領域與婦女（特別是養女）人權改
革公領域二者的夾纏。個人的故事不只是個人心裡層次的展
現，而是集體國族在被殖民情境下的奮鬥求生。但是此種國
族寓言的解讀必須小心對待。個人的奮鬥不見得成功——國
族寓言並非勵志小說，個別人物也非整齊一致地對應某種國
族狀態，施叔青的寓言充滿國族建構路途的崎嶇分歧。王掌
珠想寫而沒寫出來的，施叔青寫出來了。[42]過了三個世代，總

---

[41]　《三世人》，頁 225。

[42]　史碧華克提出「Can the Subaltern Speak?」此問題，在闡述過程中指
　　出知識份子無法替底層人民代言。我們所能做的，是研究其消失的軌
　　跡。施叔青寫王掌珠並非替日治時期養女代言——這樣的社會呼籲
　　與文學再現已經太多了。施叔青書寫的重點是女性「寫不出來」及其
　　消逝於歷史洪流的殘跡。

有某個時代的人有條件、有能力為自我與集體發聲。施叔青以後代之姿，替「三世人」描繪他們那個時代發聲的可能性與不可能性。她對過去的描繪，並非只是追憶過去，而是蘊含當代觀點，間接誘發讀者反思當代。

三部曲描寫許多人物發言的困難；那麼，台灣自戰後以來持續的國文教育是否解決了發聲的問題呢？其實，語言只是能否發聲的條件之一。每種社會脈絡都必然存在著難以發聲的弱勢者。即便是菁英份子，面臨政權更迭也可能變成自我放逐的「遺民」而失去發言能力。文學體制的板塊移動造成昔日文化資本貶值，這也是失聲的原因之一。身為當代的讀者，我們可以以歷史及文學為借鏡，反省自己當代所處環境有哪些邊緣發聲：例如，一批批來自東南亞的外籍新娘/南洋姊妹，他們工作與照顧家人之外，還要抽空於夜間補校學習中文；或是原住民作家，用華語書寫他們的生命經驗，再現他們對主流漢文化的接收與反抗。還有極少數作家以羅馬拼音寫出台語、客語、原住民語。這些寫作者針對哪些讀者而寫？他們如何得到發表與出版管道？

由文本內容與華語語系二者互相參照，我們也得以延伸想像、揣摩 19 世紀美國加州的華裔苦力、菲律賓南管社團富紳的妻妾、馬來西亞的華裔商人等等，各地都說著華語方言，而他們畢竟無法真正替自己發言，有待後世學者及作家的挖掘，藉此讓當代讀者理解從無聲到有聲的歷史進程。[43]

性別不是決定可否發言的唯一因素。身為舊文人，施寄生飽讀詩書，自己也寫了不少詩句與書信。施寄生的個性使

---

[43] 此處使用「歷史進程」，並非基於直線發展的歷史觀，而是歷史演變時進時退的多重動力。

他在各方面都於時代潮流中被邊緣化。日本殖民政府不少高官都是具儒學背景的「儒官」，為了籠絡在地人心，舉辦各種吟詩活動，建立殖民政權的文化正當性。施寄生接到活動邀請函，卻不屑出席。另一方面，歷經新舊文學論戰，白話文取得優勢，文言文逐漸沒落。施寄生因而鬱鬱寡歡，消沈度日，失去發言的慾望而處於失聲狀態。他的消沈不只是來自殖民者的統治，更來自於新文人提倡白話文。到了 30 年代中期，中日戰爭爆發後，日本為了強化「大東亞共榮圈」的正當性，又開始提倡漢學與儒學，將儒家的忠孝精神轉換為對日本天皇的效忠。消沈已久的施寄生，又開始活躍起來，為了漢文的復振而興奮不已，完全忘了這與日治初期統治者以漢文詩詞拉攏舊文人有許多相似之處。施寄生重新得到發言機會，但是這種發言，完全是政治造成的發言空間，使得施寄生成為統治者的附庸，而非自我反思與覺醒的發言。

　　施叔青在《三世人》一書裡，呈現對文字與語言的執迷，與其說是作者個人的執迷，不如說是書中人物的執迷：他們的發言慾望與行動實踐二者間存在著難以跨越的鴻溝，反映出三個世代共同的奮鬥與失志,而造成其發聲與失聲的原因，又因性別、世代、階級、所使用的語言而呈現多重差異。整體而言，施叔青以小博大的書寫策略讓讀者得以窺見難得出現於大歷史、官方歷史中的庶民人物及其愛恨情仇。很弔詭地，邱雅芳指出，施叔青的寫作反而更被歷史幽靈所糾纏。[44]雖說大歷史受到質疑、挑戰、解構，作者似乎也陷溺於此大歷史而難以擺脫。

---

[44] 邱雅芳，〈施施而行的歷史幽靈：施叔青作品的思想轉折及其近代史觀〉，《文史台灣學報》，第 8 期（2014.06），頁 50。

五、結論

　　華聲與華風所強調的地方特色與異質性，在每日生活實踐中再生產了台式中華文化，也同時解構了中華文化的同質性霸權。施叔青的「台灣三部曲」呈現了跨國人口流動與跨文化流動下混雜的台灣本土性格。台灣在去中國化的過程中，所追求的並非建構純正的台灣本土文化來代替中國文化，而是在混雜多變中尋找各自的發言位置與發言內容，形成多聲互動的旋律。[45]誠如史書美所言，台灣不是「非中國」，台灣就是台灣。（Taiwan is not non-China; Taiwan is Taiwan.）台灣本身已經涵蓋了漢文化，以此為基底，將日本文化、西方文化、原住民文化層層堆疊而又互相滲透。

　　「台灣三部曲」雖然主人翁各有不同，施叔青一貫的關注是：弱勢者如何發言？發言慾望與行動實踐二者的鴻溝在怎樣條件下得以跨越？她也把這個問題倒過來問：有行動主體而無發言勇氣，那又是怎樣的情景？這是第二部《風前塵埃》的主題。

　　施叔青替沈默的人尋找他們曾經存在的遺跡，而非直接替他們代言。三部曲的每本書都留下想像的空白，讓身為讀者的我們得以參與想像，找出更多形跡，聽到沈默者的心聲。

---

45 台灣意識興起後，以台灣民族主義之姿，展開台灣國族建構，也因此必需以政治上的中華人民共和國為對象與他者，進行「去中國化」。同時，台灣混雜了漢人、原住民、日本、美國的文化，形成以混雜式華語為基底的「台式中華文化」，戳破「正統中華文化」的迷思。

參考資料

中文書目

一、專書

王惠珍，《戰鼓聲中的殖民地書寫：作家龍瑛宗的文學軌跡》
　　（台北：台大出版中心，2014.06）

周倩而，《從士紳到國家的音樂：台灣南管的傳統與變遷》（台
　　北：南天，2006.06）。

施叔青，《三世人》（台北：時報，2010.10）。

施叔青，《行過洛津》（台北：時報，2003.12）。

楊翠，《日據時期台灣婦女解放運動》（台北：時報，1993.05）。

二、論文

（一）期刊論文

王惠珍，〈殖民地文本的光與影：以〈植有木瓜樹的小鎮〉為
　　例〉，《台灣文學學報》，13 期（2008.12），頁 205-243。

林珀姬，〈古樸清韻：台灣的南管音樂〉，《台北大學中文學報》，
　　5 期（2008.09），頁 295-328。

邱雅芳，〈施施而行的歷史幽靈：施叔青作品的思想轉折及其
　　近代史觀〉，《文史台灣學報》，8 期（2014.06），頁 29-
　　52。

曾秀萍，〈扮裝台灣：《行過洛津》的跨性別飄浪與國族寓言〉，
　　《中外文學》，39 卷 3 期（2001.09），頁 87-124。

詹閔旭，〈恥辱與華語語系主體：施叔青《行過洛津》的地方想像與實踐〉，《中外文學》41 卷 2 期（2012.06），頁 55-84。

劉亮雅，〈施叔青《行過洛津》中的歷史書寫與鄉土想像〉，《中外文學》，39 卷 2 期（2010.06），頁 9-41。

蔡文婷，〈古調新聲：東南亞的南管改革〉，《台灣光華雜誌》，24 卷 11 期（1999.11），頁 125-129。

蔡文婷，〈南洋「鄉」思吟：菲律賓的郎君子弟〉，《台灣光華雜誌》，24 卷 11 期（1999.11），頁 112-124。

（二）專書論文

陳芳明，〈挑戰大敘述：後戒嚴時期的女性文學與國家認同〉，收錄於陳芳明編《後殖民台灣：文學史論及其周邊》（台北：麥田，2002.06）。

陳培豐，〈識字‧書寫‧閱讀與認同：重新審視 1930 年代鄉土文學論戰的意義〉，收錄於邱貴芬、柳書琴編《台灣文學與跨文化流動：東亞現代中文文學國際學報‧第 3 期‧台灣號》（台北：文建會，2007.04）。

英文書目

一、專書

Shu-mei Shih (2007) *Visuality and Identity: Sinophone Articulations across the Pacific* Oakland, CA: University of California Press.

Shu-mei, Shih (2011) *The Concept of the Sinophone*. PMLA.

二、論文

Arif Dirlik (2013) Literary Identity / Cultural Identity: Being Chinese in the Contemporary World. Modern Chinese Literature and Culture Resource Center, from http://u.osu. edu/mclc/book-reviews/literary-identity.

Gayatri C. Spivak (1988) Can the Subaltern Speak?. In *Marxism and the Interpretation of Culture Paperback.* Cary Nelson (Eds.), Champaign, IL: University of Illinois Press.

Shu-mei Shih (2010) Against Diaspora: The Sinophone as Places of Cultural Production. In *Global Chinese Literature: Critical Essays*, eds. Jing Tsu and David Der-wei Wang (Eds.), Leiden: Brill.

Shu-mei, Shih (2013) Introduction: What is Sinophone Studies?. In *Sinophone Studies: A Critical Reader*, Shu-mei Shih, Chien-hsin Tsai, and Brian Bernards (Eds.), New York: Columbia University Press.

第六章
性別化的現代性體驗：
《亞細亞的孤兒》及其恥辱主體

一、前言：胡太明對女性的想像與幻滅

　　《亞細亞的孤兒》是台灣文學最重要的經典作品之一，歷年來關於此書的研究成果豐碩，大多數聚焦於胡太明在台灣、日本、中國三種身分認同之間的掙扎與痛苦；而日本殖民的殘暴也是本書顯而易見的主題。在這兩項共同基礎上，研究者基於自己的立場而選擇強調中國的正面意義、中國的負面意義、台灣意識的崛起等。幾乎沒有一個研究會忽略太明日本女同事久子的重要性：太明愛上久子，被久子以「我們之間是不同的」而婉拒，太明經由這個打擊而首度意識到自己的台灣人身分。久子具有敘事功能上的重要性，用以推動太明對種族歧視的體會以及台灣人身分的自覺。此外，當太明為久子傾心時，他的台籍女同事瑞娥也對太明示好，太明卻不為所動。除了李郁蕙（2002：97-122）與宋澤萊（2011：255-270），瑞娥這個女性角色被大多數研究者忽略；因此，本研究擬從太明、久子、瑞娥這個三角關係探討性別關係的想像與體會如何行塑太明的台灣人意識。我們必須經由這兩段關係的比較，才能更清楚太明的行為、人格與精神狀況。本書第三個重要女性角色是太明的中國太太淑春，太明也是通過對淑春身為中國女性的想像與實際接觸而反思自身與中

國的關係。本研究有別於以往的國族認同研究，以性別為出
發點，探討胡太明如何經由性別化的現代性體驗，及種種負
面經驗而產生的恥辱感，進而形成台灣人意識。這種經由負
面經驗帶來的身分意識的自覺，筆者稱之為恥辱主體，用以
說明太明顛沛流離之下看穿殖民現代性的邪惡而形成台灣人
意識。[1]本書情節環繞著太明在台灣、日本、中國三個空間的
來回移動，太明的性別體驗與愛情的幻滅、對現代化的追求、
對身份認同的猶豫，都在具體的空間內展現，也值得我們探
討空間對太明的影響。作者吳濁流於二戰末期寫下從童年到
書寫當下的政治、社會、文化、經濟變遷，並非歷史小說。
但是出版迄今超過半世紀，書中提供詳細的資料，因此可以
在二十一世紀被看作是關於日本殖民時期的歷史小說。

　　準此，本論文擬提出以下三個問題：（一）恥辱感如何產
生並發揮負面與正面作用，特別是恥辱感如何使太明長期處
於自我否定的狀態，卻又於小說結尾處產生主體能動性；（二）
太明如何通過與久子、瑞娥、淑春三位女性投射對現代性的
嚮往與破滅；其中久子給他帶來的恥辱感如何催生自我意識
與台灣人意識更值得深入探討；（三）分析太明對政治運動的
嫌惡，以及恥辱感與嫌惡感二者有何關係？二者的連結如何
轉化為憤恨，進而帶來能動性？

---

[1] 詹閔旭在研究施叔青小說《行過洛津》時，提出恥辱主體的概念來說
　明男主人翁性別越界與假男為女的恥辱經驗如何推動自我主體意識
　之出現。參見詹閔旭，〈恥辱與華語語系主體：施叔青《行過洛津》的
　地方想像與實踐〉，《中外文學》，第 41 卷第 2 期（2012.06），頁 55-
　84。本文恥辱主體的概念來自詹閔旭的啟發。

　　本研究採取關係性（relationality）與位置性（relationality）的方法，探討太明如何以性別化的現代性體驗，擺盪在現代性的理想與現實之間。對於太明的研究，必須置放在一系列二元或多元對比的人物關係中來理解，不能只是單獨看太明本人，而是太明與周遭人物的關係。採取此研究方法的原因是過去研究者忽略其他人物的重要性。在性別經驗這部分，必須研究太明與久子、太明與瑞娥、太明與淑春的三種關係。而前二種關係由於同時發生，因此這兩種關係本身又要互相比較。此外，想要瞭解久子、瑞娥、淑春，也不能只從太明的觀點，而須檢視校長與久子、學校同事與瑞娥、淑春與社交圈及工作環境的關係。藉由重重關係的排比，得出太明在不同處境下的位置及所產生的情緒反應與行為反應。除了性別面向，長篇小說人物眾多，必須全盤檢視才不會以偏概全。

　　本研究聚焦於恥辱感的形成，因此對「情感」的關注，也是本文研究方法與前行學者不同之處。過往研究對認同、殖民主義的形成及所產生的效果、台灣人集體意識的形成等議題大多忽略情感的作用，本文採取阿梅德（Susan Ahmed）從「情感的社群性」（sociality of emotions）之觀點，探討情感所發揮的效果。學者對情感的看法可分做心理學「由內而外」（inside-out）以及社會學「由外而內」（outside-in）兩種相反的方向。前者著重個人內心的情感如何經由表達而為外界接收；後者則強調社群如何將集體的尊榮感以及倫理規範產生的情感灌輸給個體並由個體內化。兩種取向都將個人或群體視為「具有」情感，情感彷彿是本來就存在的物體。阿梅德認為情感乃是在人我互動中產生，是互動的過程

（processes）與效果（effects）。情感是自我與他人的關係所
產生，並非具有實體的存有。由人際互動產生的情感製造了
表面（surfaces）、界線（boundaries）、效果（effects），並改
變身體空間與社會空間（to de-form and re-form bodily and
social spaces）（Sara Ahmed, 2004: 8-12）。例如太明的恥辱感
將他原本未曾注意到的自我意識與家族關係帶到可被觀察的
表面，形成了種族、性別或世代的界線。在空間方面，太明
由於單戀日本女同事，將公開的教學空間轉化為私人情慾想
像的空間，並區分久子、瑞娥、自我三種不同的身體狀態。
所羅門（Robert C. Solomon, 2004）指出情感並非只是短暫的
神經刺激（如恐懼、疼痛等），情感是長時間的人際互動過程
而形成一套敘事，同時也牽涉價值判斷，情感並且是個體與
世界交涉（engagement）的狀態。太明的恥辱感是長期的，並
非只是短期單一事件的影響。恥辱是他與外在世界的連結方
式：經由負面感覺到身為台灣人面臨的處境，他認為台灣人
身份永遠是具問題性的。下文將進一步分析恥辱感與「理想
我」的關係，此處先提出太明的恥辱主體之形成與「理想我」
的完美主義有關，但因為無法達成理想我而變成自卑與退縮。

　　詹閔旭曾使用「華語語系恥辱」來討論施叔青《行過洛
津》一書主人翁許情的恥辱感。他認為許情在舞台上假扮為
女性，而最後領悟到自己不是女性的缺陷，這個認知給他帶
來恥辱感，並正面的催發主體能動性，積極追求不同的可能
性。本文關於恥辱主體的概念及其積極的意義，來自詹閔旭
（2012：55-84）這篇論文的啟發。

二、國內外研究文獻探討：
從國族認同到無認同

　　《亞細亞的孤兒》一書的研究，除了近年荊子馨等學者為例外，多年來累積的眾多論文，都離不開胡太明的認同困擾這個主題。由於牽涉到台灣、日本、中國三重可能性，各研究者的差異在於把胡太明的最後認同拉向哪個方向。陳映真（1977、1980：45-62）強調以中國民族主義立場反抗日本帝國主義的重要性，對太明的懦弱、消極、不介入現實的個性予以嚴厲批判，並對連名字都沒有的配角曾、藍、詹的抗日行動給予正面評價。陳映真認為此書流露出的台灣人意識，若放在中國對抗日本帝國主義的歷史長河來看，只是暫時的特殊性，台灣意識必然是中國意識的一部分。小說結尾太明據說偷渡到中國，在昆明從事抗日廣播，此舉也受到陳映真肯定。陳映真的看法忽略全書多處對中國現實社會的負面評價，而他肯定曾，不提曾愛打麻將而置發燒的小孩於不顧，顯然是片面依據自己的喜好來詮釋人物。而淑春後來也參與抗日活動，卻未獲陳映真注意，顯示其性別盲點。宋冬陽（1984：127-146）據此提出相反意見，強調此書對中國的負面描寫，並以多年後吳濁流出版的《無花果》自傳證明吳濁流對國民政府的批判及堅定的台灣意識。筆者認為，此書描繪台灣、日本、中國三地，有文化面向也有政治面向，有正面描述也有負面批判。陳映真強調中國民族主義的立場，而宋冬陽則站在台灣人的立場，二者均是以偏蓋全。宋冬陽以相隔多年後出版的《無花果》來證成戰爭末期的吳濁流之書

寫立場，恐怕忽略了書寫者當下歷史處境的曖昧與多重可能性。

施正鋒（1996：41-70）探討吳濁流的民族認同，並提出三種解釋民族認同的觀點：血源論、權力結構論、共同的歷史經驗。此文延伸至吳濁流《台灣連翹》、《無花果》之出版，用以說明吳濁流對中國的幻滅及台灣人意識之建構。值得注意的是，這篇論文的題目是「吳濁流的民族認同——以《亞細亞的孤兒》作初探」，因而施正鋒關心的是寫作者吳濁流，而非虛構人物胡太明。這犯了與上述宋冬陽類似的毛病，亦即將真實的作者與虛構的主人翁合為一體，忽略文學本身的多義性，也忽略了戰爭末期的書寫除了控訴日本殖民體制的殘暴為明確主題，對中國的態度是曖昧不明的。《亞細亞的孤兒》一書雖充滿對中國社會面與政治面的負面描寫，但太明的漢文化意識從未消失。

陳芳明（1998：84-99）是以戰後台灣大河小說與三部曲小說為切入點，將《亞細亞的孤兒》、《無花果》、《台灣連翹》三書並置，重覆其早年立場，亦即吳濁流對國民政府的批判。陳芳明提出一個問題：「《亞細亞的孤兒》是虛構還是自傳？」雖如此提問，其實作者早有預設答案：本書為自傳性質。此種說法被陳萬益（1998：99-101）質疑，認為《亞細亞的孤兒》為虛構小說。筆者支持陳萬益將此書定位在虛構小說，先前介紹的這些論文都顯示出研究者想要以這本小說來證成研究者本身的認同立場，對小說缺乏全面與深入的文本分析，只選取符合自己立場的文本片段來說明。特別是從性別角度而言，太明為何婉拒台灣女同事瑞娥的愛慕？上述研究者只

提久子、不提瑞娥，顯示出研究者急於將問題來源定位於日本種族歧視，忽略太明本身的能動性及當時的太明對台灣鄉土的歧視。

荊子馨在《成為日本人》（2008：166-210）一書，有專章討論《亞細亞的孤兒》。這一章可說是此部長篇小說研究上的分水嶺。從這裡開始，研究者不再侷限於胡太明的認同問題，採取有別於以往的研究取向。他提出「空間歷史化」的概念，並提問：「最初驅使書中主角沿著這個三角形移動的原因是什麼？」此書在台灣、日本、中國、都會、鄉下等不同空間移動，以空間來表徵歷史，每一次移動都是對當下身分困境的暫時解決，但這個解決往往又導致下一個矛盾，並移轉到另一個新的地域。

彭瑞金（2008：37-46）、李育霖（2006：233-277）也都提出對太明空間移動的看法。太明的移動看似逃避問題，但彭瑞金指出，出走也是一種承擔。李育霖則認為，太明遇到種種困境，只要能往前走，明知無路可走也要出走，這是弱者的反抗與勇氣。李育霖接著提出「無認同」的看法，認為太明經過種種試煉，證明任何一種認同都是不可能或充滿矛盾的，因此最後來到「無認同」的處境。

李郁蕙（2002：97-22）跳脫國族認同的研究框架，正視性別於此書的重要性。她指出前行研究者的盲點，他們將日本視為觸動太明重新認識祖國的契機，然後專注於太明對中國的幻滅，最後再得出台灣人意識的結論。李郁蕙認為中國具有雙面性，而日本也同樣具有雙面性：對台灣人而言，日

本一方面是令人憎惡的殖民者，同時也是冀望同化的目標與對象。太明透過兩性差異的體驗來理解日本與中國，並以家族中女性角色與地位來理解自身鄉土。她提出「性差化」與「地政學」兩個概念，用以說明胡太明如何以兩性差異搭配地理空間的移動，形構其某一特定人生階段的自我意識。這篇論文正是筆者想要採取的切入點。

延續前述幾位學者跳脫認同研究框架，黃信洋（2009：137-164）以不同的角度回到認同議題。他的提問是：多重認同為何總是會出現矛盾、痛苦、衝突？他從多元文化主義的角度指出，現代社會的人們本來就會有多重身分認同，可以兼容並蓄，不一定以衝突與痛苦收場。筆者延續黃信洋看法，回頭審視陳映真對小說中次要人物藍、詹、曾的看法，產生以下看法：藍與太明在日本重逢時，藍勸告太明不要暴露自己的台灣人身分，要假裝成九州人。太明感到羞恥不安，藍卻表現得自然從容。前者的不安正是恥辱主體生成的原因，太明被動瞭解台灣人地位的矛盾，而藍因為有堅定的抗日立場，因此假裝身分只是日常生活中權宜的措施，無損於內心中堅定的台灣人意識。黃信洋認為多重身分意識可兼容並蓄，可由小說中不同人物身上得到印證。

藍建春（1997：4-19）對太明的看法集中在其漢文化祖國意識的瓦解與再擬構，淑春在此扮演重要角色。雖然藍建春聚焦於祖國意識與經驗，卻與陳映真反抗帝國主義的中國現代民族主義不同，他強調的是文化面的漢人意識。最後，宋澤萊（2011：255-270）提出《亞細亞的孤兒》一書呈現三種否定：對田園土地的否定；對愛情的否定；對英雄的否定。

太明經過種種痛苦失敗經驗，最後有了悲劇性的主體之初萌芽。宋澤萊悲劇主體初萌芽與筆者的恥辱主體看似雷同，不過悲劇主體的當事人並非懦弱，反而是勇於承擔，面對無法扭轉的命運採取有尊嚴的態度來面對。相形之下，恥辱主體總是被動地受外在牽制以致於不斷產生回應式（reactive）的情緒諸如：憤怒、羞恥、抑鬱、不安，因而無法產生有效行為來處理困境；他冀望別人以有尊嚴的方式對待他，但自己無法給自己尊嚴，而讓各種負面情緒牽制。

荊子馨（2008）指出，胡太明的空間移動並未朝向更高的目的，也不能帶來救贖、解放或自由。即便如此，在絕望的情境下，只要是一個移動，也是抵抗。胡太明追求的是「無認同」，也就是認同的不可能性，並從認同的牢籠逃脫出來，達成背叛或逃逸。

蔡建鑫（2013：27-46）從「移民」的角度，以此書作為王德威後遺民論述與史書美華語語系研究的對話工具。台灣重層的移民史造成「遺民意識」，並衍伸為孤兒意識。最早的漢人遺民於明朝來到台灣，當清朝取代明朝，在台漢移民成了明朝的遺民。爾後清朝割讓台灣給日本，漢人又成了清朝遺民。多次的政權更迭，使得對原鄉的記憶錯位扭曲而成為後遺民。史書美同樣重視移民，但強調移民最後會與定居處認同，形成在地性的文化生產，將在地多種文化的混雜帶入原鄉的中國性而使的中國性產生質變。到了當代台灣，又有許多東南亞移民湧入。重層的移民史使得孤兒意識在不同歷史與政治情境下重複產生但又有所差異。

綜合上述各方論點，早期研究注重胡太明台灣、日本、中國三重身分意識與認同的糾葛。陳映真將此糾葛導引向中國民族主義的解決方向，而陳芳明與施正峰等則偏向台灣意識。後期研究跳脫太明最後究竟認同什麼的問題意識，改為空間移動、無認同、性別差異、悲劇主體、多重認同的可能性。筆者的研究則朝向空間的歷史化、空間的民族化，並連結空間與性別的關係，探究太明如何因愛情的憧憬與幻滅而形成恥辱主體，而其恥辱經驗與愛情經驗也促成他在不同空間的移動。胡太明如何興起對愛情的憧憬？又為何幻滅？這些負面經驗如何形塑恥辱主體的生成？久子、瑞娥、淑春是否具有國族隱喻的意涵？為下一節的探討主題。

三、愛情與恥辱感：性別化的現代性體驗

太明通過性別關係來比較台灣、日本、中國的差異，而非直接面對三地的政治、社會、文化事實。此外，他的性別經驗往往是先以「想像」、「遐想」的方式開始，實際接觸不多。一旦實際接觸，就產生幻滅以及對自身與對他人的嫌惡，形成恥辱主體而進行一場空間上的移動與追尋。反過來說，空間也導引他對女性的想像。

久子是太明的同事，太明通過久子投射對現代性美好的想像。雖然他被久子的體態所吸引，卻很少與她互動，而是沈醉在自己的幻想，將久子定位於「有教養」的精神狀態。太明的同事瑞娥，一位台灣女性，愛慕太明卻被他嫌惡。太明於居留中國南京期間與自己的女學生淑春相戀成婚，婚後

又迅速對此關係幻滅。久子、瑞娥、淑春三位女性形塑了太明對台灣、日本、中國三種空間、三種不均質發展的現代性之直接體會。[2]久子代表美好的現代性，卻因台日種族差異而戀情破滅，並催生恥辱主體；瑞娥的肉體有如台灣鄉土，是相對上落後的，也提不起太明的興趣，代表被殖民者自卑情結之悖反——優越感；換言之，太明對瑞娥抱持優越感；淑春具有中國古典文學之美與現代性，代表的太明主觀認定中的祖國文化之美以及當時客觀現實下新女性參與公共領域的現代性，後者卻也是太明所不屑的（跳舞、打牌、交際、街頭演說）——另一種優越感的表現。眾多研究者都指出太明的自卑，卻未看出殖民地扭曲人格下，種族身分上的自卑有可能與性別關係上的優越意識結合。

此外，筆者認為，在國族意識的萌發之前，必須先有自我意識，而此自我意識，來自傳統與現代的對比。太明小時候接受傳統漢學教育，後來又進入公學校。以傳統漢文化為基底的太明，對現代性感到好奇與嚮往，而日本文化就是現代性的表徵。此時的他，無法看清現代性與殖民性的關係，醉心現代文明，而久子就代表這種現代性。相對地，瑞娥代表台灣鄉土，也間接證明此階段的太明為了追求現代性不惜否定自己的鄉土。陳芳明（1984：127-146）因而指出此書是負面教材，而宋澤萊（2011：255-270）則認為太明經歷了否

---

[2] 三個女性所代表的三種空間並非一對一的同質對等，而是意符（三位女性）與意指（三種空間）之間錯綜複雜的交錯、斷裂、重疊的動態關係。三個女性或三種空間並非各自以外部差異、內部同質的方式存在，而是各有內部的異質性，同時又有類似元素流動於三位女性或三種空間之間。因此，久子、瑞娥、淑春都指涉多重而曖昧的意義。

定土地、否定愛情、否定英雄的三重否定過程。若無現代性
的對比，太明無從發展出對傳統與現代之「間距」（spacing）
之好奇與體會。[3]

　　根據阿梅德（Ahmed, 2004: 103-104）對恥辱的分析，恥
辱感是「自己意識到自己的不足」，與罪惡感不同。罪惡感是
認為自己做錯某事，與過去「行動」有關（做錯事），也可以
於未來彌補。恥辱則是對內在自我的素質之評價，認為自己
很卑劣、無能、所做一切都是失敗。恥辱感一方面產生了自
我意識，雖然是負面的自我意識，另一方面又使主體想要逃
避自我，想要隱藏自我，以免被別人發現。這恰恰是因為主
體已經被暴露於別人的眼光與價值判斷（別人的眼光也許是
真實的，也許是主體自己想像的）。恥辱主體因而經歷了兩種
矛盾：首先是自我耽溺與逃避自我，再來則是暴露與隱藏。
主體認識到自己的不足，這又牽涉到「見證」的過程
（witness）：主體認為他人目睹了自己的缺點，因而更加羞
慚。恥辱感是自我與自我的關係——認為自己卑微充滿缺陷；
恥辱也是自我與他者的關係——想像他者對自我有負面評
價。恥辱感並非個人所擁有的內在特質，也不是存在於外在
他者賦予當事人恥辱感，而是人際互動過程中，自我對此過
程的評價。太明在久子面前特別感到羞愧，並非久子真的講
了歧視太明的話，而是太明意識到自己與「理想自我」（ego-
ideal）的落差而產生負面判斷。以下先從太明與久子的互動
說明恥辱主體與情慾的關係。

---

[3] 太明祖父穩定地站在傳統這方而指出傳統與現代的差異；太明則是從
　　傳統出發，在二者之間的空間動態地來回游移。

（一）日本女性久子：理想我的投射

太明、久子、瑞娥三個人物形成兩組可供比較的關係。太明單戀久子，並由此而產生恥辱感。瑞娥對太明有好感，太明反而嫌惡瑞娥。在此先說明恥辱感的特色。主體對他者產生興趣，期待他者給予正面回應，但這種期待落空而使主體有被孤立的感覺，並進而自我厭惡而想要躲藏起來。阿梅德較強調「隱藏與逃避」，而賽菊克（Eve Kosofsky Sedgwick, 2003: 37）則將羞慚詮釋為想要重建人際互動的慾望。賽菊克認為恥辱感是認同作為一個問題的生成之所，而這是以「原初性」與「關係性」的方式所呈現（shame is the place where the **question** of identity arises most originally and most relationally.）。請注意，賽菊克（Sedgwick, 2003: 36-37）並非認為恥辱感造就認同本身，而是恥辱感是認同成為一個「問題」的生成之所在。太明愛上久子，於是意識到自己是台灣人、對方是日本人。太明愛上久子並非表示太明想要成為日本人，而是相反，他更敏銳的察覺自己的台灣人身份，但是這樣的身份對太明而言卻是問題與苦惱。反之，與瑞娥在一起，卻不會因為台灣人身份而煩惱。所以身份認同是以「關係性」的方式以「問題」、「苦惱」、「憂慮不安」的面貌呈現，並將身份的問題、恥辱與原初的「血液」連結。恥辱感因而具有雙重面向：令人痛苦的個體化，以及難以控制的關係性。太明面對久子會有恥辱感，面對瑞娥沒有，因此恥辱感並非主體本身的存有，而是發生於特定關係中。

太明、久子、瑞娥三人都是學校同事。在排練學生的音樂與舞蹈活動時，久子跳起「羽衣舞」，令太明迷醉於她的優

美體態。弔詭的是，雖然視覺上的刺激勾起太明的情慾，他又喜歡「閉上眼睛」而進行更多的自行想像。

> 瑞娥彈風琴的時候，內籐久子開始跳「羽衣舞」，她那由運動鍛鍊出來的富於彈性的胴體，在翩翩起舞的時候曲線畢露，美不勝收。當她迴旋的時候，裙裾輕輕地向上轉成一個美麗的輪圈，隱隱地露出兩條花蕊般潔白的玉腿。
> 「多麼美麗的玉腿！」太明看得目眩神迷，不覺閉上兩眼輕輕地讚嘆了一聲。
> 可是他的眼睛雖閉上，然而那雙潔白的玉腿卻依然以柔美的曲線，在他的瞳仁間描摸著姣美的舞姿。那是豐腴溫馨的日本女性的玉腿，而那優美的舞姿，猶如隨風飛舞的白蝴蝶。（頁 34）

> 他的感情越衝動，越使他感到自己和久子之間的距離——她是日本人，我是台灣人——顯得遙遠，這種無法填補的距離，使他感到異常空虛。（頁 34）

> 「她是日本人，我是台灣人，這是任何人無法改變的事實。」
> 他想到這裡，胸間不覺引起一陣隱痛。（頁 35）

這種對日本女性美的崇拜，反而勾起太明更深的自卑感：

> 自己的血液是污濁的，自己的身體內，正循環著以無知淫蕩的女人作妾的父親的污濁的血液，這種罪孽必

須由自己設法去洗刷……

太明內心的格鬥，使他徹夜不能安眠。（頁 36）

當太明鼓起勇氣向久子告白，久子只說了簡單的一句話，但這一句話足以讓太明整個世界為之崩塌：

「久子小姐！妳……對我的看法怎麼樣？」
經過片刻的沉默——但那時間卻像無限地久長，太明抑制住怦怦跳動的心，只聽見久子斷斷續續地，但很清晰地說：
「我很高興，不過，那是不可能的，因為，我跟你……是不同的……」
什麼不同？這是顯而易見的，她當然是指彼此民族之間的不同而言的。
「天哪！太明的心裡狂吼了一聲，腳下的地殼像要崩潰似地，這是多麼痛苦而絕望的裁判啊！」（頁 60）

以此段情節可能被用來證明、批判日本的種族主義與種族歧視。但若觀察全書脈絡，太明在久子表態前就先給自己宣判死刑，單戀與恥辱感互相交纏，甚至認為自己血液不潔；而其血液污濁的原因乃是其父與淫蕩的女人來往並納為妾。太明問，「久子小姐！妳……對我的看法怎麼樣？」這句話顯示他強烈需要久子的認可，也應證了主體發現自己的缺陷與不足。「自我意識到自我」就是主體萌發的片刻，久子觸動太明自己意識到自己，而此種意識，包含父親娶妾所帶來的判斷：自己的血液是污濁的。

從男性心理學的角度而言，小男生成長過程必須經歷「想要擁有女人」以及「想要變成某種理想中的男性」

（Ahmed, 2004: 126-127）。胡太明似乎沒有可追尋的男性典範，卻一直以「想要某種類型的女人」來形成主體。與其說胡太明想要變成日本人，不如說他「想要擁有日本女人」。太明在日本人不想偽裝成九州來的日本人，而是希望可以直接說出是台灣人。因此太明的台灣認同是簡單而本質性的，直到單戀久子，他才由恥辱感而反思台灣人的地位。

阿梅德指出，恥辱感其實與慾望有關：一個人對另外一個人產生興趣，很在意對方對自己的看法，才會產生恥辱感。從心理分析角度而言，小男孩「認同」父親（identification），想要成為「像是」（be like）父親那樣的人，故認同是建立在「相似」的基礎。而小男孩希望「擁有」母親，這涉及「理想化」（idealization）的過程，也就是以「差異」為基礎。這種將慾望對象理想化的過程，與對象本身的特質無關，而是當事人的「理想我」（ego-ideal）之投射。久子代表差異，也是太明對理想我的追求。正因為太明太過於在意久子，所以會想像久子看出自己的不足，這種想像出來的不足，足以顯示太明對理想我的渴慕。從心理分析角度而言，太明的爺爺，而非父親，是太明認同的對象；而久子則是被理想化而成為太明「想要擁有」的對象。代表漢文人的爺爺與代表現代性的久子，說明太明對於理想化的殖民現代性之追求，然而此時的他，尚無法區辨殖民現代性與現代性，對於殖民體制造成的「台/日」之分有感知卻無批判。一直到小說末端，恥辱主體才看出殖民體制的邪惡而展開批判思維。

傑可畢（Mario Jacoby, 1994: 103-105）從容格心理分析的角度指出恥辱與自尊是一體的兩面，而追求自尊首先必須

進行「個體化」（individuation）以及「區隔化」（differentiation）。在兒童時期（以及以後各階段的人生時期）建立自我個體的時候，若遭到阻礙，則個體無法充分發展而停滯於羞恥與焦慮之中。要克服這些阻礙以及消除恥辱感，自我必須認知到「理想我」與「現實我」的差距，脫離完美主義，接受自己的缺點。久子是太明投射出去的理想我，經由性別與種族差異帶來個體化。雖然殖民政府建立了外在的種族差異與種族歧視，但弔詭的是，太明需要這種性別與種族的雙重差異來建立自我個體。久子會吸引太明，不只是久子個人具有「優雅的體態」，而是久子才能帶動差異化與個體化。但久子畢竟拒絕了太明，原因就是「差異」，殖民體制經由差異而催生了「我是台灣人」的意識狀態。相形之下，吳濁流從未以「台灣人」來形容胡爺爺。久子帶動太明的台灣人意識，又拒絕他的追求而帶來傑可畢所說的「障礙」以及恥辱感。太明的恥辱感由「情感障礙」造成，但恥辱感本身不是固定的物體，反而進一步將太明推向移動，促使他前往日本留學。恥辱主體是動態的，持續與世界交涉。

（二）瑞娥：落後的台灣鄉土

太明的另一位女同事瑞娥同是台灣人，她對太明有好感，太明反而更加嫌惡。

> 這時，他的視線恰巧落在站在旁邊微微喘息著的瑞娥的酥胸上，距離近得幾乎可以接觸得到了。
> 近來，太明對於瑞娥有意和他表示親近，並非完全不覺得，有時她的表情幾乎有些近於獻媚。但太明總覺

> 得無意和她親近，他的內心雖然深以不能接受她的愛
> 意為歉，但事實上卻是愛莫能助。如今，太明的心目
> 中，正潛伏著內藤久子的倩影，因此他根本無暇考慮
> 或顧及其他的事；瑞娥對他表示的柔情，反而使他覺
> 得有些累贅和厭煩。（頁 33）

> 太明對於瑞娥這種過份想討好別人的樣子，心裡著實
> 有些煩膩，一時竟不知怎樣回答纔好。也由於對瑞娥
> 的煩膩，益發覺得久子值得思慕和景仰。（頁 41）

太明遭受久子拒絕後，心情沮喪，決定換個環境到日本
留學。他從基隆搭船離台，意外發現瑞娥專程來送他，此時，
瑞娥在他眼中成了家鄉的象徵，讓他感到溫馨，也很感謝瑞
娥送他的護身符。

> 太明對於瑞娥出其不意地來送行，感到異常欣喜，他
> 從沒有覺得瑞娥像現在這樣可愛過。（頁 63）

當太明著迷於久子時，兩位女子是「酥胸」與「美腿」
的對比，而美腿並不只是肉體之美，而是進一步連結到羽衣
舞的流暢與優雅；相形之下，酥胸就成了單純的肉感，缺乏
質素。兩位女性的對比折射出太明既自卑又自大的矛盾。一
旦與久子的結合可能徹底破碎，瑞娥的位置就不再是久子的
反襯，而在太明離台的瞬間成為故鄉的溫暖。但故鄉是什麼？
太明未能深入瞭解瑞娥，也同樣不瞭解家鄉。他一生都大部
分是由別人否定他所帶來的「我不是 xxxx」的負面定義。

如前所述，太明對台灣的認同是很本質主義式的；因為
生長在台灣，所以是台灣人。但全書他經常流露出對台灣人

與台灣習俗的不滿。瑞娥代表了台灣鄉土的鄙俗；家族慶典與宴客時演奏傳統音樂、唱山歌也令太明厭惡。此時他又站在一個優勢位置，看待令他煩膩的台灣女性與土地。

瑞娥引起太明反感的原因若深入分析，可看出恥辱感形成過程中「見證」（witness）的重要性。由於太明、久子、瑞娥因為是同事而常在一起，太明認定了瑞娥可看出自己單戀久子。其實吳濁流從未點出瑞娥對太明與久子的關係有何看法，一切都是太明自認為瑞娥看出他的情感。恥辱感因而是暴露與隱藏的辯證，也是自我對人際互動的想像。阿梅德認為情感是「過程」而非存有，彰顯出表面與界線。太明的恥辱感讓他的自我意識浮出表面而能覺察到自我，同時也因為恥辱感而有了傳統與現代、台灣人與日本人、現實我與理想我的界線之分。

太明對瑞娥的主要情緒反應是嫌惡。根據阿梅德看法，嫌惡（disgust）的情緒來自於「鄰近性」（proximity）：因為太靠近了，所以才厭惡。太明討厭的並非瑞娥這個人，而是瑞娥主動靠近，破壞太明想要保持的距離。太明以後對中國妻子淑春的感覺也是以嫌惡為主，對於藍與詹組成的反殖政治團體也是嫌惡。全書最主要的情緒是恥辱感，其次是嫌惡，筆者於下文分析太明的嫌惡感與政治運動間的關係。

四、淑春：
太明對文化中國的嚮往與對政治中國的嫌惡

一向採取鮮明抗日立場的陳映真（1977、1980：45-62），在《亞細亞的孤兒》的序言裡，連次要角色藍、詹、曾的抗

日活動都給予正面評價，卻對淑春抗日活動毫無評析。陳映真的性別盲點，也是印度後殖民學者洛克瑞希南（Radhakrishnan, 1992: 77-95）所指出，在性別與國族主義政治二者之間，缺乏政治與認識論二者的結合，女性因而成為一則關於失敗的寓言，而此失敗，就在於追求民族解放的行動者，只注重政治面向，未能內在的瞭解自身性別化的歷史。也就是說，陳映真執著於中國民族主義，卻未能瞭解中國民族主義內部關於性別的歷史。久子、瑞娥、淑春不只是女性人物，也是筆者用以從文本中挖掘出日本殖民主義、台灣人意識、中國抗日活動三者各自的發展過程及其對太明恥辱主體的影響。

太明留學日本後返台，找工作並不順利。以前的同事曾先生在中國發展，已經成為曾教授，在他的鼓勵下太明決定到南京擔任日文教師。太明先到上海、再到南京。儘管他不喜歡上海的嘈雜，卻對上海女學生一下子就有好感，又再次對比台灣女孩為「粗野」。他眼中的上海女學生結合了古典與現代兩種特質：

> 從她們的摩登裝束中，散發著高貴的芳馨，似乎蘊藏著五千年文化傳統的奧秘。
> 她們所穿的優美上海式女鞋、女襪，以及所提的手提包……，全身上下的色調，都能配合自己的趣味。由於儒教中庸之道的影響，她們並不趨向極端，而囫圇吞棗地吸收歐美的文化；她們依然保留自己的傳統，和中國女子特有的理性。太明像著迷似地凝視這些女學生，她們那纖細的腰肢、嬌美的肌膚，以及神采奕奕的秋波，不禁使太明墮入迷惘的遐想中。（頁 121）

> 她們（筆者按：上海女性）這種細緻謹慎的態度，和
> 台灣女性那股粗野的勁兒相比，真不啻有雲壤之別。
> （頁 122）

上海只是暫時經過的地方，太明的目的地是南京，老友曾教授已替他牟取一份教授日文的教職。太明愛上自己的學生淑春，並鼓起勇氣約淑春出遊。他眼中的淑春是以下的面貌：

> 她那柔肩以下全部裸露著的白潤的玉臂，那線條多麼
> 優美柔和！它與青蔥的綠葉相映成趣，更顯得嬌嫩欲
> 滴，嫵媚動人。太明焦急地渴望著有一天把青春的胴
> 體占為己有，擁入自己的懷抱。（頁 144）

接下來的情節環繞著兩人約會的足跡，遍及南京著名的景點，作者的遣詞用句也有如羅曼史，寫出戀人的甜蜜，最終戀愛成功，兩人結婚。

但是接下來的發展則是反羅曼史：兩人婚後衝突日增，漸行漸遠：淑春是所謂「新女性」，婚後在外交部工作，熱衷於與同事應酬、跳舞、飲酒、打牌，「儼然以女王的姿態」周旋於外交部男同事間（頁151）。太明希望婚後淑春以主婦的身份料理家務，被淑春反嗆：

> 「你的頭腦怎麼像老頭兒一樣地封建呢？」（頁 150）
> 接著，她又發表許多偏激的意見，說什麼男人不應該
> 把妻子當作訂立長期契約的娼婦，太明聽了什麼話也
> 說不出來，內心感到異常空虛和寂寞。（頁 151）

　　此處，作者從太明的觀點來看淑春，視其觀點為偏激。
淑春是典型的新女性，不但有男女平等的前衛思想，也注重
時髦的穿著與活躍的社交娛樂生活。同時，在外交部工作的
淑春也熱衷政治，甚至在街頭發表抗日演說，而太明對妻子
的演說則是不屑與反感：

> 他對於妻那種毫無理論根據而僅把別人的宣傳依樣畫
> 葫蘆地轉播給民眾的不負責任的行為，感到異常憎恨。
> （頁 166）

　　淑春街頭抗日演說此現象折射出民國建立以來婦女參
政議題與興國、報國論述的結合（李木蘭，2007：177-201）；
淑春是晚清與民國時期「新女性」出現下的時代產物：新女
性接受現代教育，攸關中國現代性計畫的成敗，卻也引起男
性焦慮感，擔憂走入公共領域的新女性忽略家庭角色（梅嘉
樂，2007：256-310）。太明的心態，必須放在新女性現象的社
會與政治意涵來理解，並探討男性焦慮感的成因。

　　作者持續以太明眼光看待淑春。這裡研究者面臨一個很
大的挑戰。這些對淑春的負面評價，究竟是單純的太明想法？
或是這裡有作者聲音？作者是否與敘事者合體？以太明為說
話工具，發表對淑春的負面意見？從與淑春第一次邂逅開始，
作者就描寫太明的盲目。他看到淑春在火車上的行為（穿著
鞋子踩到座椅上拿行李），對此行為不以為然，卻反而更加迷
戀素昧平生的陌生女子。作者描寫太明在迷戀一位女性時就
會接受她所有的行為，顯示太明的盲目與矛盾，因此作者拉
開與太明的距離，暴露出這位男性的非理性。因此，當他婚

後期待淑春在家操持家務，淑春不客氣的指責他頭腦封建。
種種情境都指向太明在兩性關係中總是一廂情願，沈溺於自
己的想像，無法與女性展開真正的溝通與對話。作者描寫淑
春愛慕虛榮，耽溺於打牌跳舞等物質享受，對照另一位人物
曾教授為了打牌而不顧小孩生病哭鬧，這方面又比較接近作
者聲音，批判當代中國人日常生活的頹廢。

　　淑春的轉變，也代表太明對中國的認知從文化層次轉向
政治與社會的現實。太明從小接受爺爺的漢學教育，對中國
古典文學與詩詞有深厚的素養。正因為漢學的素養，使他對
現代性產生好奇，但並非通過閱讀新學來理解現代性，而是
透過愛慕久子。在淑春這部分，他把古典文學的想像投射到
當代中國與中國女子。他搭乘的船靠近上海時，太明心情激
動而當場寫了一首漢詩，並以「歸故國」來形容自己的心情，
但他隨即意識到他是「日本國民」，因此把「歸故國」改成「遊
大陸」（吳濁流，1980、2009：117）。這些詞彙的斟酌顯示太
明已經具有現代民族國家的國民意識，但仍停留在相當表面
的層次，其心靈身處還是受到中國古典文學的召喚。

　　他初抵中國時，中國、古典文學、中國美女三者是相連
的：

> 中國文學的詩境，似乎可以由女性表達出來，並且自
> 然流露著儒教所薰陶的悠遠的歷史，這些都是把古典
> 型的高雅的趣味，活用於近代文明之中的實例。（頁
> 122）

　　同時他也開始認識到中國的社會現實，這令他訝異，但
在這第二階段的負面感受，仍無法推翻第一階段的文化中國、

古典中國、中國美女三者之連結。中國社會到處是乞丐，而當地的朋友對成群的乞丐無動於衷，絲毫無憐憫之心，太明對於乞丐主動需索而朋友毫無反應地帶他離開，感到不解與尷尬。同時，他也發現宣稱要努力建設中國的曾，在日常生活中沈迷於麻將，連小孩發燒生病也不敢。

太明真正的幻滅來自淑春婚後的轉變。淑春不只喜歡社交應酬、跳舞、打牌，最令太明厭惡的，是淑春在街頭從事反日、抗日演說。淑春從第一階段的古典文學美女，化身為當代中國的國際關係與政治。對於日本的侵華野心，當時中國分為主戰派與主和派，而前者佔上風。太明認為中國軍備不足，並無與日本開戰的實力，因此對妻子的主戰演說深惡痛絕：

> 他們都口口聲聲高喊著抗戰，但對於兩國的軍備卻絕口不提，他們都認為戰爭就可以解決一切。太明對於這些以宣揚不負責任的理論去煽惑民眾的政治掮客，仔細想想，不覺毛骨悚然。他很了解自己的妻，她不僅毫無軍事常識，就連自己國家的軍備情形也一無所知，然而她居然也高唱主戰論，真使他痛恨不已。（頁166）

太明對中國的認識經歷三個階段：文化中國與古典美學、社會現實、政治情勢。淑春代表了第一階段與第三階段兩種逆反的現象。太明固然厭惡主戰言論，但這份厭惡是否更大程度來自於他自己的妻子拋頭露面在街上演說？綜觀全書，太明從一開始就對各種政治言論活動都很反感，例如剛到學校教書時同事抱怨日本校長歧視台籍老師，或是留學日

本時遇到熱衷反殖運動的台灣人藍與詹，然而這些反感的強度都不如他在南京所見。他一廂情願地想像古典中國，被迫面對中國的反日情緒與主戰論，其不屑的態度又使他略帶優越感。「妻子的丈夫」這個位置強化他的優越感，以私領域的傳統男性優勢來蔑視公領域的現象。淑春本人並無矛盾，而是一開始就是太明自己對古典文學的投射。作者一貫地呈現出太明對政治的游移疏離，以及公領域與私領域的混淆不清。雖然作者不乏對太明的同情，卻也微妙地批判了太明自卑與驕傲的弔詭。面對大中國，太明只能以「丈夫」的角色來回應淑春的政治立場，判斷其為幼稚與不負責任。

對淑春的失望加上對中國的失望，以及被當地政府視為間諜而遭拘禁，他對中國徹底幻滅。成功逃亡回台灣後，面對皇民化運動下，日本積極增加對台人經濟與日常物資的掠奪，太明此時終於覺悟到日本殖民體制的殘酷。對照他初任教師，對同事批評日本校長感到不安，中國、淑春、與殖民政府直接的交涉，這些恥辱的經驗都逐漸促使太明的恥辱主體越來越富有能動性，並開始展開行動。這些行動包括：替米店老闆應付官方檢查員（頁193-195）、到水利合作社去爭辯水田政策（頁214-215）、幫母親藏米等等（頁221-222），這些行為將於本論文稍後再深入分析。

五、恥辱主體的覺醒與能動性的生成

本書名為「亞細亞的孤兒」，「孤兒」的來自對「家」的想像，那麼太明來自怎樣的家庭呢？筆者認為太明是多重的

孤兒。首先是他原生家庭的分裂；其次是接受日本帝國主義式的國民教育，認為自己是「日本國民」但又親自經歷一連串殖民政府的暴力；再來是自己婚姻的失敗，使他與淑春所生的女兒形同孤兒；最後是他以古典文學來建立與「故國」的連結，卻發現「故國」其當代政治處境將台灣人視為間諜。「國民」身份的感知往往先來自於私領域的人情網絡，特別是家庭關係，影響當事人的人格與行為模式。太明屢次遭逢家庭不幸，他只能消極地哀嘆，拿不出行動力，預示了他日後在政治上的懦弱。

太明由家族關係而產生恥辱感的最早來自爺爺的影響。傳統漢文人胡爺爺，本身的性格就是自尊心很強而導致容易覺得受辱，卻又拿不出對應之道，影響太明自小就養成「習得的無助」（learned helpness）之消極行為。例如幼年時與爺爺參觀元宵節燈會，由於人潮洶湧，導致日本警察持棍維持秩序，不小心打到胡爺爺。胡爺爺認為自己受到侮辱，回家後心情抑鬱而臥病在床。多年後爺爺因家族祭祀公產爭議而傷心難過，太明對此爭議拿不出解決辦法，在爺爺傷心過世後，「爺爺一死，太明的心靈就像被挖掘了一個窟窿似地，感到無限空虛。」（頁89）。

太明的父親看上一位女子而想要納妾，此事讓太明覺得自己的血液是污濁的，並且在單戀久子時把自卑感與父親娶妾連結在一起。某次全家去照相館照相，母親不知道日本人入內脫鞋的習俗，被照相館的人責罵。太明既沒有向老闆抗議，也無法將其視為小事，而是由此又升起屈辱感：

「太明由於憤慨和羞辱，氣得滿臉通紅，為了自己的
疏忽，竟使母親當眾出醜，內心感到非常不安；對於
那婦人的侮辱態度，又覺得相當憤恨。」（頁 114）。某
日母親阿茶發現自家祖墳被挖掘，上前質問而被摑一
巴掌，太明不敢和對方理論，「太明越想越憤恨難平，
母親雖然沒有受傷，但太明的心靈上，卻已經受無法
治癒的深刻創傷。」（頁 108）。過往被淡忘的負面經
驗，「一遇上心靈受到新的創傷，那已經埋葬下去的古
老的記憶，便會和新的憤怒同時爆發的。」（頁 108）。

太明情緒結構的主要成分是恥辱，其次即是嫌惡。書中
經常出現「厭惡」、「讓他覺得噁心」等字眼。除了瑞娥肉體
的靠近引發太明的厭惡，本書中太明厭惡的對象都與政治團
體與政治運動有關。阿梅德對嫌惡（disgust）分析如下：嫌
惡與「鄰近性」有關，若非藍與詹等人主動找他，太明對政
治無感，也不會有嫌惡的情緒。

嫌惡來自於兩種相反的運動：朝向某物、然後又抽身。
嫌惡與賤斥（the abject）有關。怎樣的狀況引起我們的賤斥
呢？它呈現出威脅性，本來來自於外在，但卻被感知為已經
存在於自身內部，於是想把自身內部的「非我」以嘔吐的方
式排除。真正讓我們感到受威脅的因而是外在與內在的界線
被破壞，界線本身成了嫌惡的對象，如物體般的存在。這些
物體與其他物體接觸，這種接觸也成了嫌惡的對象（Ahmed,
2004: 85-86）。太明第一次當老師時，台籍同事對太明抱怨、
批評日籍校長歧視台籍教員，太明感到不自在（頁 28-30）。
他厭惡這種背後的評論，此種言論違反了職場上部屬與長官

的界線。這種嫌惡感也意味著太明未能理解殖民體制下的種族歧視。他到日本留學時，原來很高興碰到同鄉藍，但是藍與詹在日本辦雜誌、組織政治團體、批評日本殖民政策。藍遊說太明加入政治團體，引起他的厭惡（頁 71-72）。作者吳濁流並雖然描述太明對政治團體不以為然，但太明真正覺得不自在的是藍遊說他加入。同鄉的情誼被政治熱情取代，正是這種內在於自身的私領域同鄉情誼變質為向外投射的公領域活動，公私的「界線」被破壞，而藍帶著他四處「接觸」各種政治集會，引發他的憎惡與賤斥。不久之後，藍又帶他參加東京的中國同學會，會場上反日的政治氣氛又讓他感到不自在（頁 75-78）。太明回台後，遭逢戰爭末期日益緊張的戰時體制，一位反對殖民政府的在台日人佐籐引介他參與某文藝團體；當他聽到這群文人談論文學理論與歐美文學，他本來很欽佩。等到他聽到這群文人轉向皇民運動議題，並展示自己寫的配合政策的標語，太明覺得這些標語「膚淺、幼稚、肉麻不堪的東西」（頁 258-259）。

最後這個事件非常值得重視。雖然太明全書從頭到尾不斷對各種政治言論、政治團體、政治活動感到憎惡，但是對於皇民奉公會成員吹捧日本帝國主義政策，他的厭惡到達極點，也恰好就是在此時刻，原先服從於殖民體制而不自知的太明，逐漸開始覺悟到殖民體制的邪惡。此時，太明的情緒已經多了「義憤填膺」的性質，也預告了他之後逐漸展開能動性，並於書末「佯裝」發瘋而將恥辱主體的質變與能動性推向高峰。[4]

---

[4] 大多數研究者認為太明發瘋，陳映真則認為是「佯狂」。見陳映真，「試評亞細亞的孤兒」，《亞細亞的孤兒》頁 58。

　　雖然全書充滿太明的負面情緒，但我們可以觀察到太明於本書最末同樣的負面情緒如羞恥、嫌惡其對象已有不同，太明也開始有行動力。以前他對台籍同事批評日籍校長感到不自在、久子讓他有恥辱感、藍與詹的政治團體令他嫌惡，這些都顯示他受殖民地教育影響，以殖民者的眼光來看待自己與同胞。但是到了戰爭後期與皇民化時期，他厭惡的對象已轉移到殖民政權本身以及趨炎附勢的台民。

　　曾令他嫌惡的政治團體，當他們的演講活動遭警察制止，支持官方的劉保正發言批評這群，太明覺得他很噁心（頁102-103）。皇民奉公會成員寫政策標語，也被太明視為幼稚肉麻（頁258-259）。台大一群教授失去知識份子的風骨，鼓吹皇民政策，因而台大被形容為「豺狼大本營」。

　　太明也開始有了行動力。戰時稻米不足，政府派了檢查員來抽檢稻米是否含有雜質，檢查員卻趁機勒索。太明剛好在米店，除了擔任翻譯幫米店老闆解圍，也積極與檢查員交涉、說理（頁194-196）。接著是水利合作社禁止胡家在自己的產業上種香蕉，又要他們廢止池塘；太明並未立即服從水利合作社的規定，反而專程跑一趟合作社辦公室，與其說明廢止池塘的害處（頁214-215）。殖民政府派員到各家搜索有無私藏稻米，太明母親被查到藏米，太明也挺身而出替母親說話（頁212-222）。

　　太明的情緒原本由恥辱、羞慚、嫌惡主導，但他後來發展出罪惡感與義憤。恥辱感是關於自我對自身「是」什麼的評價，罪惡感則來自於自己「做錯」什麼的行動之評價。這

其中，該做什麼而沒做，也是罪惡感的來源。太明曾被日軍徵召去當軍中翻譯，參與日軍侵略中國的戰爭。不只是戰爭殺戮的殘酷折磨太明的心靈，更重要的是，他當場目睹被捕的抗日份子面臨被日軍處死的臨終時刻，其所表現的從容就義精神，使他「良心上受到譴責」（頁 206），同父異母的弟弟志南被日軍以「志願軍」名義強迫從事勞動而病亡，當至南被抬進家門時，「太明內心掀起無限憤恨」（頁 275）也使得太明「自譴」（頁 277）。

雖然自譴乍看下也是向內的情緒，但它來自於罪惡感，包括做錯事以及應做某事而未做，因此是「行動」的前導。古德溫（Jeff Goodwin, 2001: 16-17）在研究農民運動時，發現農民面臨惡化的環境，初期是焦慮與恐懼，帶來內縮的傾向；若是外在壓迫力道強過他們所能忍受，內縮的情緒會轉化為憤怒而導向行動，而一起從事運動的農民凝聚在一起而有了革命情感，更帶來正面的歸屬感與愉悅感。古德溫因而認為「憤怒」具有強烈的動員效果。太明在中國時曾經厭惡中國人的抗日與主戰街頭運動；當他看到中國抗日份子從容就義，他的立場轉變了。整本書的敘事結構，可以說以緩慢步調鋪陳太明受殖民教育洗腦而看不出殖民體制的問題，反而嫌惡那些抵抗性的政治團體；故事進行到戰爭開始，節奏開始加快，太明從殖民體制中覺悟，情緒由內向的羞恥與自卑，逐漸轉化為具有主體能動性的憤怒。

這樣的主體能動性在書末的「瘋狂」達到最高潮。吳濁流對太明的瘋狂，其描寫其實非常曖昧。一般而言，瘋狂的人胡言亂語，但太明說的話由於憤怒而表達的力道特別強大，然而村民不但沒有視為胡言亂語，反而聽了非常感動。太明

先在牆上寫詩，這恐怕不是真正瘋狂的人所能寫出來的，詩的內容抗議國家殘暴不仁，鼓勵人民崛起：

> 奴隸生涯抱憾多，橫暴蠻戚奈若何？同心來復舊山河，
> 六百萬民齊蹶起，誓將熱血為義死。（頁 270）

吳濁流對此刻的太明如此描述：「他的行動雖然有些離奇，似乎還不足以斷言他已經發狂」（頁 279）。附近村民聽到消息前來看熱鬧，但見太明神氣咄咄逼人，高聲朗誦，控訴當局，大聲罵道：

> 依靠國家權勢貪圖一己榮華富貴的是無心漢！……藉國家的權力貪圖自己的慾望，是無恥之徒，是白日土匪。……那是老虎、是豺狼、是野獸，你們知道嗎？他的話句句使眾人十分感動。（頁 280-281）

到目前為止，太明的表現是以激昂但有條理的方式怒斥殖民政府的殘暴，因此村民的反應是「感動」。雖然最後村民仍然認為他發瘋了，可是仍有人謠傳他偷渡到對岸，在昆明從事對日廣播。但究竟是否如此？吳濁流又寫道，「都沒有人能證實」（頁 282）。吳濁流故意留下一個開放式的結局，可說是暗示台灣人的命運就是不斷移動，但移動的目的地、原因、動機又因人而異。此處筆者想要強調的是「發瘋」或是陳映真所謂的「徉狂」與其說是變成不正常的狀態，不如說是恥辱主體在累積多年的自卑、消極、畏縮後，終於要猛烈一跳前的預備狀態。

詹閔旭在研究施叔青「行過洛津」一書，並提出「恥辱主體」的概念。他以李喬的「寒夜三部曲」為對照，說明台

灣大河小說的典範強調「在地性」，也就是史書美所謂的「在
地性文化生產」（place-based cultural production），而施叔青
表現的則是「趨地性」（place-driven），並非固著於某個特定
地方，而是由一個地方前往另一個地方。其實早在「亞細亞
孤兒」一書，我們就可觀察到趨地性的現象。太明看似個性
被動消極，其實他不斷地移動，移動本身就是一種自我反思
以及對體制有意或無意的批判。他第一次移動是因為遭受久
子拒絕，因而他前往日本。這個行動潛藏著對日本差別主義
的反抗，只是太明自己仍未覺察。此後他回台，不久後到中
國，待了一段時間又回台，全書的敘事圍繞著太明往復移動
的迴圈，既是重複，也在重複中製造差異。此種差異乃是其
感覺結構由內向型的恥辱而逐漸轉向外向型的憤怒，而這種
轉變來自於外在環境的轉變以及太明對此轉變的認知。殖民
政府進入戰時體制後，對人民的剝削與管控日益嚴密，有些
台灣人選擇成為皇民，趨炎附勢，而太明則是自我覺醒，擺
脫過去殖民教育給他的順從，轉變為對殖民體制以及媚日的
台人雙重的批判。

六、結論

　　當自我意識到恥辱的當下，那經驗如同感受到自我內部
的病。恥辱是最具反思性的情感恥辱將注意力從客體身上移
開，轉而投注在最顯而易見的自我，增加自我的能見度，進
而促使自我意識陷入苦惱（Tomkins, 2008: 359，轉引自詹閔
旭，2012：70）。不同於以往將恥辱視為負面現象，近年來
的學術研究轉而是恥辱為推動主體「意識到自我存在」的關
鍵，主體也因而拉開一道反思的距離。因為他意識到自身的

缺陷、不足，致使他意欲改頭換面、重新做人，獲得他人認可。恥辱在此促動主體的自我批判與轉化，讓主體尋求改變的契機（Morgan, 2008: 5，轉引自詹閔旭，2012：66）。

　　賽菊克（Sedgwic, 2003: 38）認為，恥辱與尊嚴、恥辱與自我展示都是一體的兩面。恥辱感來自於主體未受到來自他人的正面評價，而自己又接受了這種負面評價因而陷入自憐自艾，但其實恥辱感正是源於對尊嚴的追求。恥辱主體想要把自己的缺陷隱藏起來，但這恰恰是因為他／她在乎別人的眼光，也就是想要自我展示並得到正面回應。本論文從恥辱主體的角度分析亞細亞的孤兒，認為吳濁流此書的特殊之處在於他的反英雄敘事，他並未正面塑造一個積極進取的抗日英雄，反而給我們一個消極、內向、自我厭惡的負面人物胡太明。透過一連串事件而生成的恥辱主體，又因為外在不斷變化的環境，使得恥辱主體有了自我反思的機會，終於看清殖民體制的殘暴而展開又一次的旅程。

　　台灣居民大部分是中國移民來的漢人。起初是明朝時期的漢人，當中國改朝換代為清朝，這些人由「移民」成為「遺民」，也可說是孤兒。清朝於甲午戰爭戰敗後，將台灣割讓給日本，讓台灣人有更清楚的孤兒意識。如此說來，中國彷彿是父母，而台灣是被父母遺棄的孤兒。但吳濁流此書並未取名為「中國的孤兒」，而是「亞細亞的孤兒」，說明台灣人尷尬矛盾的處境並非單純來自於被中國拋棄，而是來自於中國與日本兩國在東亞地緣政治下互動而產生的台灣孤兒意識。更精確地說，台灣不是被中國拋棄的孤兒，台灣是擠壓在中日兩國互動過程中而產生的孤兒情境。孤兒是複雜的互

動過程產生的「情境」，而非身份認同。太明從一開始就清楚知道自己是「台灣人」，他的追尋，並非缺乏身份認同而展開人生旅程，而是在恥辱感中體會到台灣人的身份認同是一個「問題」，而這個問題，必須靠空間移動來處理。這個問題只能被處理，無法得到終極的解決。在似乎無止境的移動中，太明逐漸由恥辱主體展開能動性，這就是「亞細亞的孤兒」一書的成就；此書肯定了台灣人意識，但全書的空間移動與曖昧開放的結局，都未將台灣人主體固定與封閉，而是保持流動與開放，在不斷移動中增加了台灣人主體的深度。此書顯現出主角在空間移動中的認同變化；為了具有比較視野，本書最後一章將討論新加坡作家謝裕民的〈安汶假期〉，這也是一個關於空間移動與認同協商的故事。

參考資料

中文書目

一、專書

吳濁流，《亞細亞的孤兒》（臺北：遠景，1980、2009）。

宋澤萊，《台灣文學三百年》（台北：印刻，2011.03）。

李育霖，《翻譯閾境：主體、倫理、美學》（台北：書林，2009.04）。

李郁蕙，《日本語文學與台灣：去邊緣化的軌跡》（台北：前
衛，2002.07）。

荊子馨著，鄭力軒譯，《成為「日本人」：殖民地台灣與認同
政治》（台北：麥田，2006.01）。

二、論文

（一）期刊論文

宋冬陽，〈朝向許願中的黎明：試論吳濁流作品中的「中國經
驗」〉，《文學界》10 期（1984.05），頁 127-146。

施正鋒，〈吳濁流的民族認同：以《亞細亞的孤兒》作初探〉，
《法政學報》6 期（1996.07），頁 41-70。

彭瑞金，〈解讀《亞細亞的孤兒》〉，《文學台灣》68 期（2008.12），
頁 37-46。

黃信洋，〈多重認同與台灣人意識：吳濁流《亞細亞的孤兒》
的一種解讀〉，《客家研究》3 卷 2 期（2009.12），頁 137-
164。

詹閔旭，〈恥辱與華語語系主體：施叔青《行過洛津》的地方想像與實踐〉，《中外文學》41 卷 2 期（2012.06），頁 55-84。

藍建春，〈胡太明的祖國經驗：《亞細亞的孤兒》中的國族想像、瓦解與再擬構〉，《水筆仔》2 期（1997.07），頁 4-19。

（二）專書論文

李木蘭（Louise Edwards）著，高亮譯，〈反對中國婦女參政：面對政治現代性〉，游鑑明編《共和時代的中國婦女》，頁 177-201（台北：左岸，2007.03）。

梅嘉樂（Barbara Mittler）著，孫麗瑩譯，〈挑戰／定義現代性：上海早期新聞媒體中的女性〉，游鑑明編《共和時代的中國婦女》，頁 256-310（台北：左岸，2007.03）。

陳芳明，〈戰後台灣大河小說的起源：以吳濁流的自傳性作品為中心〉，陳義芝編《台灣現代小說史綜論》，頁 84-99（台北：文建會、聯經，1998.12）。

陳映真，〈試評亞細亞的孤兒〉，吳濁流著，張良澤編《亞細亞的孤兒》，頁 45-62。（台北：遠景，1977、1980）。

陳萬益，〈講評意見〉，陳義芝編《台灣現代小說史綜論》，頁 99-101（台北：文建會、聯經，1998.12）。

英文書目

一、專書

Ahmed, Sara (2004) *The Cultural Politics of Emotion*. New York: Routledge.

Goodwin, Jeff and James M. Jasper (Eds.) (2001) *Passionate Politics: Emotions and Social Movements*. Chicago: University of Chicago Press.

Jacob, Mario (1994) *Shame and the Origin of Self-Esteem*. New York: Routledge.

Sedgwick, Eve Kosofsky (2003) *Touching Feeling*. Durham: Duke University Press.

Soloman, Rober C (Eds.) (2004) *Thinking about Feeling*. Oxford: Oxford University Press.

二、論文

Radhakrishnan, Rajagopalan (1992) Nationalism, Gender and the Narrative of Identity. In Andrew Parker, Doris Sommer, Mary Russo and Patricia Yaeger (Eds.), *Nationalisms and Sexualities* (pp. 77-95). New York: Routledge.

Tsai, Chien-hsin (2013) At the Cross-Roads: *Orphan of Asia*. Postloyalism, and Sinophone Studies. *Sun Yet-sen Journal of Humanities*, 35: 27-46.

第七章
〈安汶假期〉：
文體、身體、歷史偽造

一、研究背景與問題意識：
華語語系視野下的東南亞華人

　　一對新加坡父子，受到一則晚清旅遊文本的啟發而認為家族中有祖先移民印尼，於是這對父子由新加坡前往印尼小島安汶，展開尋親之旅。當他們如願找到移民者的後代，父親卻急於返家，而兒子更加懷疑一切遭遇的真實性，甚至質疑晚清遊記的真實性，那麼，尋親與尋根的意義何在？這則晚清文本是〈南洋述記〉，作者「闕名」，意思是作者不詳，收錄於王錫祺所編輯的《小方壺齋輿地叢鈔》，該叢鈔共二十冊，首次出版於光緒 17 年（1891 年），之後陸續於光緒 20 年及 23 年補編。該書包含中國與世界各地的地理描述、旅遊見聞、風土民情等，內容豐富。但每篇文章的作者與出處未詳細考證，因此出現很多「無名」的作者，也就是「闕名」。一些論及謝裕民此篇小說的學者，誤把「闕名」當成作者名稱。

　　以上是新加坡作家謝裕民的中篇小說〈安汶假期〉之簡要內容。該篇小說也是本論文的研究對象；筆者欲經由華語語系研究與後遺民寫作兩種不同觀點間的對話，探討離散與定居的辯證關係，並深入解析後遺民、移民、夷民三者間如

何互相定義。如果尋親也是尋根的某種形式之一，那麼這個故事如何展現中國／印尼的雙重家鄉想像與雙重失落呢？文中描述父子尋親過程，偶遇來自荷蘭的女子觀光客，敘事者「我」與荷蘭女子的互動，構成另一個耐人尋味的似有若無之假期羅曼史與由此延伸出來的敘事者「我」與前殖民者的對話與反思。

史書美所提倡的華語語系研究，引入台灣學界後引起熱烈討論，更啟發許多文學研究。王德威一方面也呼應華語語系研究，同時又提出後遺民觀點，與史書美有所不同。於是，近年來有許多論文其研究主題乃是探討與比較兩位學者的差異，在強調差異的論述脈絡下，這些對比不免有簡化之嫌。特別是史書美的論點，往往被解讀為只是要批判中國、或是意欲與中國脫勾。如何處理「中國性」的複雜多變，成為研究者的關切焦點。史書美的華語語系研究，一方面被理解為「重新界定中國與離散華人的錯綜複雜關係」，同時又被認為具有去中國化的動機與效果。

若以〈安汶假期〉此文本為例，我們可以使用華語語系研究，[1]探討新加坡父子如何由到印尼尋親而消解了「中國原鄉」的神話，並繼續申論文本中父子如何經由新加坡、中國、印尼的排列組合關係，確認在地化與本土化的新加坡認同。主張後遺民觀點的人，則可以指出敘事者「我」（小說中的兒子）與他的父親，由意外得知自己是明朝皇室後代，展開對

---

[1] 史書美與王德威兩位學者都使用「華語語系」這個詞彙。為了區分二者，筆者將華語語系研究視為史書美的倡議，而王德威的論述則以「後遺民」來指涉。

明朝史、明朝文物、晚清遊記的追索，將中國性及其海外的
延續，視為慾望投射的對象。

　　既然兩者的主張在某些面向背道而馳，那為何筆者選擇
二者的融合呢？首先，我們先釐清二者有哪些差異。第一，
史書美強調「華語」的多元性與混雜性，包括華語與非華語
的互動混雜，而王德威則以標準中文書寫為最大公約數。第
二，史書美提出大陸型殖民主義與定居者殖民主義為華語語
系發展的歷史動能，王德威認為中國並非殖民政權，而他對
台灣漢人的定居者殖民主義則避而不談。第三，史書美的華
語語系實踐乃是特定土地以及歷史脈絡下，華語語系與其他
語系如何互動，因此馬來西亞的華語語系、新加坡的華語語
系、台灣的華語語系三者有各自的變貌，不一定要連結起來。
以馬來西亞華語語系為例，值得追究的是華語語系與馬來西
亞語言、政治、社會、文化的關係。相形之下，王德威則是
將全球各地的華文書寫連結在一起。第四，華語語系是多維
的批評，可用來批判國族、帝國、異性戀體制、漢人中心主
義，而王德威雖強調後遺民也具有批判動能，但除了以後遺
民術語來質疑前朝的文化正統，似乎看不出對階級、性別、
族群關係具體批判的方法。

　　筆者一方面支持史書美的多維批判，以此介入安汶假期
的性別關係、世代關係、種族關係，另一方面，筆者認為王
德威的「三民主義」——（後）遺民、移民、夷民值得深入
探討而挖掘出與史書美華語語系研究相結合之處。若將這三
者看做連續體與混和體，而非三種靜態分類樣態，〈安汶假期〉
正好讓我們找到著力點去思考三者的關係。

　　筆者首先擴大「後遺民」的範疇。後遺民不只是指涉華人對中國朝代與中國文化的錯置與鄉愁，安汶島的土著在經歷荷蘭統治後，難道沒有對荷蘭統治前的鄉愁？東南亞混居著華人、馬來人、印尼人、印度人、原住民、殖民者的後代，難道只有華人才有對「前朝」與「過往」的殘念嗎？在台灣，王德威所舉例的後遺民作家幾乎都是外省第二代作家。然而，本省作家可能懷念日治時期，而原住民作家懷念部落傳統，這也可以說是遺民與後遺民現象。

　　「移民」移動的動機為何？從哪裡移動到哪裡？移民定居下來的可能性為何？移民與世居該地的「夷民」如何互動？移民定居下來後，只是「居住」而已？還是終究也成為「夷民」？王德威發明的「三民主義」，蘊含了他本身也尚未窮盡的無限衍生，也因而與史書美的華語語系研究有了對話可能。本章論文意欲探討以下問題：

　　（一）、〈南洋述遇〉是小說文本中的另一個文本，它可發揮怎樣的敘事學功能？兩個文本形成的互文性有何特色？〈南洋述遇〉如何再現安汶島及其居民？敘述者如何透過〈南洋述遇〉來認識當代安汶？兩篇文本都簡短提及歐洲國家，讓殖民史以擦邊球方式出現又消失。西方殖民史的缺席與人民的失憶，對當代南洋華人有何意義？

　　（二）、到印尼的尋親之旅竟然是來自一則晚清遊記的啟發，作者如何透過對「中國性」的想像、建構與解構，闡述歷史記憶的「偽造」性質？作者採用晚清遊記為小說骨幹，由此衍生出明末祖先遷移史、文物保存、墓碑碑文所造就的

中華文化。然而，作者以自己的創作，鑲嵌到遊記，使得讀者把遊記看成是「真實」的證據，而其實遊記的順序與內容已遭作者竄改。作者是否以後設書寫的技巧，暗示歷史就是根據編纂者自身的目的而將史料編排、篩改、增添？歷史記憶是「偽造」的，並非說明其虛假與欺騙，而是指出「人類面對時間之流與空間遷移所發展出的能動性」，以製造歷史記憶來定位現在與將來。作者如何藉由創造荷蘭女子這個角色，進一步展開前殖民者與敘事者我對殖民史的反思？

（三）、本文中父子的身體移動，如何與文本文體互相交織？〈南洋述遇〉以簡易文言文寫成，作者將其翻譯為白話人，在此翻譯過程中，文體產生怎樣的變化？敘事者「我」的身體如何模仿遊記裡的行旅，以致於造成身體消失、文字吃掉現實的文字化世界？印尼祖先遺體遷葬台灣，展現何種寓意？

（四）、在王德威「三民主義」的架構中，移民若是華人，移民如何與「夷民」互動？移民在怎樣的條件下會成為「夷民」？新加坡與印尼都是多元族群的國家，那麼「夷民」是誰？移民若能融入當地而成為「夷民」，他們還會是「後遺民」嗎？只有華人，才有「後遺民」情懷嗎？

二、文獻探討

王德威編輯文學選集以及公開場合談論華語語系文學中的南洋作家，一定會提到謝裕民，盛讚他是新加坡文學關

鍵字之一。王德威曾簡短介紹過〈安汶假期〉這篇小說，強
調敘事者「我」到印尼尋親所展開的多重身分認同之探索與
對「根源」的自我反思與質疑。[2]王德威也以這篇小說來闡述
「移民」變成「夷民」的現象。也許是受限於篇幅，無法詳
細介紹，王德威並未提及這篇小說後設書寫的特色，同時他
也把晚清遊記作者「姓名不詳」之「闕名」當成一個人名。

謝征達在〈論謝裕民小說中的歷史實驗書寫〉一文中，
分析謝裕民從寫作生涯早期到近期小說中，如何以多元、具
實驗性質的歷史書寫來探討新加坡華人的多重身分認同。此
篇論文涉及多篇謝裕民的著作，也包括〈安汶假期〉。也許同
樣是受限於篇幅，謝征達與王德威一樣，未深入探討本文的
後設書寫，也同樣地把「闕名」當成是人名。作者廣泛回顧
謝裕民的小說，認為他的歷史書寫強調個人與歷史的關係，
以及人物對自身命運的無力感。即使是充滿無力感，反而更
需要摘一章或半頁的過去來定位自身。

張松建〈家國尋根與文化認同〉一文，一方面引用多位
西方理論家對認同議題的闡述，指出認同是變動的過程，另
一方面，不同於上述兩位，作者對文本的後設書寫有具體的
分析。作者認為謝裕民「把後設敘事順手拈來，並且熟練玩
弄了一次解構主義的把戲，不但質疑了另一條敘事線索的真
實性（闕名〈南洋述遇〉的自白），也瓦解了文本內部建構的
清晰穩定的符碼系統，最終，他把有關離散和文化認同的思
考推向後現代主義的極致。」[3]同時，這個文本化的旅行過程

---

[2] 王德威，重構南洋圖像。
[3] 張松建，459-460

也是一個「去中國化」、「去中心化」、「本土化」、解構「本真性」神話的過程。張松建雖然提到後設敘述，但他一樣把「闕名」當成晚清文本的作者姓名。

蔡建鑫以英文發表的專書論文 "A Distant Shore: Migration, Intextuation, and Postloyalism in Cha Joo Ming's Ambon Vacation"以後遺民觀點討論本文，並特別強調小說的後設性質。[4]與前述幾位作家不同處在於，他花一些篇幅介紹《小方壺輿地叢抄》，並指出〈南洋述遇〉作者不知是何人，所以編者以「闕名」標示。作者並強調謝裕民一方面援引〈南洋述遇〉，又將文言文翻譯成白話文，因此作者也指出後遺民身分恆常處於不同文化與不同時空間的翻譯，而翻譯又注定是「背叛」，因為翻譯者無法將原文一字不漏地對應到另一個語言，翻譯者既是背叛原文，也是不同語言文化間的中介者。

筆者認為蔡建鑫的研究已經相當完整，但是他還是遺留許多值得深入探討的部分。首先是謝裕民的「偽造」，他把小說中的關鍵事件——晚清的朱先生把兒子託付給旅遊者（所謂闕名），懇請他把小孩帶回中國——原文並無這個事件，是作家天衣無縫地把小說情節編寫到「南洋」述遇，這個現象使得本文之後設書寫更複雜與耐人尋味。

謝裕民在〈安汶假期〉一文，刻意挑選 1997 年的亞洲金融風暴及新加坡人到印尼尋根，其實靈感來自於具體的政治

---

[4]　Chien-Hsin Tsai, "A Distant Shore: Migration, Intextuation, and Postloyalism in Chia Joo Ming's Ambon Vacation." Carlos Rojas and Andrea Bachner eds., The Oxford Handbook of Modern Chinese Literatures. Pp. 832-846.

與經濟事件，只是他刻意不說，將這些具體事件融入小說情節。1997-1998 兩年間，亞洲金融風暴席捲東南亞與東亞各國，包括新加坡與印尼。印尼的特殊之處，在於 1998 年 5 月發生大規模排華事件，華人商店遭受暴民攻擊、放火、劫掠，華人婦女被強暴。這起排華事件被認定為蘇哈托政權為了掩飾貪汙醜聞與經濟政策失敗而策動反華情緒，由軍方挑撥民眾攻擊華人。[5]在印尼歷史上，從荷治時期起就不斷發生排華事件，造成屠殺、強暴、死傷，也因此華人一波波的回到中國或移居其他國家。荷蘭殖民政府為了減低殖民政府與在地人的對立，將華人策略性的當成印尼內部的他者：一方面給少數華人經濟上的優待，另一方面強化華人性，讓當地人對華人抱持敵意，認為華人富有、剝削本地人而導致貧窮、具有文化優越感、歧視印尼文化。

印尼獨立後，本土政權持續類似荷治時期的分化策略，又把華人等同於共產黨，讓華人處境更為艱困。[6]謝裕民顯然熟知這些排華史，因而在小說中製造了移民到中國－回到中國－再度離開中國－來到印尼或其他東南亞國家這樣往復循環的遷移宿命。因此，史書美的反離散與在地化的主張，若放在印尼具體的處境，尚需更多歷史發展與政治局勢的補充。根據雲耀昌的研究，當代二十一世紀的印尼年輕華人已漸趨認同印尼，這也符合史書美的主張。但是要走到這一步，中間充滿曲折，這就是〈安汶假期〉的主要情節。作者不直接敘述歷史，而是根據歷史編造父子尋親的故事，再平行呈現

---

5 雲昌耀，《當代印尼華人的認同》。頁 62-66。
6 同前注，頁 41-49。

晚清文本南洋述遇，充分顯示作者的寫作才華與根據史實而發揮的想像力。

最後是整篇小說為何形容安汶為安靜美麗、好像是靜止時空般的世外桃源？謝裕民不可能不知道安汶複雜的移民史與殖民史，也簡短地提到他們離開後安汶發生暴動。作者避免直接觸及政治與歷史議題，卻又輾轉委婉地提起，這種曖昧隱諱的書寫立場，值得進一步分析。以下筆者針對文本，釐清本論文所欲解決的幾個問題。

三、互文性與後設書寫：過去與現在交織

〈安汶假期〉共十九節，由現在的父子尋親對照晚清文本〈南洋述遇〉，兩條敘事線交織。大致而言，單數節指涉〈南洋述遇〉，而雙數節為敘事者「我」與父親的旅程。不過，第一節乃是敘事者「我」想像當年他的祖先——明末皇室如何搭船意欲移民台灣，卻遭遇颱風而抵達安汶小島。最後一節是單數節，則是敘事者「我」回到新加坡後，身處高樓辦公室，試圖理解這趟行程對他的意義。整篇小說中，敘事者「我」並無名字，恰巧呼應〈南洋述遇〉作者為「闕名」。

小說中的敘事者「我」為新加坡股票經紀人，父親是中學老師。父親到中國參加親戚喪禮，從親戚處得到一張紙條，上面敘述其家族為明末皇室，逃到台灣卻因颱風而到印尼安汶島，就此定居此處。然而，其後代在遇到來自中國的旅者後，請旅者將自己的小孩帶回中國。這張紙條便是〈南洋述遇〉的片段。敘事者「我」的父親得知此訊息十分興奮，打

算到印尼安汶島尋親。時值 1997 亞洲金融風暴，「我」身為股票經紀人，手上客戶停止交易，「我」形同失業，因此陪父親去安汶島。從頭到尾，「我」都抱著疏離的態度，與父親的興奮形成對比。這趟印尼尋親之旅，一開始標示著父子關係的冷漠與不同世代對「祖先」概念的投入程度不同，又在實際抵達安汶島後，父子經由朝日相處而逐漸互相接受與理解，而「我」則不斷地拿〈南洋述遇〉與現實對照，由半信半疑而逐漸相信，但最終依舊懷疑古文與眼前的現實，其實都是選擇性的想像，作者因而假借敘述家族史，實則質疑家族史的真實性，而父子關係的改善與互相理解，才是家族關係真正的核心。

整篇小說以現在的父子對話帶出其家族史，這一家數代以來在中國與印尼兩地之間來來回回，作者故意用破碎的對話讓直線的家族史以片段與破碎方式呈現。為了便於了解，筆者簡單整理如下：

曾祖父	出生於安汶、被闕名帶回中國（此段乃謝裕民虛構）。
祖父	從中國到印尼，因排華事件回中國，把兒子（敘事者「我」的父親）託親戚照顧，帶到新加坡，自己則回中國。
父親	出生中國、隨父親到印尼，排華事件後他的父親回中國，他被親戚帶到新加坡。
敘事者「我」	出生、成長於新加坡。

我們可探究〈南洋述遇〉如何再現安汶島及其居民？敘述者如何透過「南洋述遇」來認識當代安汶？兩篇文本都簡

短提及歐洲國家，讓殖民史以擦邊球方式出現又消失。西方殖民史的缺席與人民的失憶，對當代南洋華人有何意義？

此外，到印尼的尋親之旅竟然是來自一則晚清遊記的啟發，作者如何透過對「中國性」的想像、建構與解構，闡述歷史記憶的「偽造」性質？作者採用晚清遊記為小說骨幹，由此衍生出明末祖先遷移史、文物保存、墓碑碑文所造就的中華文化。然而，作者以自己的創作，鑲嵌到遊記，使得讀者把遊記看成是「真實」的證據，而其實遊記的順序與內容已遭作者竄改。作者是否以後設書寫的技巧，暗示歷史就是根據編纂者自身的目的而將史料編排、篩改、增添？歷史記憶是「偽造」的，並非說明其虛假與欺騙，而是指出「人類面對時間之流與空間遷移所發展出的能動性」，以製造歷史記憶來定位現在與將來。作者如何藉由創造荷蘭女子這個角色，進一步展開前殖民者與敘事者我對殖民史的反思？

敘事者「我」在文章第一節描述「漢子」飄洋過海，打算到台灣，遇到颱風被吹到陌生地方，驚恐中見到一列黝黑的腳，因而奇怪「怎麼台灣都是番人？」，漢子疲倦地閉上眼睛。簡短的第一節到此結束。第二節緊接上場，敘事者我在前往安汶島的飛機上，「閉上眼睛」。這篇小說一開場的短短幾十個字，就已表示「想像」與「閉上眼睛」的關聯，並點出「何謂真實」？以「漢子」的眼光，他理所當然地認為台灣應該是漢人所居之地，不明白何以被黑腳的番人包圍？其實，明末時期的台灣，本來就是以「番人」（原住民）為主體，外來的「漢子」，所謂明末皇室，既是遺民——也就是不願意生活在清朝政權下的前朝皇族，也是「移民」，卻把原本就住

在台灣（或安汶）的當地人當作是「番人」，呈現出漢人以自我為中心的現象。

接下來這篇小說就以單數節來呈現〈南洋述遇〉（以下簡稱古文），也就是晚清不知名作者到安汶遊覽的經過，然後以雙數節呈現父子到安汶島尋親經過。作者將古文打散，前後順序略有變動。一段古文，然後一段現在的旅程，二者互相對照。起初，現在的經歷似乎符合古文，但是敘事者「我」逐漸懷疑古文的真實性，認為古文很可能是想像與虛構，進而認為，父親的尋根之旅其實也是憑著想像帶來的熱情與衝動，家族史必須靠書寫來維持，而書寫本身，就是以文字在既有的範式下進行，並非真實本身。〈南洋述遇〉本身是由文言文所寫成，謝裕民把它翻譯成白話文，而在翻譯中，謝裕民大致上遵循古文脈絡，但也藉著選擇性翻譯部分片段，讓〈南洋述遇〉看起來像是〈桃花源記〉的書寫範式與感覺結構，同時作者不斷透過敘事者「我」的眼光，將安汶形容成美麗的熱帶島嶼，並以後設書寫方式，暗暗嘲諷去歷史化、去政治化的觀光客之熱帶島嶼想像。〈南洋述遇〉也是以第一人稱方式「余」，描述「余」與一行人搭船到安汶島。抵達當地，兒童熱情歡迎，並以水果招待。這群人則拿出糖果回贈。後來出現一位朱先生，講的不是粵語或閩語，而是北京話。朱先生熱情款待，自我介紹來自朱姓皇族，「**國破家亡，浮海欲至台灣依鄭氏，不料舟被颶風所引而至此島**」（8499）。朱先生一方面詳細介紹自己的祖先家世，一方面又介紹當地民俗，例如信奉回教，酋長治理方式，甚至還說當地婦女喜歡嫁給華人，而自己也與土著婦女成家立業。朱先生同時又不斷表示自己對「中華北京」的仰慕。最後，朱先生帶「余」到自己家裡，家中有古劍與酒樽，證明是祖先傳下來的中華

文物。此外，該文也描寫當地景色，有「蓮花」等植物， 讀起來不像是東南亞，反而有〈桃花源記〉的感覺。而現在的敘事者「我」，則覺得眼前美景猶如古文所寫，卻又覺得這一切也許是想像，遮蔽了安汶島本身的歷史。〈南洋述遇〉的景色描寫如下：

> 經過好幾個村莊方到。朱家門前有道小溪，溪中紅蓮盛開，葉和苞都比中國見到的大。房子有兩棟，籬笆以竹編成。屋後有座小山，山上多花木，都結滿果實。（291）

敘事者「我」則認為美麗的風景猶如觀光明信片或油畫，缺乏真實感：

> 抵步時快速交替的藍與綠在摘去薄紗後，固定地成了小島的背景。雖是熟悉的綠叢藍天，還是叫人心曠神怡。
> 像極了 Discovery 頻道的畫面。（267）

> 鹹蛋般的夕陽逐步藏到不知名的海島後
> 這樣黑到世界都停頓下來不是隨處都有的，新加坡就沒有。（268）

> 「神秘的色彩漸褪，但人間天堂的感覺卻加強了，是有另一種誘惑，沙灘、藍天、海水、陽光，還有純樸的人民。」
> 打開窗，外面轉亮，對街一排店屋盡頭，還可以看到部分的村落，一切都很亮，很靜，像在哪裡看過的油畫。（278）

村落後不知幾時出現了一道彩虹。對我來說，這絕對
是課本印象多於實際接觸。(286)

敘事者「我」每次看到甚麼景物，就會想到〈南洋述遇〉，
最後認為一切都是文字堆砌。當他們抵達安問島，經由計程
車司機載父子倆，四處詢問哪裡有華人，這個詢問的過程起
初困難重重，所以他們就拿出一天來觀光當地名勝，紓解心
情。在這移動過程中，父子展開為何尋親的對話與辯證。他
們身體的移動，對應古文裡「余」的移動。以下，筆者討論
身體、文體、翻譯的問題。

本文中父子的身體移動，如何與文本文體互相交織？
〈南洋述遇〉以簡易文言文寫成，作者將其翻譯為白話文，
在此翻譯過程中，文體產生怎樣的變化？敘事者「我」的身
體如何模仿遊記裡的行旅，以致於造成身體消失、文字吃掉
現實的文字化世界？印尼祖先遺體遷葬台灣，展現何種寓
意？敘事者「我」表示：

遊記的出處，經我爸爸多方查詢，出自一套於 1891 年
陸續出版的書籍《小方壺齋輿地叢鈔》，記載我祖先的
是其中一則〈南洋述遇〉。
「第三節」只是故事的開始，我爸爸怕我看不懂原文，
還幫我譯成白話文「第三節」就是我爸爸的部分譯作。
前朝遺臣的落寞，和海外孤子的悲戚。(263)

小說提到翻譯過的旅者與朱先生相遇文字如下：

我們吃驚地看著這名作土人裝扮的中年男人，為何不
是說廣東或福建話，而是京話？

先祖乘船出海，要到台灣投靠國姓爺，不料半路遇上
風暴，漂流到這小島。

我們住久這裡，也從這裡習俗，只是國土鄉音，還有
祖宗族譜，必對兒子口傳心授，不敢忘本。（262）

而〈南洋述遇〉原文如下：

何以所操之音，非閩非粵、、、必口授心傳不欲忘本。

所謂父親翻譯給兒子看，其實是作者謝裕民翻譯給讀者
看。謝裕民的翻譯省掉細節，大致上符合原文脈絡。他將文
言文流暢地翻譯成白話文，不只是提高可讀性，更在於提供
「可信度」，讓讀者認為既然真的有《小方壺齋輿地叢鈔》此
書，而這套書也收錄了〈南洋述遇〉，那麼敘事者「我」的父
親及其尋親之旅，乃是有所本，可建構移民印尼的家族史。
而其實謝裕民自己編造一段情節，插入原文，以後設書寫來
隱喻歷史與家族史乃是人為的選擇性文字編排，因此是偽造。
所謂偽造，並非真相的反面，而是指歷史真相乃是人為的文
字編輯結果。而謝裕民的偽造，就是朱先生把兒子托付「余」，
請他帶兒子回祖國。經由這樣的編造，作者想表達怎樣的理
念呢？在這篇小說中，「中國」的意義又是甚麼呢？

四、中國性的想像、建構、與解構：
記憶與認同的變遷

在這篇小說中，作者透過敘事者「我」，以間接而迂迴方
式呈現中國性的想像。中國經由文本而呈現，也就是經由〈南
洋述遇〉的描寫，而此文寫的是一行人到了安汶島後遇見朱

先生，朱先生描述自己的祖先來自明末皇族，來到安汶島的經過，又拿出古劍與酒樽等器物，因此是描述中的描述，是朱先生對祖先與故國的懷念。這一切都是文字的中介與再現，而非敘事者「我」直接的體驗。即便是親自來到安汶島，敘事者「我」也描述眼前所見事物似乎都被南洋述遇描寫過了，因此中國與安汶島二者都是文本再現的結果。

　　作者謝裕民也經由「中國茶」這個物質性存在作為父子倆人與中國的世代差異。父親習慣喝中國茶，而兒子則習慣喝咖啡。兒子第一次接受父親提供的中國茶，喝完後當天失眠。之後晚上回到旅館後，父親數度邀約喝中國茶，敘事者「我」則婉拒。通常在華人社會，喝茶是日常生活的一部分，也不會把「喝茶」說成喝「中國茶」，謝裕民如此描寫，與其說是以茶當作是中國的隱喻或象徵，不如說是「中國茶」標示出中國的缺席。敘事者「我」已經對中國毫無興趣與感情，而父親其實也對中國所知不多，只剩下「喝中國茶」。中國乃以殘存的方式附著於父親對中國與家族的片段記憶。經由旅行，父子倆人夜晚在旅館交換意見，討論東南亞整體的前途，以及家族於中國、印尼等地往返的經歷，逐漸探討家族史的意義與舊認同的消失及新認同的產生。父子間本來關係冷淡，且職業不同，父親是中學老師，兒子是股票經紀人，經由旅行而必須朝日相處，晚上更必須同處一室。這種物質空間的限制反而造成父子間頻繁的對話溝通。因此，家族史並非追朔遙遠的祖先，反而是疏離冷漠的父子產生新的互相了解，這才是「家族」的真諦。如果沒有具體的家庭親密關係，家族史只是空泛的文字紀錄。

敘事者「我」的祖先因為改朝換代而移民，後代又因為
1960年代的排華事件而離開印尼，回到中國。弔詭地是，父
親的父親當年離開印尼時，卻又留下一個兒子——也就是敘
事者我的父親——交給一位朋友照顧，接著又到了新加坡，
於是敘事者「我」出生與成長於新加坡。父親童年時與自己
的家人離異，造成心理的創傷與不安全感。這段錯綜複雜的
遷移史，最值得深入思考的是，如果中國是「原鄉」，那麼排
華事件發生後，舉家「回到原鄉」是順理成章之事，為何又
要留下一個小孩而造成家庭破碎分離？謝裕民似乎暗示著，
所謂「原鄉」仍是個充滿動盪不安的所在，當時的中共政權
對外尚未得到眾多國家的承認，對內則充滿不同派系的鬥爭，
後來所爆發的文化大革命，其大規模屠殺與破壞的程度，更
勝於印尼的排華事件。因此謝裕民所營造的家族遷移史，間
接點出中國本身動盪不安，回到「原鄉」可能處境更兇險，
因此不得已要留一個兒子在印尼。父子倆連續數日白天尋親、
晚上於旅館交談，逐漸出現以下對家族史與認同的對話：

> 「不過這樣也好。」我爸爸說：「因為老是在變，所以
> 對所謂根、祖國、認同的觀念都非常質疑。比如說你，
> 你的祖國其實決定在我，而我又決定在你公公。如果
> 當初你公公沒離開印尼，現在你跟你弟弟妹妹就是印
> 尼人，又或者我跟你公公去了中國，你跟你弟弟妹妹
> 現在都是中國人。」
> 印尼人？中國人？我從沒想過，倒聯想到另一件事。
> 「原來我們都有印尼土著的血統，我們有六代人跟土
> 著結婚。」

> 我爸爸借題發揮：「對啊！所以有時候想，我們的血統
> 到底要追溯到哪裡？三代錢有印尼土著的血統，再往
> 前原來還是明朝貴族。誰知道再追溯上去，會不會不
> 是漢人？」
> 我想到另一個問題，再問：「那你認同哪裡？」
> 他肯定已經思考過，所以快而簡單：「你在一個地方生
> 活久了，就是那裡的人，不管你願不願意，承不承認，
> 你的行為舉止都是。當然，一個人在思想、性格的形
> 成期，在一個地方生活，最容易認同哪裡。」（271）

父親講出認同的偶然性，上一代的決定，造成下一代在
哪裡出生長大的命運。同時，認同也就是你在一個地方生活
的夠久，而逐漸產生在地認同。父親本來執著於到安汶島尋
根，最終反而質疑祖國的概念，而以在哪裡生活的最久來決
定認同。因此，從明朝皇室的祖先以「遺民」的身分離開中
國，到印尼成為「移民」，又世代與當地土著結婚，可說是「土
著化」而成為「夷民」，也就是在地化。然而，即便在印尼居
住數代且與當地女子結婚，華人的血統已經沖淡，為何仍有
1960 年代的印尼排華事件？也因為排華事件，「夷民」又成
為「移民」，來到新加坡。敘事者「我」產生新加坡認同，我
們仍不禁要問，難道敘事者「我」就會從此世居新加坡嗎？

謝裕民寫出敘事者我的父親對「印尼祖先」的好奇，一
旦事實似乎符合想像，父親卻急著離開，顯示父親理解到事
實與想像的符合只是「似乎」，若深入追究，恐怕破綻與裂縫
頻頻出現，反噬了原先的想像。父子倆的對話暫時肯定了，
在哪裡住最久，哪裡就是認同之所在。謝裕民讓他的人物產

生新加坡認同，卻也暗示了，家人可能繼續移動至他處而分散各地，因此，他不但解構中國認同，也不認為有恆久的在地認同。史書美所提倡的反離散，若放在東南亞各國具體的歷史脈絡與社會變遷中，我們可以知道也許有部分華人自願或被迫選擇了在地化，卻也因為排華運動——特別是在印尼，造成另外一群資源較豐富者選擇移民。

其實，謝裕民創造的新加坡家庭中，敘事者「我」的妹妹到澳洲求學，認識香港人而成為男女朋友，因此新加坡的家族史之未來，也充滿不確定性。作者謝裕民在這篇小說指出家族史與所謂遊記的虛構，襯托出父子與家人間的親情互動，才是家庭構成的真正要素。

五、結論：全球化情境下之遺民、移民、夷民的反覆循環

經由在王德威「三民主義」的架構，我們若以安汶假期為例，可發展出許多問題：移民若是華人，移民如何與「夷民」互動？移民在怎樣的條件下會成為「夷民」？新加坡與印尼都是多元族群的國家，那麼「夷民」是誰？移民若能融入當地而成為「夷民」，他們還會是「後遺民」嗎？只有華人，才有「後遺民」情懷嗎？

從小說情節可看出，敘事者「我」的家族是明朝皇室，不願意生活在清朝政權下而成為「遺民」，這個詞彙指涉這群人緬懷過去時光，無法在當下安置身心，必須遠離故土而出

走。而「後遺民」一詞，並非遺民將其故國之思遺傳給下一代，反而是下一代對過往記憶的錯認與改寫。當年的遺民，把台灣當成漢人鄭氏政權的土地，不知此政權的脆弱性、更不知台灣本來就是所謂「番人」的居住地，顯示出遺民與移民的無知。而他們對「番人」的誤解與歧視也造成外來者將世居某地的人視為「夷民」，仍有文化上的高低位階。敘事者「我」的祖先因錯陽差來到安汶島，也安頓下來並娶當地女子為妻，經過數代，仍堅持要講「京腔」，保留故國文化，證明了華人因為文化優越感而難以真正融入當地，也構成了印尼數次排華事件的背景：為何歷經數個世代，華人仍是華人、而非安汶島人或印尼人？而華人也因為當地政局動盪而再度移居他處，從明末到全球化的當代處境，作者指出認同的虛擬性與偶然性。但作者並非虛無主義者，儘管人們可能不斷移動，你所長期居住的地方仍是你認同的對象，且親情互動，而非追述祖先，才是家庭的核心。而你這一代的認同，並不表示下一代就不會變。儘管長期說來是變動的，但當下能於所居之處安頓身心，這是難能可貴的。敘事者「我」經由尋親之旅，最大收穫就是了解自己對新加坡的情感。謝裕民大玩文字遊戲，援引〈南洋述遇〉這個真實存在的晚清文本，卻故意竄改文本，自行發明一段故事，插入原文。這段故事就是朱先生把小孩托付「余」，請他把小孩帶回祖國。藉由這段虛構，其後衍伸的敘事者「我」之家族史，就是虛構中的虛構。這樣的設計巧思，讓我們破除了比較誰的家族史最久的迷思，以及皇族後代的迷思。不論是家族史還是國族史，重點不在於長久或是正統，而是人們對切身環境的擁抱與認識，以及親情的溝通互動。

參考書目

中文書目

一、專書

（清）土錫祺編，《小方壺齋輿地叢抄》（台北：廣文，1962）。

王德威，《華夷風起：華語語系文學三論》（高雄：中山大學文學院，2015.07）。

王潤華編，《新加坡華文文學五十年》（新加坡：八方文化創作室，2015.03）。

史書美，《反離散：華語語系研究論》（台北：聯經，2017.06）。

朱崇科，《本土性的糾葛──邊緣放逐‧「南洋」虛構‧本土迷思》（台北：唐山，2004.05）。

楊松年、謝正一編，《華人民間信仰文化的本土變遷：第四屆華文文化學術研討會論文集》（台北：唐山，2015.05）。

雲昌耀，《當代印尼華人的認同：文化、政略與媒體》(台北：群學，2012)。

二、論文

（一）期刊論文

王德威，〈重構南洋圖像：理論與故事的交鋒〉，《漢學研究通訊》，37 卷 1 期（2018.02），頁 1-7。

陳室如，〈想像與紀實的虛構──王錫祺《小方壺輿地叢鈔》與晚清域外遊記〉，《屏東大學教育學報》，26 期（2007.04），頁 471-502。

張松建，〈家國尋根與文化認同：新華作家謝裕民的離散書寫〉，《清華中文學報》，12 期（2014.12），頁 425-467。

劉秀美，〈「異」鄉「原」位——〈安汶假期〉、《老鷹，再見》中移位、易位與錯位的鄉愁〉，《清華中文學報》，24 期（2020.12），頁 263-289。

謝征達，〈論謝裕民小說中的歷史實驗書寫〉，《臺北大學中文學報》，27 期（2020.03），頁 265-290。

鍾秩維，〈設想台灣人的華語語系觀點：有關「中國」和「共同體」的疑問〉，《台灣文學學報》，34 期（2019.06），頁 133-164。

（二）研究文本

謝裕民，〈安汶假期〉，王德威、高嘉謙、胡金倫編，《華夷風：華語語系文學讀本》（台北：聯經，2016.10），頁 257-312。

闕名（□□），〈南洋述遇〉，（清）王錫祺編，《小方壺齋輿地叢抄》（台北：廣文，1962），頁 8495-8565。

英文書目

一、論文

Chien-Hsin Tsai (2016) A Distant Shore： Migration, Intextuation, and Postloyalism in Chia Joo Ming's Ambon Vacation. In *The Oxford Handbook of Modern Chinese Literatures*. Carlos Rojas and Andrea Bachner (Eds.), London: Oxford University Press.

Shu-mei, Shih (2011) *The Concept of the Sinophone*. PMLA.

附錄一　鬧鬼[1]

　　「鬼」（ghost）是一個名詞。「變成鬼」或「鬧鬼」（ghosting），則是一個動態的過程。被主流社會邊緣化、他者化、被賤斥與被排除，這是被當作鬼的社會運作過程（to be ghosted）。鬼不被理性接納為存在，卻殘留徘徊，既非活人也不是死人。這種似有若無、殘存又同時被排除的狀態，就是鬼。

　　當代文化理論受後結構、後殖民與後現代主義，以及精神分析學說的影響，開始對鬼魅提出新的看法並賦予寓意。在晚期資本主義消費社會中，各式商品推陳出新，媒體與數位資訊瞬息萬變，新舊產業亦在短時間內產生更迭與代謝。這些現象迅速製造了物質、商品、社會趨勢、個人與集體認同的老舊化，乃至凋零，卻又被懷舊心理以「殘存」的方式保留下來。種種物質與非物質現象該去而不去，於是成為各式各樣的鬼。

　　當代社會的快速替換使得時空被壓縮，很短的時間內便可讓遠距的資本、商品或人力進行流動與交換。時間不再是線性的單向發展，而是重層交疊。不同的人對過去有不同的記憶（或失憶），其敘事方式因而分歧衍異。本該屬於過去時空的產物，卻出現於當下，產生時空錯置體。

---

[1] 本文原始出處為《台灣理論關鍵詞》，（台北：聯經，2019）。編輯為：史書美、梅家玲、廖朝陽、陳東升。頁：337-344。

　　鬼魂可分明鬼與暗鬼——前者身處當下公共空間，然而沈緬於過去。至於暗鬼，往往不被群眾或個人直接感知，而是創傷經驗被賤斥與排除，壓抑於意識與無意識的縫隙，形成歷史失憶症與未被療癒的、隱隱作痛的傷口膿瘡。鬼魂通常具負面意義：是過去時間與當下空間的糾纏、非生非死的曖昧狀態、心懷怨念而意欲復仇的幽魂。另一方面，當代鬼魂亦有正面積極的意義：經由喚起遺失的歷史記憶，我們得以面對傷口、哀悼死者、安慰受冤屈而不被瞭解的逝者。此外，快速的社會變遷使得「自我」不斷更新，昨日之我似乎消失而又殘存，形成自我鬼魅化（self-ghosted）。「我是誰？」這個問題困擾著每一個人，而「我是誰」又與「我不是誰」息息相關。我們因感受「他性」（alterity）而產生同情與瞭解，並透過自他互動形成自我（self-other-in-the-self）。「鬼」是他性的表徵，督促我們與其互動對話。

　　台灣在短短三百多年內經歷數次政權更迭，以及外部的與內部的殖民。重層的殖民史與一波波人口遷移，致使當下的台灣人具有不同的過去、不同的歷史記憶與失憶。誰存在？誰不存在？誰被認可？誰被排除？這些問題的答案都具有相對性。自認為被排除的一群人，也許對另一群人而言，前者才是進行排除、屠殺、消滅的人。這種相對性，使得台灣人各族群相互成為鬼魂與自我鬼魅化。被當作鬼，或是自願成為鬼，可能是怨念的累積，也可能是新生的契機。

　　「鬼」不是活人，也不是死人。它被某些人感知其存在，而其他人可能完全感受不到——這使得鬼往往以一種缺席的、不在場的形式存在著。鬼的中介性質（in-betweenness）

對於解釋中華民國／台灣的政治、歷史、社會、文化能發揮相當大的功能。

鬼，恆常處於時空錯置體之中。它來自過去的時間，卻出現於現在，擾亂當下的秩序。以中華民國的主流歷史敘事而言，辛亥革命推翻滿清，在中國建立中華民國。當時的台灣，已於十六年前被割讓給日本，成為日本的殖民地。因此，中華民國固有的領土並不包含台灣。國共內戰以後，國府播遷來台，中華民國實際有效的主權範圍縮小至台灣及其周邊離島。中華民國的歷史敘事內容由 1949 年以前的中國大陸銜接到 1949 年後的台灣，然而憲法中關於領土的範圍卻沒有隨之更改。戰後初期移居台灣的外省人作家身在台灣，書寫中充滿對過去中國家園的鄉愁，統治當局也透過反攻大陸的政策強化人民對過去、對中國的執念。對過去中華民國的想像與書寫必須發生在當下的台灣空間，然而台灣這個空間的歷史，尤其是日治史，在解嚴以前並不受到重視，甚至成為禁忌——這樣的時空錯置體，使得中華民國具有鬼魅的特質。

中華人民共和國成立後漸獲國際承認，並於 1971 年加入聯合國。中華民國退出聯合國，成為國際孤兒。進一步思考，「鬼」比「孤兒」更適合用來形容中華民國。孤兒雖然處境艱難、沒有歸屬，但並未處於時空錯置體——孤兒的生命史由過去的時間與空間延續到現在的時間與空間，鬼則不然。中華民國的當下空間，逐漸被居住此地的人感知為「台灣」。然而認同中華民國的人及其歷史認知，以及中華民國憲法，恆常處於過去的時間與現在的空間錯置狀態，以及二者之間

的縫隙。中華民國既存在，擁有對台灣領土的主權與治權；但它同時也不存在，不被國際法所承認為「國家」。中華民國不是國家，也不是非國家，這種二者皆非的狀態，構成中華民國的鬼魅狀態。

從中華民國到台灣，中間還隔有一個「台灣省」。1949 年後，中華民國幾乎與台灣省重疊，而離島金門與馬祖則隸屬「福建省」。1997 年國民大會修憲，將台灣省政府「凍結」與「虛級化」，但並未完全廢除。台灣省政府成了政治組織上的「漸凍人」，其似有若無的存在以及時空錯置體性質也讓它成了鬼魅。台灣省政府的政治組織空間，所對應的並非荷治、清治、日治等歷史，也不是 1911 年所成立的中華民國的一省，而是二戰結束後，中華民國統治領土中的一省。時隔幾年，又實質等於中華民國的全部。最後，於 1997 年修憲次年被凍結。台灣省政府幾乎毫無功能，似乎消失，但其實虛級化後，台灣省政府仍然存在，也繼續編制有省主席與省政府全球資訊網。至於金門與馬祖所屬之福建省政府也仍然存在，那是另外一隻鬼。中華民國這隻大鬼底下，又包含許多小鬼——除了台灣省與福建省，還有屬於明鬼一類的「外省人」與「外省第二代」。至於暗鬼，光是與戰爭相關者，就包括：到南洋或中國的台籍（漢人與原住民）日本兵、慰安婦、二戰時於偽滿州國遭殺害的抗日份子、國共內戰後期撤退至滇緬的國軍。此外，二二八事件與白色恐怖受難事件在戒嚴時期是暗鬼。解嚴後，政治與社會民主化，各項歷史檔案陸續公布，公民團體公開悼念逝者，以求台灣社會的新生，卻被立場相對者認為提及二二八事件意在撕裂族群——此種質疑乃是將二二八事件的受難者二度鬼魅化。

　　台灣的多重殖民史使得台灣人經常處於抗拒新政權、懷念舊政權的狀態——「遺民」狀態。不過，遺民一詞原指從清朝過渡日本統治時期，認同漢文化、抗拒異族統治的舊文人。追究其意涵，「遺」字具有雙元的、逆反的意義：「遺」是遺失，使得當事人懷抱失落感而對逝去的過往懷念不已；「遺」也是遺留，以殘存的方式留到現在。過去的政權及其文化表徵，不是活著，也不是死去，遺民因而可以視為政治及文化臣民的鬼魂狀態。

　　如果將「遺」字定義為遺失與遺留，遺民所指涉的對象則可大幅擴增，鬼魂也就更多了。台灣原住民，比起日治初期的清朝舊文人，更適合被視為遺民。原住民本無文字，以口傳方式將歷史傳承給下一代，使得過去與現在得以連結。自 17 世紀荷蘭人統治台灣，並以羅馬拼音記錄原住民的語言開始，台灣原住民便在各種統治之下逐漸流失自己的文化。不論是荷治、清治、日治時期，還是國民政府來台、公元兩千年政黨輪替，原住民永遠處於被殖民狀態。至此，或許有人將要提問：原住民既然永遠處於被宰制狀態，那麼對前一政權有何留戀？何以是遺民？我們可以說，原住民對新來政權有時反抗、有時依附。其反抗現狀、企圖保有過去自主狀態的行動，構成自身文化的遺民。原住民意欲捍衛原有的自主權，卻終究難逃被宰制的命運。日本殖民政府帶來一批人類學家，詳細觀察、記錄原住民的風俗習慣、語言與文化。原住民文化一方面消失，另一方面又成為學術研究的客體而被保存與「遺留」下來。原住民成為遺民，也成為日本人與漢人社會的他者及邊緣人，似有若無地存在——被幽靈化。

　　鄭氏及其東寧王國的覆滅帶給漢文人第一次遺民狀態。清廷將台灣割讓給日本，則是漢文人的第二度遺民化。戰後，台灣人懷抱期待迎接「祖國」，卻換來殘酷的二二八事件，讓台灣人對新政權失望並懷念日本統治時期，這是第三度的遺民化——然而這種懷念不能公開言說，成為意識的伏流與幽微狀態。台灣人的屬性游移在「中國人」與「日本人」之間，在日治時期被統治當局認為是日本臣民卻又不是真正的日本人；在國民政府統治期間也被灌輸以自己是中國人但又不是真正的中國人的認知。不是真正的日本人，也不是真正的中國人，此無所歸屬的狀態讓台灣漢人幽靈化。從戰後到解嚴，台獨言論處於幽靈狀態，不能公開出現，其似有若無的存在帶給中國中心主義的國民黨政府以強大的威脅感，使得國民黨政府如驅魔般，非要將之驅趕、消滅。

　　此外，我們可以從「鬧鬼」的表層意義、一般意義、英文對應詞來討論。「鬧」的表面意義是熱鬧、吵鬧、人多擁擠、擾亂秩序。幽靈隱而不顯，無聲無息。鬼可以像幽靈那樣安靜，也可因怨念深重、意欲訴說委屈而大聲吵雜，挑釁既有秩序，謂之「鬧鬼」。鬧鬼的一般意義是指某地有鬼魂出沒，對應的英文為「haunting」，再譯回中文則是「作祟」。死去之人本該埋葬而消失，鬼卻不甘心消失，是為不死不活的異類，為了「出示」（祟）自己而糾纏著活人。

　　鬼魂徘徊不去，執意向活著的人提醒它過去所遭受的冤屈。因此，受害者心態、悲情與怨念長期籠罩台灣各族群。戰後來台外省人戀眷過往在中國大陸的美好童年與青春歲月，而昔日歲月同時也是對日八年抗戰及其後國共內戰所帶

來的顛沛流離，反日與反共構成了外省人的悲情與怨念。外省人在台灣當下空間所遭受的白色恐怖反而不構成其悲情元素。我們在外省人的悲情與怨念中，再度看到時空錯置體——也就是鬼魂的特色。過去的悲慘經驗只能在當下的空間顯現；或者反過來說，唯有透過當下這個不同於過往的空間，歷史悲情才有了表現的場所。解嚴後，台灣民主化與本土化運動帶給社會新的契機與改變，第一代外省人逐漸退下政治舞台。外省第二代面對本土化運動所提出的建立台灣主體性的呼聲，他們認為自己被邊緣化，怨念的來源因而由父輩的共產黨轉變為本土政黨及社團。外省第二代沒有父輩的中國可茲懷念，也難以認同當下的台灣。他們將父輩的時空錯置體再度扭曲，不屬於過去也不認同現在，成為後遺民——遺民的後代，以及失落感本身的遺失、失落感殘留的夢境化與虛擬化、受害者心態的代際遺傳而造就重層化的後遺民。外省第一代被中共驅逐，外省第二代則自認為被本土派驅逐，許多知名的外省第二代作家因而以此為書寫主題。這群作家被評論者稱為「後遺民作家」。他們是一群聲音很大的鬼，在文壇占有重要地位，其自我邊緣化的姿態與活躍的出版能量，顯示這是一群熱鬧的鬼，持續於台灣文壇鬧鬼。若說遺民本身及其時空錯置體造成其鬼魅狀態，那麼後遺民並非遺民狀態的結束，而是遺民狀態的延續與當代版本。遺民雖然不接受當下政治處境，卻有過往可供憑弔懷念。後遺民沒有可供懷念的過去，亦不接受當下的現實，為時空錯置體的二度錯置，被鬼魂作祟的鬼魂。

　　解嚴前外省人掌握了政治權力以及文化與歷史詮釋權，也住在台灣這塊土地上，卻以上位者姿態將「本省」人變成

自己土地上的異鄉人與鬼魅。戰後到 1987 年解除戒嚴令期間，大批外省人在中華民國體制下從事軍公教行業，縱然中華民國退出聯合國，仍不知中華民國已死，猶如鬼魂不知自己已死，仍然活著。1990 年代本土運動崛起，千禧年政黨輪替，加上外省第一代逐漸凋零，外省第二代這才驚覺自己是活著的鬼魂。此種已死又未死的狀態激發大量文學創作能量，寫作主題包括反思上一代並覺察其父輩於活著的時候即已處於鬼魅狀態。

另一方面，李昂《看得見的鬼》一書，以各時代的女鬼作為觀點，反思台灣歷史，最後昇華為自由自在的「會旅行的鬼」——以正面積極的方式召喚過去的鬼魂，並以莊重的態度悼念歷史悲情，至終得到自我成長的力量。由此可見，「鬧鬼」也可以具有積極的能動性，有助我們不將過去忘記又同時把握當下、展望未來。

然而，本土派也不缺「幽靈人物」。前總統李登輝促進台灣的民主化與本土化，提高台灣意識，但他卻曾多次於公開場合表示自己過去是日本人。對過去日治時期念念不忘，使得李登輝比外省人鬼魂更具驚悚效果，展現死人復活的能耐：一方面帶動民主化，讓台灣得以展望未來，另一方面又提醒不是中國人也不是日本人的年輕世代台灣人，日本的幽靈仍徘徊不去。1990 年代，李登輝大力提倡「新台灣人」概念，這是為了讓各族群皆得以融入台灣，卻也讓「台灣人」這個身分才剛出現就被取代，猶如嬰屍。以「新台灣人」來融入各族群的過程並不簡單——各族群都有不同原因的悲情與怨念，都有各自的時空體，不斷以現在發明新的過去而沈溺其中，台灣因此而恆常處於鬼島、鬼國的狀態。

附錄二
跨界理論、世界史、邊緣與邊緣的互動及互惠

一、前言

　　2022 年 11 月 3 日政大華人主體性研究中心舉辦視訊論壇，由史書美老師預先錄製「跨界理論」，當天再由清大吳建亨教授、政大邱彥彬教授與我擔任與談人。以下是我的發言稿。[1]

　　在此先感謝政大華人文化主體性研究中心的邀請，使我有機會與史書美教授對話。這些年來持續閱讀書美老師的論著，深受啟發。史書美老師強調具體個案的在地性，並將其放在歷史變化的時間軸來討論，然後把眾多個案之間的關係放在世界史架構下審視，由此而形成知識系統與結構。知識系統與具體個案之間不斷地來回對話，由此而形成理論。

　　這套理論並不是要被讀者／學者拿來重複解釋說明理論的意涵，而是由讀者親自實踐，由自己的生活處境出發，找出連結與關係，並持續與理論對話。「實踐與對話」就是理論存在的目的。

---

[1] 此文收入史書美著，《跨界理論》，聯經出版社，2023 年。

二、回應「關係的比較」

今天我想回應關於 relational comparison，墾殖園弧線、克里歐化等議題。請容許我先提出牙買加雷鬼音樂（Reggae）與台灣的原住民族歌手 Matzka 之間的關係，經過具體的描述，再回到上述所說的「關係的比較」等概念。

史書美老師經由西方殖民者在加勒比海的墾殖園及其奴隸制度，比較了三位作家。其中她介紹了鮑威爾（Patricia Powell）的小說《寶塔》（*The Pagoda*, 1998），經由史書美老師的介紹我才首度知道加勒比海區域在廢除黑奴制度後，引進華裔移民成為契約工，因此華人離散足跡也包括加勒比海。

經由我自己的興趣，我有幸閱讀到一篇論文，討論 1960 年代牙買加雷鬼音樂中，華人扮演的角色。音樂愛好者大多知道著名的雷鬼音樂歌手 Bob Marley，卻很少人知道他的第一張唱片製作人是當地牙買加華裔 Leslie Kong，而這並非偶然。

論文作者 Tao Leigh Goffe 指出，十九世紀末的華裔苦力，後代逐漸成為小雜貨店的老闆。這些小店遍布牙買加，從都市到山區都有。這些雜貨店主要賣食物，還有其他各種五金雜貨。這些小店成為當地社群聚會的空間，人們在此聚會、聊天、唱歌、跳舞。[2]

---

2 Tao Leigh Goffe, "Bigger than the Sound: The Jamaican Chinese Infra-structures of Reggage", *Small Axe* 63(2020), 97-127.

　　牙買加曾是英國殖民地，Bob Marley 參加過二戰，在帝國軍隊裡擔任電子技術工，由軍中學習到電子技術的操作。1950 年代他經由聽美國的廣播而熟知爵士樂。之後他開始探索出自己的風格而出現 Reggae，音樂製作過程所需的音響器材來自華裔雜貨店，人們也聚集在此分享音樂。Reggae 盛行後，又流行到英國與美國，並與在地的社會運動連結，更催生了龐克（Punk）等被世人認為起源於英國的流行音樂。

　　從爵士樂到雷鬼、再到龐克，我們可以看到一系列邊緣與中心、邊緣與邊緣的互動與互惠。這是一系列的關係與複雜的糾葛。爵士樂本身來自美國的非裔人士，從邊緣處境發展出來，後來被白人吸收，傳播到歐洲也深受歐洲知識分子的喜愛。因此爵士樂本身就是邊緣與中心、邊緣與邊緣、中心與中心的流動與互惠。

　　Bob Marley 及其雷鬼音樂顯示，第三世界國家並非被動地成為西方主流文化的接受者。我們太習慣看待西方大都會菁英文化對非西方菁英的影響，且這種影響是單方面的。

　　其實，我們更應該仔細審視「西方」本身就有內部的不平等。西方的邊緣文化經由複雜的「轉譯」過程與傳播媒體的功能，傳送到非西方的邊緣群體，然後再繼續回傳到西方。大家都知道法農（Frantz Fanon）是來自加勒比海法屬殖民地（馬丁尼克）的反殖民革命者與思想家。同樣來自加勒比海的 Mob Marley，他的音樂影響遍布全世界。目前，西方文化界並不知道馬來西亞、台灣等地也有雷鬼音樂。

　　來自台東縣排灣族的歌手 Matzka，從早期音樂生涯就有意識地學習雷鬼音樂，結合原住民古謠，融合成具個人特色的當代流行音樂。他曾改變髮型，模仿 Bob Morley 留長頭髮編成辮子長達十多年，現在則是一般的髮型。台灣流行音樂的元素包含爵士樂、搖滾、嘻哈，但極少雷鬼的元素，而其普及則來自 Matzka。

　　雷鬼音樂源自被殖民地人民處於文化的混雜與克里歐化，從而發展出對殖民者的批判，但仍是保有音樂活潑快樂的氣氛，因而能引起共鳴，成為流行音樂。處於英國殖民地的牙買加，人民使用英文，但並非所謂正統與標準的英文，而是混雜各種語言，然後用簡單易懂的英文寫成歌詞。對 Mob Marley 而言，英文既是壓迫，也是資源，因而發展出混語及雙重視野。漢人歌手沒有學習雷鬼而是由原住民歌手帶入這種類型，我推測很可能是華語對原住民而言，既是壓迫也是資源，促使 Matzka 能使用華語來唱出雷鬼音樂，他的歌詞改變了華語本身的發音、語法與詞彙。

　　他許多歌曲全部使用華語，但這是克里歐化的華語。之後他混和華語、族語、英語，也有全部是族語的音樂。

　　〈回到原點〉（"Back to the Roots"）（華語，2020）[3] 畫面一開始是電線桿、道路、穿制服的原住民高中生，遇見三位同年齡的漢人遊客，年輕人一起探索山林與海洋。此片 MV 監製人是荒井十一：成長於香港、父親日本人、母親香港人、到北京學音樂、和台灣女子結婚。

3　歌曲連結：https://reurl.cc/bGXgdo。

〈ali tjumaqu 歡迎回家〉（“Home coming”）（排灣族語，2022）[4]MV 畫面一開始是歌手與海洋，之後出現許多原住民小孩。

〈尷尬的浪漫〉（“$500”）（華語，2022）[5]他的曲風、混語歌詞、MV 都值得進行細部文本分析。在〈尷尬的浪漫〉一曲及其 MV，歌手先營造出情歌的氛圍，然後說，「我終於鼓起勇氣對你說……」，在這刻意被延宕的幾秒之後，歌手要對年輕美女說甚麼？「借我五百塊、下個月就還」。

MV 中的美女大怒，而歌手不斷重複「借我五百塊」。這句借錢的話，即可能來自許多底層人民曾有的經驗，被 Matzka 嫁接到情歌類型，營造浪漫氣氛，然後以詼諧幽默的手法顛覆情歌。

如果說台語獨立樂團也試圖發出底層人民的心聲，這些表現通常較沉重，缺乏調侃幽默的感覺結構。台語搖滾樂團也常背負宣揚台灣國族的使命，這些都凸顯了 Matzka 的個人特色與後國族的發言位置與美學。

三、放入世界史與台灣史的知識生產

1964 年創辦的伯明罕大學文化研究中心，參與者 Stuart Hall 生於牙買加，大學與研究所研究英國文學。後來受到國際事件影響（蘇聯入侵匈牙利）而放棄研究英國文學，轉而

4　歌曲連結：https://reurl.cc/OE0g6y。
5　歌曲連結：https://reurl.cc/lZR2n9。

投注於電影與當代大眾文化的研究，他曾對台灣學術界有重大影響。英國的文化研究如何於 1990 年代被引進台灣？又如何被快速遺忘與拋棄？這些都值得我們省思。

英國文化研究與史書美老師的華語語系研究及跨界理論一樣，都是重視實踐，而非寫下詰澀艱深的文字。所謂實踐，不一定是參加社會運動，而是在學術研究的視野與方法上，注重本土脈絡，以及在地與其他地區、其他文化的互動。然而在 1990 年代台灣知識界對英國文化研究的認識，不是把它當成學者搞社運的正當性來源，就是簡化為這是在研究大眾流行文化。學者搞社運而不知自身曾有的歷史脈絡，這種社運也難以在社會生根。新左派與台灣勞工政策缺乏對話，就是一個例子。

1990 年代的台灣，解嚴後十年，風起雲湧的社會運動，第一次民選總統、李登輝的本土主義與台灣國族論述的興起、台灣「新左派」對萌芽中的台灣國族主義的不滿，以「新左」位置而發言、缺乏對台灣歷史、文學、文化、語言的了解。當時的台灣依賴進口西方理論來建立自身的正當性，一波波的理論風潮猶如時尚般快速變化。所幸，過去二十年來有了重大變化。台文界開始重視本土歷史脈絡，再用來與世界對話。

上一世紀末到本世紀頭十年，新左派學者曾提出「亞洲作為方法」，這樣的觀點以批判美國帝國主義為主旨，並把軍事上不得不依附美國的台灣定位為「次帝國」。[6]新左派著

---

6 陳光興，《去帝國：亞洲作為方法》（台北：行人，2006）。

力於批判台灣國族主義。我認為任何形式的國族主義或思潮、
價值體系都值得批判，前提是為了深入對話。新左派號稱
「左」，卻極少深入瞭解台灣日治時期以來左翼思想與左翼
份子的行動。1996 年政治大學陳芳明老師已經出版了《謝雪
紅評傳》，[7]因此想瞭解此議題並不困難。

　　二二八事件後，許多社會主義者逃亡到香港，在那裡創
辦雜誌。那時這些人一方面急於參與祖國的社會革命，另一
方面又強烈主張台灣的特殊性，提倡「台灣自治」。台灣文
壇上，陳映真、夏潮雜誌也是有名的左翼人士與刊物。台灣
新左派只是移植 1960 年代以來的英國新左派，用此為「邊緣
位置」來爭取發言權（例如創辦《島嶼邊緣》雜誌），他們
不但忽視台灣的左翼傳統，還把左翼與後現代主義式的嬉笑
嘲諷二者加以結合，形成《島嶼邊緣》獨特的「時尚風格」
——把思潮與政治立場當成時尚，而非對話與實踐。

　　這種邊緣的位置性（positionality），只是以中心為慾望
對象，爭取中心的注意，成為體制中心必須要有的邊緣元素，
用以證成中心體制乃是尊重多元文化。這種作法不會改變中
心與社會邊緣（種族、性別、階級）的關係，而是在中心的
論述方式納入新左的邊緣位置之發言。換言之，新左的邊緣
是「位置性」，向中心索取注意力與發言權，而種族與階級
的邊緣則是中心操控資源分配方式而被放逐到缺少資源的日
常生活運作，是分配政治的受害者，而新左則是多元文化的
受益者。

---

7 陳芳明，《謝雪紅評傳》（台北：前衛，1996；麥田，2008）。

讓我們再回到 Hall，並與 Gayati Chakravorty Spivak 做比較。二者都是從前殖民地來到第一世界國家。Spivak 來自印度，為英屬殖民地，她到美國一流大學哥倫比亞大學任教，主要著作在詳細解釋德希達（Jacques Derrida）再加以質疑。我們無法從她的著作瞭解印度。Alif Dirlik 曾批判 Spivak 等後殖民主義學者，只是鞏固了西方中心與非西方邊緣的單向流動，並未促成第三世界邊緣與邊緣的互動。

我很喜歡史書美教授用「互惠」這個詞彙。是的，邊緣與邊緣可以互動且互惠。前面提到的雷鬼音樂就是一個例子。

而 Spivak 既未批評美國，其實也很少批評英國。她的書—特別是《後殖民理性批判》—流露強烈的對 Derrida 的渴望，[8]渴望要挑戰大師。她的著作很少引用當代英美學者，同時她常以輕蔑口吻貶抑「女性主義者」，卻沒說是哪些學者，更不用說引用其著作。

那麼 Hall 呢？他來自英屬殖民地牙買加，當地長期以來有白人與黑人通婚而所謂克里歐化，人民膚色深淺層次很多，所以種族主義的運作更幽微而複雜，Hall 自稱他是家族裡膚色較深的，這對他有很大影響。他拿到獎學金去英國念大學與研究所，本來也會是學術界菁英。但是他放棄英國文學的博士學業，受政治事件呼喚而投身社會運動——像是反核運動。後來他創立新左雜誌，又與一群學者在伯明罕大學成立當代文化研究中心。

---

[8] Gayati Chakravorty Spivak, *A Critique of Postcolonial Reason: Toward a History of the Vanishing Present* (Massachusetts: Harvard University Press, 1999).

Hall 和 Spivak 差別很大：第一，他不是在劍橋牛津等頂尖大學而是在伯明罕大學任教；第二，他是與一群人一起創設中心，是集體的力量；第三，他的著作相當容易瞭解，文字通順而又與具體社會處境連結，因此產生重大影響力。這與單打獨鬥、文字諱澀艱深的 Spivak 很不同。最重要的是，伯明罕中心經由一系列出版品與活動，觸發了邊緣與邊緣的連結，這是 Spivak 做不到的。英國伯明罕的文化研究這其中也包括中心與邊緣的互動與互惠，例如 Richard Johnson 於 2009 年應成功大學之邀訪台，我參加了他的論壇，會後聚餐我聽到成大學生提起，Johnson 教授在台灣期間，積極參與台南當地各種學術與社區活動。

之後他來台北，我有幸帶他到東北角海岸走走。經過核四廠，我略加解說，他詳細地詢問，反而讓我不好意思，因為我也知道的不多。核四廠對面就是 1895 日軍登台地點澳底，有歷史解說牌，他也仔細觀看，不斷問我問題。我這輩子沒看過這麼認真關心受邀單位所在地歷史的學者。

史書美教授擅長從看似瑣碎的小事，反思結構性的議題。例如 Spivak 在台北茶館的行為，她就是把自己當大師，邀她來的台灣學者要恭謹受教。她等於把中心——邊緣的二元對立移植複製到台灣。反而是英國白人男性學者 Johnson，他對台灣的一切保持高度關懷，且不斷請教。

所以再回到台灣新左派，他們並無瞭解台灣歷史、文學、文化與語言的興趣。你跟他們談母語受壓迫的處境，他們就抬出原住民受到更大壓迫這個回應；有時他們拿出同志議題。

但他們拿出原住民議題不是要開啟對話，而是要結束根本還沒真正開始的對話。所謂「以亞洲為方法」，十分空泛，無法區別東北亞、東亞、東南亞、中亞的重大差異，更不要說在非洲與加勒比海的非裔亞洲人。

而其所謂批判帝國主義，就像 Spivak 批判德希達，不但沒有學術與實際用途，只是強化對美國學術界的慾望，希望自己成為美國學術界多元文化主義的邊緣發言人。所謂沒有學術價值，是指無法影響美國學者認真思考問題進而與亞洲、非洲學者產生互動與對話。

這些年來史書美教授的華語語系研究，在美國與亞洲都得到廣泛的共鳴，包括負面批評。這些都顯示史書美教授的學術重點是「對話」，是集體的、學術社群的活動。同時，這些論述都是自覺性地與在地互動、並關切歷史脈絡。台文所於 2002 年後大量設立，奠定了立足本土的研究與教學系統，並於本土視野的確立後，展開跨國、跨文化、世界的比較視野。

四、關於發展台灣理論

發展台灣理論，就是具體的由台灣在地出發，從事田野調查、檔案研究、閱讀文學、電影、藝術、音樂、報章雜誌等各種文本、細讀文本、找到歷史脈絡、釐清各種關係、放回世界史。如同史書美教授從 Édouard Glissant 的關係詩學汲取靈感，[9] 藝術界也有「關係美學」，是法國藝術家與策展

---

[9] Édouard Glissant, Betsy Wing trans., *Poetics of Relation* (Ann Arbor: University of Michigan Press, 1997).

人 Nicolas Bourriaud 提出 relational aesthetics，[10]指出藝術作品並非單獨被欣賞，其價值取決於人與人之間的關連性及其社會與歷史脈絡。

在台灣藝術家中，黃孟雯於 2000 年參加台北同志運動後，開始思索是否有台灣在地酷兒？或是，同志運動前存在著酷兒嗎？於是她開始做田野調查，發現一群二十世紀 50、60 年代活躍於大橋頭與大稻埕的酷兒，一群陽剛女同志，白天是家庭主婦，晚上上酒家。於是創作「橋頭十三太妹」。[11]

另一位藝術家李紫彤則訪問許多有過威權體制歷史或內戰的各個國家，訪問受害者、家屬等人，然後替死者在臉書設立帳號，鼓勵跨國族的同理心與第一人稱說故事與創造歷史的發言管道，這項「作品」是「迎靈者」。[12]藝術家進行跨國族的訪談與田野調查，並善用數位虛擬科技，這才是對某種僵硬、本質化版本的台灣國族主義（或中國國族主義）提出質疑，並創造參與及對話。藝術界、原住民音樂等，都以實踐展示著關係美學與流動性。我相信台灣學術界各種領域也正往著個方向發展。「迎靈者」展示許多平版電腦與虛擬帳號、是每位亡者的數位墳墓，李紫彤再放上花朵向亡者致意。在為期一個月的展覽，參加者可上臉書留言，與亡者互動，也是生者互相安慰。

---

[10] Nicolas Bourriaud, Simon Pleasance & Fronza Woods trans., *Aesthetics of Relation* (Paris: Les presses du reel, 1998).

[11] 黃孟雯，〈西裝與香花：戰後初期台灣「穿褲的」女性身影〉（台北：台北藝術大學藝術跨域研究所碩士論文，2018）。

[12] 李紫彤，《＃迎靈者》，2018。

　　台灣各行各業的人，已經開始實踐理論。這些人並不渴望中心的注意力，也不自我標榜為邊緣，而是很務實地去進行各種跨國界、跨種族、跨媒材的連結。從音樂、藝術、文史工作者到學術界，各行各業都開始關心在地的歷史，並與世界對話。「世界」不再只是紐約、東京、倫敦、巴黎，而是真正的全世界：牙買加的歷史告訴我們，它自身就構成了世界史，台灣也是如此。

參考文獻

（一）參考資料

Édouard Glissant, Betsy Wing trans., *Poetics of Relation* (Ann Arbor: University of Michigan Press, 1997).

Gayati Chakravorty Spivak, *A Critique of Postcolonial Reason: Toward a History of the Vanishing Present* (Massachusetts: Harvard University Press, 1999).

Matzka，〈回到原點〉，2020。

Matzka，〈ali tjumaqu 歡迎回家〉，2022。

Matzka，〈尷尬的浪漫〉，2022。

Nicolas Bourriaud, Simon Pleasance & Fronza Woods trans., *Aesthetics of Relation* (Paris: Les presses du reel, 1998).

Tao Leigh Goffe, "Bigger than the Sound: The Jamaican Chinese Infrastructures of Reggae", *Small Axe* 63(2020), 97-127.

李紫彤，《#迎靈者》，2018。

黃孟雯，〈西裝與香花：戰後初期台灣「穿褲的」女性身影〉（台北：台北藝術大學藝術跨域研究所碩士論文，2018）。

陳芳明，《謝雪紅評傳》（台北：前衛，1996；麥田，2008）。

陳光興，《去帝國：亞洲作為方法》（台北：行人，2006）。

（二）相關資料

「跨界理論」演講系列，http://lecture.ccstw.nccu.edu.tw/trans border_theory/。

吳叡人，《受困的思想：台灣重返世界》（新北：衛城，2016）。

林文凱，〈認識與想像台灣的社會經濟史：1920-1930 年代台灣社會史論爭意義之重探〉，《台灣史研究》21.2（2014），69-110。

（三）延伸資料

台灣左派對獨派的批判與相關著作舉例：

胡清雅，〈吳叡人〈賤民宣言〉批判的一點補充〉，https://sex.ncu.edu.tw/column/?p=96。

邱士杰，〈「台灣人全體的解放？——對趙剛老師〈「新右派」出現在地平線上了：評吳叡人的〈賤民宣言〉的一點補充〉，https://sex.ncu.edu.tw/column/?p=101。

趙剛，〈「新右派」出現在地平線上了：評吳叡人的〈賤民宣言〉〉，https://sex.ncu.edu.tw/column/?p=105。

趙剛，〈二評吳叡人：一個「邏輯的——理論的」批判〉，https://sex.ncu.edu.tw/column/?p=93。

邱士杰，《一九二四年以前台灣社會主義運動的萌芽》（台北：海峽學術，2009）。

趙剛，《求索：陳映真的文學之路》（台北：聯經，2011）。

國家圖書館出版品預行編目資料

是誰在說故事？當代台灣歷史小說的性別與族群 / 林芳玫　著
－初版－

臺中市：天空數位圖書　2023.09
面：17*23 公分

ISBN：978-626-7161-73-9（平裝）

1.CST：臺灣小說　2.CST：文學評論　3.CST：臺灣文學史

863.097　　　　　　　　　　　　　　　　　　　112015877

書　　　名：是誰在說故事？當代台灣歷史小說的性別與族群
發 行 人：蔡輝振
出 版 者：天空數位圖書有限公司
作　　　者：林芳玫
美工設計：設計組
版面編輯：採編組
出版日期：2023 年 9 月（初版）
銀行名稱：合作金庫銀行南台中分行
銀行帳戶：天空數位圖書有限公司
銀行帳號：006－1070717811498
郵政帳戶：天空數位圖書有限公司
劃撥帳號：22670142
定　　　價：新台幣 500 元整
電子書發明專利第　Ｉ　306564　號

服務項目：個人著作、學位論文、學報期刊等出版印刷及DVD製作
影片拍攝、網站建置與代管、系統資料庫設計、個人企業形象包裝與行銷
影音教學與技能檢定系統建置、多媒體設計、電子書製作及客製化等
TEL　：(04)22623893　　　MOB：0900602919
FAX　：(04)22623863
E-mail：familysky@familysky.com.tw
Https ://www.familysky.com.tw/
地　址：台中市南區忠明南路 787 號 30 樓國王大樓
No.787-30, Zhongming S. Rd., South District, Taichung City 402, Taiwan (R.O.C.)